HIGASHINO KEIGO

時生

トキオ

東野圭吾

阿夜——譯

時生

Contents

由不屈的堅持所淬鍊出的奇蹟

總導讀——林依俐

如果你問我，東野圭吾是位什麼樣的作家？

我會回答你，他是位不幸的作家。

你一定會覺得奇怪，光是以《嫌疑犯X的獻身》（二〇〇五）一書，便幾乎囊括了二〇〇六年日本推理文學相關獎項，同書在日本的銷售量更是打破五十萬大關的「暢銷作家」東野圭吾，怎會有什麼不幸可言？

在說明之前，請讓我先簡單介紹一下東野圭吾這位作家。

東野圭吾一九五八年生於大阪，大學畢業後進入汽車零件製作公司擔任工程師。由於希望在工作以外，也能在私生活之中有個較爲不同的目標，所以開始著手撰寫推理小說，投稿日本推理文學代表性的公開徵選長篇小說獎「江戶川亂步獎」。

這並不是東野第一次寫推理小說。早在他十六歲的時候，由於看了小峰元的作品《阿基米德借刀殺人》（一九七三，第十九屆江戶川亂步獎作品）大受感動，之後又讀了松本清張的《點與線》（一九五八）、《零的焦點》（一九五九）等作品。一頭推理熱的他便曾試著撰寫長篇推理小說，而且第一作還是以重大社會問題爲主題。然而由於完成於大學時期的第二作被周遭朋友嫌棄，「寫小說」這件事便從他的生活之中消失了好一陣子。

而獲得亂步獎的夢想讓東野重拾筆桿。在歷經兩次落選後，他的第三次挑戰——以發生在女子高中校園裡的連續殺人事件爲主軸展開的青春推理《放學後》（一九八五）——成功奪下了第三十一屆江戶川亂步獎。之後他很快地辭了工作，前往東京致力於寫作。自從一九八五年《放學後》出版以後，東野圭吾幾乎是每年都會有一到三部甚至更多的新作問世。他不但是個著作等身的多產作家，其筆下的內容也橫跨了推理、幽默、科幻、歷史、社會諷刺等，文字表現平實，但手法卻絲毫不拘泥於形式，多變多樣。

看到這裡，如果你對於近年的日本推理有一定程度的了解，或許你會聯想到宮部美幸——多彩的文風、平實的敘述、充滿令人訝異的意外性；但是在兩者之間卻又有著決定性的不同。

那就是——相對於宮部美幸出道前期的二十年來，陸續囊括高達十項的日本各式文學獎，筆下著作本本暢銷；東野圭吾卻是一直與日本的各式文學獎項擦肩而過，且眞正開始被稱爲「暢銷作家」，也是出道後過了十多年的事。

實際上在《嫌疑犯X的獻身》同時獲得直木獎與本格推理大獎，並且達成日本推理小說三大排行榜——「這本推理小說了不起！」、「本格推理小說BEST10」、「週刊文春推理小說BEST10」——前所未有的三冠王之前，東野出道前期的二十年來所寫下的六十本小說（包含短篇集）裡，除了在一九九九年以《祕密》（一九九八）一書獲得第五十二屆日本推理作家協會獎之外，其他作品雖然一再入圍直木獎、吉川英治文學新人獎等獎項，卻總是鎩羽而歸。

在銷售方面，他也不是那種只要出書就大賣的暢銷作家。在打著「江戶川亂步獎」招牌的出道作《放學後》創下十萬冊的銷售紀錄之後（江戶川亂步獎作品通常都能賣到十萬冊），整整歷經了十年，東野才終於以《名偵探的守則》（一九九六）打破這個紀錄，而眞正能跟「暢銷」兩字確實結緣，則是在《祕密》之後的事了。

或許是出道作《放學後》帶給文壇「青春校園推理能手」的印象過於深刻，東野圭吾本人雖然一直想剝下這個標籤，過程卻不太順利。書評家往往不是很關心他在寫作上的新挑戰。這也難怪，在東野出道後兩年，也就是一九八七年，以綾辻行人等年輕作家爲首，提倡復古新說推理小說的「新本格派」盛大興起。從文風與題材選擇看來，東野圭吾作品用字簡單，謎題不求華麗炫目，內容既不夠社會派又不像新本格，自然不會是書評家們熱心關注的對象。

就這樣出道十餘年，雖然作品一再入圍文學獎項，卻總是未能拿到大獎；多少有機會再版，卻總是無法銷售長紅；傾注全力的自信之作，卻連在雜誌的書評欄都占不到個像樣的位置。

所以我才會說，東野圭吾是個不幸的作家。說眞話這何止是不幸，實在是坎坷，簡直像是不當的拷問。

在獲得江戶川亂步獎後，抱著成爲「靠寫作吃飯」之職業作家的決心，東野圭吾辭去了在大阪的穩定工作來到了東京。這個決定使得他沒有退路，不管遭遇什麼樣的挫折，都只能選擇前進。於是只要有機會寫，東野圭吾幾乎什麼都寫。

二〇〇五年初，個人有幸得以見到東野圭吾本人並進行訪談時，曾經談到關於他剛出道不久時，在推理小說的範疇內不斷挑戰各式題材時期之心境。他是這麼回答的：

「那時的我只是非常單純地覺得自己必須持續寫下去，必須持續地出書而已。只要能夠持續出書，就算作品乏人問津，至少還有些版稅收入可以過活；只要能夠持續地發表作品，至少就不會被出版界忘記。出道後的三、五年裡，我幾乎都是以這種態度在撰寫作品。」

不過畢竟是背負著亂步獎的招牌出道，畢竟是身處日本泡沫經濟蓬勃、推理小說新風潮再起的八〇年代後半至九〇年代，向其邀稿的出版社當然也都希望東野圭吾能夠以「推理」爲主題書寫。配合這樣的要求，以及企圖擺脫貼在自己身上那「青春校園推理」標籤的渴望，東野嘗試了許多新的切入點，使出渾身解數試著吸引讀者與文壇的注意。於是古典、趣味、科學、日常、幻想，在他筆下似乎沒有什麼題材不能入推理，似乎沒有題材不能成爲故事的要素。或許一開始只是爲了貫徹作家生活而進行的掙扎，但隨著作品數量日漸累積，曾幾何時也讓東野圭吾在日本文壇之中，確實具備了「作風多變多樣」這難以被輕易取代的獨特性。

是的，東野圭吾是位不幸的作家。但也因此我們才得以見到，那些誕生於他坎坷的作家路上，由歷經幾多挫折仍不屈的堅持所淬鍊而成，在簡素之中卻有著數不清面貌的故事。以讀者的角度而言，能與這樣的作家共處同一個時代，還眞是宛如奇蹟一般的幸運。

在推理的範疇裡，東野圭吾從不吝惜挑戰現狀。從初期以詭計爲中心的作品，漸漸發展出許多具有獨創性，甚至是實驗性的方向。其中又以貫徹「解明動機」要素（WHYDUNIT）的《惡意》（一九九六）、貫徹「找尋兇手」要素（WHODUNIT）的《誰殺了她》（一九九六）、貫徹

「分析手法」要素（HOWDUNIT）的《偵探伽利略》（一九九八）三作，可說是東野在踏襲傳統推理小說元素之下，卻又充分呈現了屬於現代風貌的鮮麗代表作。

而出身於理工科系的背景，也讓東野在相較之下，比其他作家更擅長消化並駕馭以科技爲主軸的題材。像是利用運動科學的《鳥人計畫》（一九八九）、涉及腦科學的《宿命》（一九九〇）和《變身》（一九九一）、生物複製技術的《分身》（一九九三）、虛擬實境的《平行世界的愛情故事》（一九九五），還有之後以湯川學爲主角展開的「伽利略系列」裡，東野都確實地將自己熟悉的理工題材，在分解組合後以最簡明的方式呈現在讀者眼前。

另一方面，如同「處女作是作家的一切」這句俗語所述，高中第一次寫推理小說便企圖切入當時社會問題的東野圭吾，由《以前，我死去的家》（一九九四）中牽涉兒童虐待的副主題爲開端，對於社會人心的描寫，似乎也成了他作家生涯的重要課題。例如以核能發電廠爲舞臺的《天空之蜂》（一九九五）、試探日本升學教育問題的《湖邊凶殺案》（二〇〇二）、直指犯罪被害人及加害人家屬問題的《信》（二〇〇三）和《徬徨之刃》（二〇〇四），都在在顯露出東野對於刻畫社會問題與人性的執著。

東野圭吾這種立足於推理，進而衍生至科技與人性主題上的寫作傾向，在發表於二〇〇五年的《嫌疑犯X的獻身》中，可說是達到了奇蹟似的調和，也因爲這部作品，在二〇〇六年贏得各種獎項，讓東野圭吾正式名列「家喻戶曉的暢銷作家」之列。加上這幾年來，東野作品紛紛電視電影化，他的不幸時代成爲過去，並站上前人未達之高峰。二十年來的作家生涯開花結果，創造了日本推理文壇近年來難得一見的奇蹟。

好了，別再看導讀了。快點翻開書頁，用你自己的眼睛與頭腦，去感受確認東野作品中理性與感性並存，而又如此引人入勝的獨特魅力吧！那將會勝於我在這裡所寫的千言萬語。

本文作者介紹

林依俐，一九七六年生。嗜好動漫畫與文學的雜學者。曾於日本動畫公司GONZO任職，返國後創辦《挑戰者月刊》並擔任總編輯，現任青空文化總編輯。

序章

青年躺在透明隔簾內。單看神情，會以爲一臉倦容的他只是熟睡著，然而他身周繁複交錯的數根導管正毫不留情地揭示著殘酷的現實。他或許發出了些許鼻息，卻被周圍各式維生設備發出的聲響蓋過。

宮本拓實無語地佇立病床畔，他已經不知道該說什麼，也不知道還能做什麼努力，他唯一辦得到的，只是像這樣在一旁默默地守護。

有什麼撫著他的右手，他過了幾秒才意識到那是麗子的指尖。妻子麗子握住他的右手，他也回握，但視線仍沒離開床上的青年。她的手很細、很柔軟，而且很冷。

主治醫師不知何時進到加護病房來，他與宮本夫妻是多年交情了，泛著油光的額頭，疲憊的神情，正是這位中年醫師在醫療前線奮戰多年的印記。

「直接在這裡談嗎？還是……？」醫師問道。

宮本又望了一眼床上的青年之後，問醫師：「這孩子聽得到嗎？」

「嗯……，我想他沒在聽吧，因爲他現在是處於睡眠狀態。」

「這樣啊……。不過，我們還是去外面談好了。」

「好。」醫師向護士交代了一些事之後便走出病房，宮本夫妻也跟上。

「很遺憾，希望你們有心理準備，他恢復意識的可能性微乎其微。」

三人就站在走廊上，醫師淡淡地向宮本夫妻宣告這個噩耗。

宮本點了點頭。他悲傷得無以復加，卻不訝異醫師會說出這句話，因爲他曉得這一天遲早會來臨，而且，應該就是今天了。

身旁的麗子也只是低頭沉默不語，他們夫妻倆早已過了爲此事流淚的階段。

「不過，醒來的可能性並不是零吧？」宮本再次確認。

「嗯。可是，請恕我無法回答你確切的機率是多少。」醫師說著低下了頭。

「還有機會就好。」

「只不過，即使他醒過來，恐怕也是回光……」醫師只說到這。

「我明白。我只求他能夠再一次睜開眼。」

醫師聽到這話，顯得有些疑惑。

「我有話想對那孩子說。最後的一句話。」

「嗯。」醫師點點頭，他應該不難體會家屬的心情。

「如果那孩子眞的醒來，聽得到我的聲音嗎？」

醫師稍微想了想，點頭回道：「我想是聽得到的。你就相信他聽得到，想說什麼就對他說吧。」

「我知道了，謝謝。」宮本握緊雙手。

深夜的病房大樓一片闃寂，宮本夫妻讓醫師先回加護病房，兩人轉身朝候診室走去。眼前是成排的長椅，偌大的空間裡只有他們兩人。宮本與麗子在最後一排長椅並肩坐下。

好一段時間，兩人只是沉默。拓實思忖著該對妻子說什麼，然而一想到她此刻內心有多煎熬，拓實怎麼都沒辦法隨口說出安慰的話語。

「累了嗎？」先開口的是麗子。

「還好。妳呢？」

「嗯，有點累了。」麗子說著嘆了口氣。

她一定是心力交瘁了啊。兒子三年前臥病在床至今，而他們夫妻倆的試煉卻在更早之前便開始了。早在兒子誕生的瞬間……不，說得嚴謹一點，早在決定生下這孩子的那一刻，他們夫妻倆就注定面臨今日的局面。思及這點，宮本不禁覺得，終於能讓妻子自苦難中解脫了。

宮本是在向麗子求婚時，才從她口中聽說了世上有「格雷戈里症候群」（*1）這種病。那是二十多年前的事了。

要做出生涯的重大告白，選在這個地點其實有些殺風景。宮本與麗子在東京車站旁某間大型書店裡，二樓的午茶沙龍是兩人常約碰頭的地點，此刻他們正對坐喝著紅茶。

宮本本來也想找個更有氣氛的地點，不過兩人手邊都有工作在忙，這陣子少有機會碰面，而他又不想拖拖拉拉的，於是這天一早他便下定決心，無論如何都要在今天求婚；總覺得要是錯過這天，之後就再也沒機會說出口了。

求婚的內容很一般，他覺得重要的是讓麗子明白自己的心意。

他也不打算向她保證什麼美好的未來，他有自信，麗子九成九會答應他的求婚，畢竟他們已經有過肉體關係，而且再怎麼說，他很清楚麗子對他的感情。

然而，麗子的反應完全出乎他的意料。聽完他的一番告白，麗子頓時臉色一沉，垂下了頭。

宮本知道她正壓抑著某種情緒，但很顯然不是感動落淚的衝動。

「怎麼了？」宮本問她。

她沒應聲，就這麼沉默了好一會兒。宮本只能默默地等她開口。

過了許久，她終於抬起頭來，臉頰上沒有淚痕，但眼眶紅紅的。她打開皮包，拿出手帕輕輕按了按眼頭之後，衝著宮本微微一笑道：「對不起，嚇到你了吧。」

「妳怎麼了？」他又問一次。

「嗯……」麗子沒有立刻回應，深呼吸一口氣之後，再度直視著他說道：「謝謝你，拓實。聽到你這麼說，我眞的很開心。」

「那麼……」

「可是，」她堵住宮本的話，「我很開心，一方面又很難受……。這對我來說太沉重了……」

「什麼意思？」

「對不起，我不能結婚。」

「呃……」他覺得一股虛脫感倏地襲來，「也就是說，我被拒絕了？」

「請不要誤會，我並沒有愛上其他人，也不是不愛你，是我沒辦法和任何人結婚，我早已經打定主意獨身一輩子了。」

麗子的語氣堅定，聽得出這不是她臨時編的藉口，而且她凝視著宮本的目光裡滿是眞摯。

「怎麼回事？」宮本問道。

「我呢……」說著她偏了偏頭，換了個開頭，「……我們家族呢，在古代的說法就是受到詛咒了，家族流著邪惡的血液，所以不能留下子孫。我當然也不例外。」

「等等，詛咒？妳怎麼會相信那麼不科學的東西？」

看宮本一臉焦急與錯愕，麗子輕輕笑了笑，那是非常寂寥的笑容。

*1 原文做「グレゴリウス症候群」，此爲作者虛構的病名。

「所以我說是古代的說法呀。本來我們家人也認為這太荒誕了，不過是家族裡不幸有人得了那種病，不可能會傳給後代的。但我們太天真了，後來證明那的確是遺傳病。」麗子接著問宮本，有沒有聽過「格雷戈里症候群」。

他搖頭。於是麗子緩緩道來。

格雷戈里症候群是一九七〇年代初期，由德國學者發現的遺傳性疾病，患者的腦神經將日漸萎縮。通常十五歲之前一切如常，但病徵在這之後開始浮現。典型症狀包括運動神經傳導速度逐漸減緩，四肢慢慢無法動作，最後全身除了極少部分仍維持運作，患者整個人呈現癱瘓狀態，內臟機能也愈來愈衰弱。當病情進行至此階段，患者勢必得由外界照護其基本生活起居。

臥病在床兩、三年之後，接著侵襲患者的是意識障礙，包括記憶力衰退、思考遲滯，之後開始時而昏迷、時而清醒，終至意識完全消失，也就是呈現植物人狀態。不過此狀態亦不會持續太久，很快地患者腦部機能運作將完全停止，終至死亡。

罹患此症候群的病例極少，目前仍無治療方法。雖然是遺傳性疾病，帶因者卻不一定會發病。目前研究結果只確定了致病基因位於X染色體上，這類遺傳病亦稱為「伴性遺傳」疾病，發病者幾乎全是男性，原因是女性擁有兩條X染色體，而男性只有一條，若這條染色體不幸帶有缺陷基因，並沒有另一條X染色體可供代用。

麗子的舅舅於十八歲病逝，病徵一如上述；而舅公也難逃同樣的命運。當格雷戈里症候群的病例研究報告問世後，麗子的父親察覺該病與妻子家族成員罹患的怪病相似，於是尋訪多家醫院，希望找出有效篩檢帶因者的方法。

他想篩檢的對象並不是妻子，而是他們夫妻的獨生女——麗子。他很清楚，檢驗報告關係著自己是否能夠擁有含飴弄孫之樂。

「我想我一輩子都忘不了，父親當年命令我去醫院接受檢查時，他臉上的神情。」麗子向宮本坦言，「那宛如惡魔的眼神……不，不該這麼說，那更像是獵殺女巫的大法師吧，而隔壁房間還隱隱傳來母親的啜泣。對我來說，那段時間眞的彷彿置身地獄。」

「妳恨妳父親嗎？」

「那時候很恨他，我不明白他爲什麼要逼我做那種檢查。可是後來想想，父親這麼做才是正確的，因爲如果明知自己有可能是帶因者，卻隱瞞著對方結婚生子，太不負責任了。而且，我父親從未責怪母親帶了怪病的家族遺傳，他從不曾說過後悔娶我母親。」

「所以妳也去接受檢查了？」

「嗯。檢查結果應該不必我說了吧。」

宮本靜靜地點了點頭，他完全明白麗子爲什麼打定主意終生不嫁了。

「聽到結果時，我既震驚又憤怒，氣的是爲什麼自己得背負這種倒楣的遺傳，甚至遷怒母親，雖然我也知道錯不在她。那時父親狠狠打了我一巴掌，厲聲地對我說：『結婚又不是人生的全部！』」麗子說著，下意識地撫了撫左頰。

宮本很想接口說自己也很震驚，話到嘴邊卻硬生生吞了回去。比起麗子內心的苦，他的心情根本不算什麼。

「所以，你明白了吧，我不能接受你的求婚。拓實，我眞的很感動，高興得眼淚都快掉下來了，但是我只能對你說，請找別的女性結婚吧。」麗子緊捏著手帕，垂下了頭，長髮掩住她的面容。

「我們不生孩子不就好了？」

麗子搖著頭，「我比誰都清楚你有多想要孩子啊。我也不是沒想過說服你放棄生孩子的念頭，但是我們交往這麼久了，我知道你的夢想是什麼，要你爲了我放棄夢想，我做不到。」

我來買輛露營車，這樣我們週末就能夠一家子上山下海到處去玩。我想要兩個兒子，再加個女孩兒更好。一家人釣到的魚就直接在河灘上烤來吃。我不希罕大富大貴，只要能過這樣的生活就很滿足了。我希望擁有的是永遠聽得到笑聲的家庭，全家人都健健康康的。——宮本曾對麗子說過的點滴夢想，一一浮現他的腦海。麗子總是微笑地聽著愛人聊未來，但那字字句句想必都如同尖刀刺在她心上。

「那又不是多偉大的夢想，我只是隨口說說罷了，根本不重要啊！總之我想和妳在一起，從今以後一輩子兩個人一起生活，沒有孩子也無所謂！」

或許麗子聽在耳裡，只覺得他太天眞吧。後來他回想起求婚當時這段對話，自己也覺得很難爲情，但那都是眞心話。即使當時的他的確血氣方剛，一股衝動，話便說出口了，可是他從未後悔過。

不過麗子似乎覺得他只是感情用事，兩人約好各自冷靜想過之後再談，那天求婚的結論就暫時擱下。

後來過了幾天，同樣的對話再度上演，只不過談話地點變了——宮本前往麗子家見她父母，表明自己很清楚麗子的身體狀況，希望他們能把女兒嫁給他。

麗子的父親個頭短小精悍，本來在宮本的想像中，會親手揭開女兒受詛咒命運的父親，應該是理智冷酷且面無表情的，沒想到親眼一見，他是個相當溫柔、宛如老街常見的親切老爹。宮本不禁在心中揣摩著麗子父親當初是如何性情丕變成了獵殺女巫的大法師。

「宮本先生，我就直說了，娶我女兒會是個相當大的考驗。你只看到當下，才會覺得和麗子結婚不會有問題，但是人是會變的。或許你們一開始覺得兩人世界也不錯，但遲早會想要孩子的，尤其每當看到友人或親戚生了孩子，那種渴望更是強烈。到時候，只要你心裡有一絲後悔娶了麗子這個瑕疵品，對她來說是多麼殘酷，你能明白嗎？」

「我保證絕對不會有那麼一天！請相信我！」

「我說過了，因爲是現在，你才能夠這麼說，我擔心的是十年、二十年後，誰也無法保證吧？我不希望我的女兒造成任何人的困擾。再說，你的父母知情嗎？他們不想抱孫子嗎？我話說在前頭，我不會答應你對雙親隱瞞這件事，更不會不惜說謊也要把女兒嫁掉，任何謊言遲早都會被揭穿的。」

「我沒有父母。」宮本坦白了自己的身世，麗子父親似乎頗訝異，卻沒追問下去。

「好，我明白你並不是沒吃過苦的大少爺了，但我還是那句老話——結婚並不是單憑一時衝動就能得到幸福的。」

「請您將麗子交給我，我一定會讓她幸福的！」宮本低頭懇求。

麗子父親輕輕嘆了口氣，轉問麗子：「妳呢？有信心和他牽手一生嗎？」

「我……」麗子頓了頓，說道：「我想相信他。」

「這樣啊。」麗子父親又嘆了口氣。

婚禮在一間舊教堂舉行，那是一場只找了至親好友參加的簡單婚禮，但宮本非常滿足。新娘很美，青空很藍，心中滿是大家的祝福。

夫妻倆在吉祥寺租了間小公寓，開始了兩人生活，萬事美好，雖然偶爾會因爲無法生孩子一事，傷了某一方的心，或是彼此不經意傷害到對方，他們兩人總是很快地攜手越過了難關。

然而試煉總是在意想不到之處降臨。麗子懷孕了，那是結婚滿第二年的事。

「絕對不可能！」宮本大喊道。

「是眞的，我去醫院檢查過了。而且，請你不要有莫名其妙的猜疑，這孩子千眞萬確是你的。」麗子語氣沉穩地回道。

宮本對於麗子壓根沒有半點懷疑，他只是無法當下接受這個事實，再說他心裡也不是沒底。他與麗子一直很小心避孕，但日子久了，防護措施難免愈來愈鬆懈，或許該說是太大意了吧。

「別擔心，我明天會去動手術。」麗子努力以開朗的語氣說道。

「去拿掉嗎？」

「嗯，沒辦法呀。」

「可是……一半一半吧？」

「一半一半？」

「遺傳到那個病的機率。如果是男孩，遺傳到帶有缺陷基因的X染色體，機率是百分之五十吧？而如果是女孩，即使遺傳到了，又不會發病。」

「你知道你在說什麼嗎？」

「我想說的是，我們的孩子罹患格雷戈里症候群的機率只有四分之一；換句話說，有四分之三的可能性，生下的是健康的孩子。」

「所以呢？」麗子直直望著他的眼睛，「你想叫我生下來？」

「可以考慮吧。」

「別再說了。我早有覺悟才嫁給你的，不要到現在還說這種話。」

「可是，四分之三的話……」

「機率多少根本不是重點吧！又不是抽籤。如果生下來是男孩，而且是帶因者呢？難道你會覺得是抽到下下籤而沮喪不已？可是這孩子即使帶著遺傳病在身，還是有人格的。對我來說，要不就是全部，要不就是零，而我選擇了零，這我們在結婚前就講好的，不是嗎？」

她說的對，孩子是無辜的，沒有所謂好壞籤之別。宮本沉默了。

但這不代表他死了這條心。在他心底，有個什麼又開始蠢蠢欲動，那是他早已忘懷的某樣東西。

宮本煩惱著，苦思良久，他不覺得他們唯有墮胎一途。他拚命思索著究竟是什麼拉扯著他的心。

終於，他的耳中響起某位青年的話語：

「未來不只存在於明日——」

是了。宮本想起來了，自己一直在腦海中搜尋的，正是「他」的話語。

「我希望妳把孩子生下來。」宮本低頭懇求麗子，一如他當初向麗子父親提親之時。「無論結果是什麼，我都不後悔！不管生出來健不健康，我都會打從心底愛著這孩子，盡我的全力讓這孩子過幸福的日子！」

一開始麗子並沒聽進去，甚至責備他感情用事，但是看到他不斷地央求，麗子也明白了他不是在開玩笑。

「拓實，你知道把孩子生下來代表什麼吧？」

「我很清楚。要是生下帶因的男孩，之後會非常辛苦，但即使那樣也無所謂，我希望妳把孩子生下來，那孩子一定也很想來到這世上。」

「讓我考慮一下。」麗子回道，然後她考慮了整整三天。

她的結論是：「我也做好最壞的打算了。」而且她這次鐵了心，一直沒和父母商量，拖到懷孕四個月時才向雙親報告。麗子父親聽到消息，怒不可遏，大罵他們這麼做簡直太不負責任了。

「我們會負起全部責任的。這是我們兩人共同的決定，我們會一起承擔。無論發生什麼事，我們都不後悔，也不會有半句怨言。」

但麗子父親還是無法認同他們的決定，於是麗子形同與娘家決裂，與宮本兩人步出了家門。先前一直默不作聲的麗子母親追了上來。

「既然是你們倆共同的決定，我不會多說什麼。但是唯獨一件事，我希望你們放在心上。」母親交互看著宮本與麗子，說道：「萬一真的得了那種病，受苦的不止孩子，你們做父母的也會痛苦得生不如死。」

麗子的舅舅正是死於格雷戈里症候群，當年的種種想必深深烙印在麗子母親的心上，但她沒提起那段痛苦不堪的回憶。

「我們已經有覺悟要承擔一切了，我們會和這孩子一起努力的。」宮本說。

麗子母親只是凝視著他的眼睛，點了點頭。

數個月後，麗子產下一名男嬰。

「他叫『時生』。」宮本抱著剛出生的兒子說道：「時間的『時』，誕生的『生』。不錯吧？」

「你早就想好了？」麗子沒反對。

「嗯。」宮本答道。

這兩人一直沒提起何時讓時生接受篩檢。宮本的想法是，知道了結果又能如何？而麗子或許也是相同想法。況且宮本內心其實很確定，檢查結果不會是好消息。並不是他太悲觀，而是他早知道結果了。

時生健康地成長。宮本實現了婚前的夢想，買了四輪驅動旅行車，載著兒子與妻子四處兜風。有一次全家從東京開車去北海道玩，幾乎環遊了北海道一周，那次時生玩得尤其盡興，曬得一身黝黑，全家人還在看得見薰衣草田的山丘上烤肉；到了夜晚，三人並排躺在狹小的車內，透過天窗望著星星入睡。宮本也曾帶著麗子與時生前往他的回憶之地——大阪，在某座麵包工廠旁的公園玩耍，至於那裡有著他的什麼回憶，宮本沒告訴妻兒。

時生平順地度過了小學時代，既會念書，運動細胞發達，領導能力又強，身邊總是圍繞著許多朋友。

中學時代也算是平安度過。說「算是」是因爲，時生在畢業前夕，開始出現了病徵。他身上許多關節隱隱作痛，有點類似關節痛的痛感。宮本夫妻一直沒告訴時生關於受詛咒的血緣一事，而時生自己似乎以爲是足球玩過頭了才會身子不適。

宮本帶著時生前往醫院，但不是去骨科。他之前便四處尋訪熟悉格雷戈里症候群的醫院，並與日本治療此病的權威醫師保持聯繫。醫師也叮嚀過他，只要時生有任何疑似病徵的狀況出現，請立即帶他接受診療。

那間醫院，就是時生現在的住院處。

醫師的診斷結果對宮本一家來說，無疑是殘酷至極，但他們夫妻倆早有了覺悟——時生罹患的正是格雷戈里症候群。

「我們會竭盡全力延緩病情的惡化速度，但是要完全控制病情，就……」醫師話只說到這。麗子聽言，當場痛哭失聲，淚水滴滴答答地落到地上。

時生升上高中沒多久便住院了，因爲他漸漸無法自行走動。時生帶著全新的課本住進病房，期待著早日回學校而努力自習著。

「爸，我的病會好吧？」時生不時詢問宮本。

「當然呀。」宮本答道。

有天，時生說他想要電腦，宮本隔天就買來病房，但很快就無用武之地了，因爲時生的手指開始無法自由動作。

宮本找來專職電腦技師的友人商量，幫時生的電腦裝上在當時仍屬昂貴的語音輸入系統，並將手動輸入部分改裝爲只要以一根指頭便能操控大部分的功能，如此一來，時生即使臥病在床，也能透過網際網路與全世界互通信息。

然而，惡魔格雷戈里絲毫沒有放慢腳步，黑暗的命運正一點一點蠶食著時生。他沒辦法正常進食，排泄也無法自主，免疫力下降，心臟機能開始出現異常。

沒多久，病情便發展至末期。時生有時張著眼但毫無反應，奇怪的發作也愈來愈頻繁，研判是意識障礙引起的病徵。

唯一慶幸的是，時生意識清醒時，似乎仍聽得見外界的聲音，所以宮本與麗子兩人盡可能騰出時間待在時生的床畔，無論是娛樂圈的消息、體育新聞、鄰居朋友發生的事等等，他們想到什麼都一股腦地對時生說，而他聽得開心便會眨眨眼。

最後，他們迎向了今夜。

一名護士快步接近，宮本頓時全身僵直，反射性地就要站起身，然而護士只是從他們夫妻面前經過，看來不是要找他們的。

宮本又坐回椅子上。

「妳不後悔吧？」他輕輕吐了一句。

「後悔什麼？」

「生下時生。」

「嗯。」麗子點點頭，「你呢？」

「我……不後悔。」

「嗯，那就好。」她放在膝上的雙手不停摩挲。

「妳覺得呢？還好生下了他？」

「我……」麗子撥起劉海，「我想問問那孩子。」

「問什麼？」

「問他後不後悔來世上走這一遭？這輩子過得幸福嗎？恨不恨我們？不過……已經不可能得到答案了……」麗子說著雙手掩面。

能確定的是，時生很清楚自己生了什麼病。宮本在瀏覽時生的電腦紀錄時，得知了這件事。時生透過網路搜尋關鍵字「格雷戈里」，逕自查閱了許多相關醫學資料。

宮本潤了潤脣，深呼吸一口氣之後，說道：「其實，我有件事想對妳說。是關於時生的。」

紅著雙眼的麗子望向他。

「我在很久很久以前，就見過那孩子了。」

「咦？」麗子偏起頭，「什麼意思？」

「那是二十多年前的事了，那一年，我才二十三歲……」

「……你不是要講時生的事嗎？」

「是啊，我在講時生。」宮本直視著麗子的雙眼，他無論如何都希望麗子能相信他，「那年，我遇見時生了。」

麗子似乎有些害怕，微微縮起身子。

宮本搖了搖頭說：「放心，我沒瘋。這件事總有一天要告訴妳的，但不能在時生還有意識的時候。所以我想，現在應該可以說了吧。」

「你說見過時生……是怎麼回事？」

「就是我和他見過面了。那孩子穿越時空去見從前的我。看他現在的狀況，應該等一下就要啓程去見二十三歲的我了吧。」

「你這種時候還有辦法開玩笑……」

「我說的是眞的。我自己也一直很難相信這件事，是到了今天，我才能這麼肯定地對妳說出口。」

宮本靜靜地凝視著妻子。他知道這件事聽起來很荒謬，麗子一定很難相信，但至少，他希望麗子相信他的神智是清醒的。

過了好一會兒，麗子終於開口了：「在哪裡遇到的？」
「在花屋敷（*1）。」他答道。

*1 「花やしき」，位於淺草鬧區內的遊樂園，也是日本最早的遊樂園。一八五三年開園時原本爲花園，戰後改建爲現今的遊樂園。園內設有各種驚險遊樂設施，深受年輕人喜愛。

時生

1

雲霄飛車轟隆隆地發出嘈雜聲響滑下跑道，這是日本最古老的雲霄飛車，乘客誇張地高聲喊叫。拓實見每個人開心嬉鬧著，不禁湧上一股怒意。

哼，全是蠢蛋。看你們那模樣就知道，一定從沒吃過苦吧。

還不到下午五點，拓實坐在長椅上吃著霜淇淋。雨要下不下的，四周一片陰沉，一顆黃色氣球飄搖在灰濁的空中。

拓實只顧抬頭看天空，沒留意到融化的霜淇淋順著脆皮杯滑下，流到他的手心，他慌忙將霜淇淋拿遠些，還是晚了一步，霜淇淋滴上他那沒繫緊的藏青色領帶邊緣。

「啊，可惡！眞是的……」

他以空著的手試圖解開領帶，卻怎麼都弄不下來，畢竟是不習慣打領帶，連解開領帶也不得要領。沒辦法，他只好先將霜淇淋吃完，空出雙手再解下領帶，但因爲無處擦手，弄得整條領帶都黏黏的。他一解下領帶，轉手便扔進長椅旁的垃圾箱裡，根本懶得起身。

爽快多了。

他拿出七星菸叼上一根，以廉價的ZIPPO打火機點火，噘起嘴呼出煙，挾著菸的右手手指仍殘留著毆打中西的觸感。

兩個小時前，中西還是拓實的上司，這人其實和拓實差不多歲數，只是那一頭梳得整整齊齊的髮形與作工精細的雙排釦西裝，幫他成功營造出身爲上司該有的穩重，不過拓實曉得那套西裝是借來的。

中西的部下連同拓實共三人，今天上工的地點是神田車站旁，下手目標則是剛從鄉下來東京念大學的新生。

「要怎麼分辨對方是不是鄉下來的？」拓實問中西。

「看就知道了吧？打扮土裡土氣的就是了。」

「他們對流行比較遲鈍嗎？」

「不是。都五月了，年輕人對東京流行什麼應該多少嗅得出來。可是鄉下人啊，就是不會穿衣服，簡單講就是氣質不搭啦。」

你自己還不是穿著一點也不搭的西裝。——拓實暗自吐了吐舌。

另外兩名同事早已單獨行動了，拓實暫時跟在中西身旁見習，今天是他上工第二天，前一天他們去了池袋，卻是一套商品也沒賣出去。

商品就放在拓實的口袋裡，他從昨天就一直在想，眞的會有人笨到買這種東西嗎？

「去試試看那個人吧。」中西努了努下巴指向人行道前方。

迎面走來的年輕人一身馬球衫搭牛仔褲，正不疾不徐地獨自走在路上。

「不好意思，打擾一下，方便幫忙塡個問卷嗎？不會耽誤您太多時間的。」中西倏地換上前所未聞的溫柔嗓音。

年輕人看都不看中西一眼，一逕朝車站方向走去。中西嘖了好大一聲，連拓實都聽得一清二楚。

之後中西又數度主動出擊，一邊叮嚀拓實別呆站一旁，於是拓實也試著一一詢問經過的行人，卻沒人停下腳步。

中西終於攔到人了，是一位身穿馬球衫的青年，頸子很細，神情還看得出高中時代的稚氣。

中西問青年能否幫忙填問卷，青年沒有拒絕。

「那首先想請問您的職業。唔，您還是學生吧？」中西立刻展開他連珠砲式的問話。青年回答：「是。」

「您正要去哪裡？」、「喜歡的藝人是誰？」中西接著問了一些像這類無關痛癢的問題，但當中也穿插如下的問題：

「您現在身上帶著多少現金？A，不到五千圓。B，五千圓以上、不到一萬圓。C，一萬圓以上、不到兩萬圓。D，兩萬圓以上。」

「C。」青年答道。

如果青年在此題答A，問卷很快就結束了。中西面不改色地翻開第二張問卷。

「您喜歡旅行嗎？」、「最遠曾經去過哪裡旅行？」、「日後想去哪裡旅行？」接下來都是這類問題。不過似乎所有大學生都不討厭旅行，只見青年和顏悅色地逐一回答，而中西也適時接話讚美兩句，討青年歡心。

「如果民宿、旅館、飯店住宿費用全部半價優惠，您會更常去旅行嗎？」

這是最後一道問題。

「會呀。」馬球衫青年答道。

「了解了，非常感謝您！現在呢，對於協助我們完整回答這份問卷的朋友，我們特別提供了一套優惠券，在全國各大民宿與旅館都能使用，所以麻煩您在最後這一欄填上您的姓名以及聯絡方式好嗎？」

「喔，好……」青年接下中西遞給他的原子筆，依中西所言填上了姓名與地址。

這時，中西拿出一臺比計算機略大的機器，迅速輸入青年填在問卷上的數字資料。在青年停筆的幾乎同時，中西也完成了輸入。

「好的，非常謝謝您的合作。辛苦了，這是您的優惠券套票。」中西從上衣口袋拿出一本黃色票券，亮在青年眼前啪啦啪啦地翻了翻，「請看這裡，北到北海道、南到九州，知名的住宿地點全都在優惠範圍內，只要出示這個優惠券就能享受折扣了。您看，這間一晚一萬圓的房間只要五千圓；還有這個，在這間吃到飽的餐廳也能使用優惠券。您只要這一本套票在手，無論去哪裡旅行，都能爲您省下大把鈔票！」

中西說得非常快，青年只能頻頻點頭。

「還有呢，您說您常與朋友一塊兒出遊，是吧？那不如多帶一份吧！」中西又從口袋拿出一本優惠券。

「喔，謝謝。」青年說著，接下了兩套優惠券。

「好的，兩套總共是九千圓整。您給大鈔也沒問題，我這邊找得開的。」

拓實不禁望向青年的側臉。青年瞬間露出一臉狼狽，顯然是直到聽見中西提到了找錢，他才察覺自己必須掏錢出來，還有方才與中西的對話後半，其實兩人談的正是購買優惠券的事宜。

中西快手快腳地從皮夾拿出找零用的千圓鈔，望著青年。

青年視線游移著，從牛仔褲口袋拿出錢包，從中抽出一張萬圓鈔。

「非常謝謝您，這是您的找零。」中西拿走一萬圓鈔，將千元鈔塞進青年手裡，轉身便離開，拓實旋即跟上。

「就是這麼回事，簡單吧。」中西得意洋洋地說道。

「他還在看我們哦。」拓實回過頭望了一眼。

「眞難纏，我們在前面轉進巷子吧。」

彎過街角的大型書店，兩人走進小巷。

「還在嗎？」

拓實探出頭張望一圈，沒看見那名馬球衫青年。「不在了。」

「很好。」中西叼起一根短HOPE菸，點上火，「抽完這根我們就回去吧。」

「這種事，我幹不出來……」拓實繃著一張臉。

「這就是你的工作啊。重點就在於氣勢，要會看時機。整個過程你剛剛都看到了，你一定想不透對方怎麼會上鉤吧？」

「嗯。」

「要緊的是，要讓顧客覺得是他自己理虧。你啊，一定不曉得爲什麼這個優惠券一套要定價四千五百圓吧？」

「嗯，不曉得。要是定五千圓一套，兩套一萬不就不用找零了嗎？」

「祕訣就在於有找零這回事呀。顧客一直以爲優惠券是塡問卷就能免費拿到的，要是我們突然開口說兩套要收一萬圓，有些顧客會嚇到而當場提出質疑吧，那我們就不得不解釋爲什麼拿這些優惠券是要付費的，這麼一來，我們前段辛苦鋪陳的步調就被打亂了，顧客也會察覺塡問卷只是引子，當然不願意掏錢出來。」

「這我明白，我不懂的是，爲什麼有找零比沒找零好？」

「『您給大鈔也沒問題，我這邊找得開的。』——把這段話一口氣告訴顧客，等於是輕描淡寫地暗示顧客，之前我們在談的都是關於買賣優惠券的事哦，這樣一來，顧客會覺得整件事是自己誤會一場，天眞地以爲是免費贈送的，而關鍵就在這！鄉下人不想讓人發現其實是自己搞不清楚狀況，也就會乖乖掏錢出來消災了事啦。道理就這麼簡單。」中西將短HOPE的菸蒂往地上一扔，踩熄菸頭說聲：「走嘍！」

拓實望著中西窄小的肩，心想，的確是相當完美的騙人技巧，應該只有中西這種惡劣到骨子裡的人渣才幹得出來吧。

兩人回到先前的據點，中西命令拓實獨力找生意。拓實頻頻招攬行人，也有幾個人停下來塡問卷，但優惠券卻一本也沒賣出去；只要一講到優惠券是得掏錢買的，即將上鉤的魚瞬間便溜了。

「你眞沒用耶！不要讓顧客有時間思考啊！」在一座電話亭旁，中西大罵拓實。

「可是，這樣好像在詐騙顧客，我下不了手。」

「混帳東西！講那什麼話？你要那樣想，我們的生意還做得成嗎！」

這時，拓實眼角瞄到一名青年的身影，是方才那個馬球衫學生，正朝拓實兩人走來，看來青年一直在尋找他們的蹤影。中西也看到了，頓時皺起眉頭。

「不好意思，我剛才向你買了這個……」青年說著遞出兩本優惠券。

中西別開臉，眼神極度冷淡，與方才請青年塡問卷時的熱情有著天壤之別。

「我今天急需用錢，這個能不能退……」

中西響亮地嘖了一聲之後，心不甘情不願地回過頭看著青年說：「你在說什麼啊？你現在說

要退，這不是爲難我嗎？你剛才簽了約的哦，名字那些都簽在文件上了，不是嗎？」

「我以爲是問卷的一部分才填下去的……」

「你簽了就簽了，我們可是都登錄在這裡頭，刪不掉了呀。」中西在青年面前晃了晃那臺機器。

青年低下頭說：「請你幫幫忙，那是我存著明天回老家的車錢，你不退給我，我就回不了家了。」

「那不關我的事吧。」中西轉身就要走。

「啊，請等一下！請你幫幫忙！求求你！」青年緊抓著中西的西裝袖子，忙不迭地向中西低頭懇求。

「放手啦！少囉哩囉嗦了！」

「中西先生，」拓實忍不住開口了：「沒關係啦，就退給他吧。」

中西雙眼瞪得老大，「你這傢伙！沒你講話的份！」

「不過是九千圓，又不是多大的數字。」

「小子，你到底是站在哪一邊的？要講這種話，等你賺得到一、兩千圓再說，沒本事就給我閉嘴！」中西破口大罵，口水還噴到拓實臉上，再再挑戰著拓實的忍耐底線。

「我不幹了。這種骯髒事我做不來。」拓實將裝著優惠券與問卷的袋子扔到腳邊。

「不幹拉倒！我醜話說在前頭，我可是不付你今天的日薪的！」

「我的薪水無所謂，不過，可以麻煩你把錢退給他嗎？」

中西旋即伸出手一把揪住拓實的領口，「給你三分顏色就開起染房來啦？你憑什麼用那種語氣和我說話？啊!?」

說著，中西以鞋尖朝拓實的小腿一踹，拓實疼得當場蹲下來，緊接著啪嗒一聲，一口口水落在他面前。

「蠢——蛋——」頭上傳來中西的聲音。

他直起身子，只見中西一臉「你想怎樣？」的挑釁神情。

他先緩了緩氣，接著將全身力氣集中至右臂，伸直手肘的同時，拳頭已經深深陷入中西的鼻子與臉頰之間，整段過程宛如慢動作畫面。

中西整個人朝電話亭飛去，拓實清楚地看到他那磨損得厲害的鞋底。

他好不容易回過神來，發現行人紛紛停下腳步，而那位馬球衫學生早已不見蹤影，應該是逃走了吧。

我也該走為上策才是。——拓實拔腿就跑。

2

七星菸盒空了，拓實從長椅起身，想到明天又得重新找工作，不禁憂鬱了起來。

低頭走著走，突然一顆球滾來腳邊，是顆軟式棒球。拓實拾起球，一名小學男生跑過來對他說：「謝謝你，那是我掉的。」

男孩子接下球便轉身離去，拓實望著他的背影，發現前方有塊寫著「打鬼遊戲」的招牌。

拓實雙手仍插在口袋，朝招牌方向晃去。方才那名男孩子正不斷地投球，目標是對面手持狼牙棒的紅鬼人偶的肚子部位。

遺憾的是，整局下來，男孩子一球也沒擊中，看他一臉就是很想繼續玩的神情，但還是聽話地和母親牽著手離開了。

拓實來到攤位前詢問，老闆說五球一百圓，買整本套票另有折扣。拓實掏出一百圓，他只是臨時起意想玩一下而已。

他握著球，一邊感受著軟式棒球的觸感，踏上了投球位置。好久沒碰棒球了，他不自覺地採取了投曲球的握法，那是他當年最擅長的球路。

拓實回想著昔日的投球姿勢，瞄準紅鬼的肚子輕輕投了出去。他估計球應該會不偏不倚地正中紅心，沒想到球一離手，畫著略微偏離預測的軌道，擊中了紅鬼的肩膀。

「不太順啊。」他自言自語著，甩了甩右臂。

第二球，這回比較謹慎地投出去，但依舊沒擊中，球掠過了紅鬼的大腿。

拓實脫掉外套，顯然也認真了起來。

他假想前方有個捕手在，緊接著朝捕手的手套投出第三球、第四球，全都沒中，使力投出的第五球更是飛到意想不到的方向去。

拓實又去找老闆買了五顆球，回到紅鬼前方時，他發現有個人在看他投球。

這名青年看上去不到二十歲，中等身高，體形瘦實，在T恤外頭罩了件髒兮兮的連帽外套。從那曬黑的臉龐與髮形看來，拓實猜想這人是玩衝浪的。

看什麼看啊。——拓實很想罵過去，然而看到青年親切的笑臉，話又吞了回去。那副眼神，像極了凝望著飼主的小狗。

拓實在意著青年的視線，一邊投出了球。第一球、第二球連續落空，他眼角瞥見連帽外套青年正低聲竊笑。

「有什麼好笑的！」拓實的語氣帶著怒意。

青年仍是一臉笑意，搖了搖頭道：「抱歉，我不是在取笑你，只是看到你的投球習慣還是老樣子，覺得很懷念罷了。」

「什麼老樣子不老樣子的！」

「你的投球姿勢和投法都沒變，還是一樣習慣手肘略沉，單靠手臂使力投球。」

「投得這麼爛，不好意思喔。但麻煩你閉嘴，好嗎？」

眞是令人火大的傢伙。拓實會這麼惱怒，是因爲青年完全說中了他投球姿勢的缺點，從前教練就常這麼叮嚀他：「拓實，你的手肘又沉下去了！」

第三球依舊沒中，第四球再度落空，控球似乎愈投愈差。

「有的投手很妙，」連帽外套青年開口了：「每當朝本壘投球時，常會控球失準；但一旦需要投出牽制球，卻總是出奇精準。或許是因爲他投牽制球時不會胡思亂想，肩膀也相對比較放鬆吧。」

「你到底想說什麼？」

「沒什麼。我只是說，也有這類投手啊。」

拓實心想，這傢伙不知道在胡言亂語什麼，但自己不由得在意起他的話。拓實的確常被教練說，他往本壘投球控球很差，唯獨投牽制球特別拿手。

他握住最後一顆球，正打算投出，這時他與青年四目相交，但青年臉上沒有笑容，只是神情嚴肅地凝視著他。

拓實吁了口氣，朝標的看了一眼，接著轉過身背向紅鬼。

九局下半，兩出局，領先一分，一壘有人——他在腦中描繪著球賽的情景，嗅得到球場土地的氣味，聽得見球迷的加油聲。

他猛一回身，朝一壘——不，朝紅鬼的正中央投出球，球絲毫不差地正中紅心。

紅鬼發出低吼，揚起手中的狼牙棒。打鬼成功。

青年拍著手道：「幹得好！不愧是棒球健兒！」

拓實暗暗鬆了口氣，但他不想顯露在臉上，而且搞不好青年只覺得他是運氣好打中的。拓實又朝老闆走去，付了一百圓，捧著五顆球回來投球位置。

這回他打算從第一顆球就採取投牽制球的方式，首先背對紅鬼，再突地回過身投出球。他的控球比先前要好太多了，一球接一球中的，紅鬼連續發出怒吼。

最後一球也完美命中後，拓實拎起外套披到肩上，轉身走出攤位。

「打得很好嘛！」青年跟了上來。

「我要認眞投就是這樣啊。剛開始是因爲我沒暖身，肩膀使力不太順。」

「不愧是牽制球之王。」

拓實停下腳步瞪著青年，「誰告訴你的？」

「咦？告訴我什麼？」

「你剛剛不是說了，『牽制球之王』。你爲什麼知道我從前有這個外號？」

青年的黑眼珠轉了轉，接著輕輕攤手說道：「沒人告訴我，我只是剛才看你投球的模樣，突然有感而發罷了。」

「是嗎？」拓實總覺得怪怪的，但也沒道理質疑青年的說詞。畢竟那是自己高中棒球社時代的事情了，素昧平生的青年不可能曉得當年的事。「算了，掰啦。」

拓實舉起一手代表道別後，正要踏出步子，青年將一個東西遞到他面前。仔細一看，正是那條被他扔進垃圾箱的藏青色領帶。

「洗一洗還能用，扔掉太可惜了，你不是很窮嗎？」

拓實聽到青年說他窮，登時火都上來了，但他更介意的是另一件事。

「你這傢伙一直在跟蹤我嗎？目的是什麼？」

「我不是在跟蹤你，應該說，我一直在找你。說眞的，費了我好大一番工夫呢，因爲你只給我『花屋敷』一條線索，也不多透露一點，眞是的。託你的福，這陣子我一直等在花屋敷的入口呢。」

拓實聽不懂這人在說些什麼，是不是腦袋有問題啊？

「拜託，我又不認識你。」他一把搶回領帶，轉身便走。

身後卻傳來青年的聲音，「可是我對你的事可是一清二楚哦，宮本拓實先生。」

3

拓實不由得停下腳步，回頭望著青年。「你爲什麼知道我的名字？」

「我剛剛不是說了嗎？我對你的事一清二楚，所以一直在找你啊。」

「你到底是誰？」

「我是時生。宮本時生。」他用力點了個頭。

「宮本？開什麼玩笑。」

「我沒有開玩笑。」確實，青年的眼裡有著不容質疑的眞摯。

「你給我講清楚怎麼回事？」

拓實這麼一說，時生頓時皺起眉搔著頭，頭髮被他抓得亂糟糟的。「我一直在思考該怎麼向你解釋整件事。就算我實話實說，你一定不會相信我的話，可是我又不想被你當成腦袋有問題的怪傢伙……」

「少在那邊嘀嘀咕咕的，說實話就好了。告訴我你到底是誰？爲什麼要找我？」

「好吧……簡單講就是，我應該算是你的親戚之類的吧。」

「親戚？拜託！」拓實啐了一聲，「我才沒有什麼親戚。會喊伯伯阿姨的是有，但都不是我的血親，何況我也沒聽那些人提過你。」

「所以我沒說我是你的親戚啊，只是類似親戚的存在，但我至少有一點勝過他們，那就是，我和你是有血緣關係的。」

「血緣？」

「嗯。」時生點頭。

拓實直視時生的雙眼，接著視線掃過他全身一遍。

「幹麼啦。」時生被他盯得渾身不自在。

「原來是這樣啊！我明白了，你是那個女人那邊的血緣吧。」

「哪個女人？」

「少裝蒜了，反正八成又是託你轉告我一些有的沒的。哼哼，這樣啊，那女人終究是生下別人的孩子了。想幹麼就幹麼，命很好嘛。」

「等等，你好像誤會什麼了。」

「我不管是誰託你來的，你回去轉告一聲，不准再來煩我了！」拓實再度大踏步朝出口走去，他打定主意無論青年再說什麼都不予理會。

然而他才剛走出花屋敷，時生便追了上來，扯住他的袖子說：「等一下嘛，先聽我說好嗎？」

「好啊，說來聽聽啊，只要你不是那女人那邊的我就聽。那麼，你是哪位？」

但時生答不上來，一逕望著拓實。見他這副模樣，拓實心頭不知怎的突地一緊。

「看吧，答不出來吧。好了好了，你走吧，別再來煩我了。」拓實說著踏出步子。

可是時生默默跟在他後頭，一副就是還有話非告訴他不可的模樣。拓實一點也不想聽，他早已決定一輩子都不再和那女人有任何牽扯。

拓實穿過花屋敷大道朝淺草寺前進，途中經過一間陶瓷鋪前，他突然停了下來。

「好，不如這樣吧。如果你眞的和我有血緣關係，拿證據來看看。」

「哪有什麼證據……」不出所料，時生苦著一張臉。

「你手伸出來。兩手。」

「這樣嗎？」時生將雙掌攤在拓實面前。

「不是。手背朝上，雙手併攏伸出來。如果你眞的和我有血緣關係，手背上應該有某樣特徵。」

「啊？我怎麼沒聽說過什麼特徵？」時生一臉納悶，還是乖乖地照拓實說的伸出手。

「哼，這一點可是關鍵呢。」

拓實朝陶瓷鋪瞥了一眼，旋即拿起鋪子上最大的盤子，上頭標著定價三千圓。他將大盤子放上時生伸出的兩手手背上，時生的眼睛霎時睜得老大。

「如果你和我流著相同的血液，東西到手上是不會輕易弄壞的。」

「啊……可是……」

「掰啦。」

拓實說完退了開來，確認時生因爲手背上的大盤子而動彈不得之後，當場快步離去。來到淺草寺腹地，拓實朝二天門走去。這天是非假日，但是淺草仍隨處可見觀光客的身影，數名大嬸以淺草神社爲背景拍著紀念照，拓實聽見她們口操關西腔，不禁厭煩了起來。記得那女人說話也有關西腔。

拓實直到今日仍記得自己與那女人初次見面時的情景，兩人待在擺有佛壇的和室裡。家裡每當有重要客人上門，父母總會請客人進到這間和室。

「呀——你長這麼大了啊。也對，都五歲了嘛。」

那女人身穿淡粉紅色洋裝，一靠近就嗅得到她身上甜甜的香水味。

那時的自己做了些什麼事、說了些什麼話，他完全不記得了。還有印象的是，和室裡只有他們兩人，獨處了好長一段時間。至於爲什麼當時父母既不出面、也不讓他離開和室，他是在很久之後才曉得原因。

那女人每隔一、兩年就會來看他一次，每次都會送他點心或玩具等小禮物，而且每一樣都是高級品。

然而，她的來訪逐漸造成拓實的心理負擔。一個原因是，她的態度相當詭異，每次見到拓實，總是露出一臉百感交集的神情，對拓實又摟又抱的。她身上的胭脂香味，拓實愈聞只覺得愈刺鼻。

令他感到憂鬱的另一個原因是，只要那女人一來過家裡，父母就會大吵一架。他不清楚兩人爲什麼起口角，但看樣子似乎是母親不希望她上門，父親則是極力安撫母親。

可是，拓實上了中學之後，那女人不知怎的就沒再出現了。或許是她也察覺到拓實父母並不歡迎她的到訪，也或許是他們明確地拒絕了她。

拓實是在高中升學考的前夕，得知了她的眞實身分。報名升學考需要戶籍謄本，母親前往戶政事務所申請了謄本回來，拿給拓實時，莫名其妙地交代說：

「你直接把這份資料交給老師，知道嗎？絕對不可以打開來看。」

裝著報考申請表與戶籍謄本的信封以漿糊封得死死的。

拓實拿著申請文件前往學校的路上，還是很介意母親那番話，於是他拆開了信封，然後，他在文件上看到了兩個字——「養子」。

4

走出二天門，拓實沿著馬道大道朝車站的反方向走去。穿越言問大道後，再往前走一會兒，彎進右邊小巷，眼前是成排狹小的民宅，拓實租的公寓就位在這裡。二層樓公寓的外牆滿是龜裂痕跡，樓梯在住家外頭，扶手宛如得了皮膚病般，塗漆嚴重斑駁。

拓實正要上樓，發現樓梯上方有人在。抬頭一看，他登時停下腳步。中西正張大了腿坐在最

上層階梯，那品味低俗的漆皮皮鞋鞋尖映入拓實的眼簾。

中西俯視拓實，吊兒郎當地半張著嘴。

拓實立刻轉身想逃，然而身後卻站著兩名男子，同樣是一身廉價西裝，這兩人不久前還是拓實那份問卷工作的伙伴。

拓實望向對向方向，那邊也有兩名男子擋住去路。看他們的打扮，顯然是和中西一伙的。

四人並沒有衝上來，只是死命地瞪著拓實，但當然不會這麼放過他，他們只是在靜待中西下令。

中西站起來走下樓梯，不曉得是想演給誰看，他將兩手插在褲子口袋，一副早期黑道電影裡頭目登場的架勢，那雙品味低俗的皮鞋踏著階梯發出喀咚喀咚的刺耳聲響。

中西狠狠盯著拓實，來到他面前說了句：「剛才承蒙關照了。」

中西臉上吃了拓實那一拳的部位整個腫起來。拓實當時其實是手下留情的，但似乎仍有相當的威力，眼前的中西無法順利牽動臉部肌肉而垂著嘴角，五官看上去更是令人嫌惡。

拓實伸出指尖搔了搔臉頰，問道：「很痛嗎？」

中西皺起眉，左手倏地揪住拓實的衣襟，「你膽子很大嘛，把我當什麼？你覺得我會輕易放過你嗎？」

「呃，好吧，那一報還一報，我讓你打一拳。」

「不用你提醒我也會還你這一報，不過可不止一拳了。」

說完，中西高高掄起右拳。看在拓實眼裡，這拳的速度並不至於快到躲不過，但要是他閃掉這拳，只會讓中西更爲光火，並非上策。然而他又不想讓鼻子挨拳，於是在拳頭迫近眼前時，他稍稍別開了臉。中西這拳雖不成氣候，還是有一定的衝擊力道，拓實耳中頓時竄過一陣耳鳴。

中西放開拓實的衣襟，但這筆帳顯然還沒算清。四名同伙不知何時來到拓實身後架住了他。拓實試圖掙開，但對方的力道出乎意料地強勁，他一回過頭，雙臂早已被兩人分別緊緊挾住。

中西不知從哪兒拿出事先準備好的木棒，像在揮球棒似地朝拓實的腹部揮下，同伙也拳腳齊來。拓實將全身力氣集中至腹肌應戰，但內臟還是狠狠吃了一棒，劇痛與反胃同時襲來，嘴裡湧上混合了胃酸與方才吃下的霜淇淋的味道，拓實連呻吟都發不出，一口氣喘不過來，當場雙腿一軟蹲了下去，挾住他的手稍稍放鬆了力道。

五人謾罵著一邊踹向他，木棒一棒棒落下。拓實抱住頭，宛如石塊般蜷起身子。

有人高喊出聲，卻不是這五人的聲音。聽到大喊的同時，五人停下了毆打。喊叫再度傳來，這回拓實聽得清清楚楚，對方喊的是：「住手！」

拓實仍以雙手護著頭，朝聲音的方向偷瞄一眼，發現衝過來的是那個莫名其妙的青年時生。那個笨蛋！——拓實暗罵道。

「幹什麼！」一名中西同伙喊道。

「五對一，太卑鄙了吧！」時生大罵。拓實看到他手上拿著傢伙，是一把不知哪裡撿來的破傘。

「要你管啊！小鬼滾一邊去！」中西同伙推向時生胸口。

拓實也暗自嘟囔著——對啊，滾一邊去啦！

但時生不知在想什麼，竟然揮起那把破傘朝男子刺去，男子輕鬆閃過，同時一個直拳著著實實地擊中時生的臉，時生頓時朝後飛去，一屁股摔到地上。

中西過去跨到時生身上，抓住他細瘦的頸子問道：「搞什麼？你是宮本的同伙？」

不是！——拓實想大喊，卻連呼吸都有困難，喉嚨發不出聲音。這時，時生答道：「我是他的親戚。」

拓實不由得閉上了眼。幹麼跟他們講這些啦……

「噢，這樣啊，那你就要負連帶責任嘍。」中西冷笑道。

「放過他……吧！」拓實好不容易擠出聲音，「不過是個小鬼頭。」

「囉嗦！」一旁中西的同伙又踹向拓實，拓實兩手擋下，乘勢站了起身，衝過去將中西拉離開時生。

「這小鬼和我毫無關係啦！又不是我的親戚，我根本不認識他。」

中西一臉不屑地笑了，「怎麼，想護著他？你這個小混混耍什麼帥啊！」

拓實轉向時生喊道：「混帳東西，快逃啦！」

「我不逃。」

「我叫你滾！」

但拓實話聲剛落，腦門頓時受到重重一擊，中西一伙人不知拿什麼砸向他的頭。拓實還來不及感到痛楚，只覺得快昏了過去，但他撐住了，一個翻身護住時生。至少，不能連累這個不相干的青年。拳腳如雨點般落下，拓實也不明白自己爲什麼要這麼做——眞不像我啊，平日的我才不會顧慮這種怪傢伙……

恢復意識時，拓實發現自己躺在地上，臉頰貼著柏油地面。一睜開眼，朦朧的視野中，首先浮現的是時生的橘色連帽外套，他正伸直兩腿倚著建築物外牆坐著，頭垂向前方，劉海遮住了臉。

拓實站起身，全身關節幾乎發出悲鳴，腦袋一片混沌，身上滿是紅腫的瘀傷，隱隱發著熱。他蹣跚地走向時生，一把抓住他的肩想搖醒他。「喂，醒醒。」時生的頭也跟著前點後晃。沒多久，時生睜開了眼，右邊鼻孔流著血，但看來傷勢不太嚴重。拓實鬆了口氣。

「還好嗎？」一出聲，血的味道在口中散開。

時生只是望著拓實，連眨了好幾次眼睛，似乎還沒回過神，囁嚅了一聲：「爸……」

「啥？」

「呃，沒事。拓、拓實先生你呢？還好……吧？」時生似乎嘴張不太開，說話不清不楚的。

「好個頭啦，誰教你管什麼閒事啊。」

一名胖大嬸買完菜路過，一臉嫌惡地望了兩人一眼便加快腳步離去。拓實盯著大嬸走遠後，問時生：「站得起來嗎？」

「嗯，應該可以。」

時生忍著痛楚站了起來，拍了拍牛仔褲的屁股部位。這時拓實才發現，自己身上的西裝又髒又爛，褲子膝蓋部位也鉤破了，依稀可見膝蓋帶血的傷口。

「總之，先回我家清洗一下。」

「在這附近吧。」時生張望著四下。

「那上面就是了。」拓實指著那道斑駁的樓梯說道。

打開了很難開關的破舊家門，一踏進玄關，時生便輕呼一聲：「好髒——」

「閉嘴，嫌髒你不要進來啊。」

拓實脫掉髒兮兮的舊皮鞋，進到屋裡。不到三張榻榻米大的廚房與六張榻榻米大的和室就是全部的生活空間，隨手亂扔的色情書刊和漫畫雜誌、速食和零食包裝袋散落一地，顯然好一陣子沒打掃了，每踏出一步都發出窸窣聲響，塵埃隨之揚起；壁櫥內塞了一堆雜物，拉門半開著，看上去嚴重受潮的髒棉被露出一角。更令人不舒服的是，屋內一直飄著一股腐臭味。拓實拉開從沒洗過的窗簾，將窗戶整個敞開。

「自己找地方坐吧。」拓實說著脫去上衣，就著廚房水龍頭洗臉漱口，嘴裡傳來陣陣刺痛。洗完臉，他便如破抹布般直接在廚房地上攤成大字形。全身都在痛，連他自己都搞不清楚究竟哪裡傷得最重。

時生佇立和室中央猶豫了許久，決定坐在《少年JUMP》堆出的雜誌山上。

「你就住在這種地方啊。」時生環視四周，似乎覺得相當新奇。

「不好意思，只住得起這種破房子。」

「眞的很髒呢，不過不知怎的有點開心。」

「有什麼好開心的？」

「嗯，怎麼說呢……沒想到你也住過這種地方嘛。」時生那張帶著鼻血的臉笑了開來。

「你這傢伙老講些讓人不舒服的話，什麼叫『也住過』？我還活生生地『住在』這裡好嗎？不過話說回來，你爲什麼會找到這裡來？跟蹤我嗎？」

「我是想跟蹤你，可是跟丟了，都怪你對我做了那種事。」

看來他是指兩手手背被放上大盤子一事，拓實哼了一聲，「莫名其妙有個人冒出來自稱是親戚，你覺得我會相信這種人嗎？」

「也對，確實很可疑。」

「可疑極了。然後呢？你不是跟丟了嗎？後來又怎麼找到這裡的？」

「嗯，憑著模糊的記憶找來的。」

「記憶？」

「以前帶我來過呀。那時候我還是小學生，去淺草寺玩回家的路上，不是說自己年輕時住過這一帶嗎？」

「誰說的？」

「還問我誰說的——」時生說到這突然頓了頓，接著道：「我父親說的。」

「啥？」拓實張大了嘴，「你老頭住哪跟我有什麼關係啊？」

「是沒錯……不過我是想，要是年輕男子會在這一帶租屋，你住的地點應該八九不離十吧。」

「是嗎？所以你迷了一段路才找來的？」

「是啊，我運氣很好呢。」

「好個屁，被打成那樣還叫運氣好……喂，你有菸嗎？」

「沒有，我不抽菸的。」

「呿，沒用的傢伙。」

拓實伸手拿起一旁的可口可樂空罐，倒過來窺著裡頭，捏了幾根菸蒂出來，挑了最長的一根啣到嘴上，以ZIPPO點上火。明明是七星的菸蒂，味道卻完全走了樣，拓實邊抽邊心想，這還是頭一次抽到這麼難抽的菸。

「我能問你一件事嗎？」時生說。
「怎麼？」
「剛才那些人是什麼來路？」
「喔，他們是我的前同事，我們共事到今天早上爲止。」
「同事？什麼樣的工作？」
「很無趣的工作，因爲太無趣所以老子不幹了，順便揍了老闆一頓，剛才他們就是來復仇的。早知道不該留下眞實住址的，那種爛工作，履歷表亂寫一通就得了。」拓實抽著難抽的菸，呼出煙霧，潮掉的菸屁股化成的煙霧也毫無情趣可言。
「對方下手還眞狠。」
「是啊。」
「爲什麼不讓他們瞧瞧你的厲害呢？你大可還手啊，記得你以前不是練過拳擊嗎？」
拓實一口菸正要送到嘴邊，頓時停下手，斜眼瞪著時生說：「是那女人跟你說的？」
「哪個女人？」
「少裝傻了，我清楚得很。」
菸短得快燒到手指了，拓實熄掉它，又挑出另一根菸蒂。
他高中時曾在拳擊訓練中心待過半年。一開始是因爲退出棒球社後，想找個事情讓自己投入心力而選擇了拳擊，但進入中心之後，眼看前輩底子之堅強，他終於明白自己能力的底限，內心大受打擊。
「那種三腳貓，你只要一拳就搞定了吧。」時生繼續說。

「我要是回一拳，惹毛了那些傢伙，他們可是會反擊十拳的。」

「沒想到爸……拓實先生也無法一次擺平五個傢伙啊。」

「我沒那麼強。而且就算我今天撂倒了五個人，改天圍上來的會是五十個人。那些傢伙不把我打到跪地求饒是不會罷休的，那還不如讓他們五個人一次打個痛快。」

「是這樣嗎……」

「就是這樣。話說回來，你還沒交代清楚你的來歷吧？」拓實說。

這時，大門門鎖喀嚓一聲轉了開來，門一打開，紮著馬尾的千鶴走進玄關，她穿著廉價的皮短裙，上身搭牛仔外套，一看到躺在廚房地上的拓實，圓滾滾的大眼睛睜得更大了。

「發生什麼事了?你又跟人家打架？」

「才不是打架，工作上起了點爭執。」

「什麼起爭執嘛……」千鶴正想接口，察覺屋裡多了個陌生年輕人，立刻閉上嘴。時生朝她微微頷首打了個招呼，於是她也點頭示意。

「他叫時生，不巧和我一道，連帶挨了一頓揍。」

「哇，眞是太慘了。」千鶴面帶歉意地望著時生。

「千鶴，菸。」

「先處理傷口吧。」千鶴進屋，在拓實身旁蹲下，撫著他紅腫的臉頰。

「痛啦！別摸好嗎?先給我菸啦。」

「尼古丁對傷口不好。等我一下，我去買藥。你身上有錢嗎？」

拓實伸手進褲子口袋，裡頭應該有幾張千圓鈔，但手指只摸到了零錢。他皺起眉，想起中西

臨走前丟下一句話——「都是你害我今天沒收入，這就當是賠償吧。」

拓實將手抽離口袋，攤開手掌。

「只有三百二十圓!?」千鶴難掩失望。

「不好意思，可以先幫我墊藥費嗎？」拓實說著撫了撫千鶴的大腿，她使勁拍開他的手，站了起身。

「乖乖躺著別亂動，我馬上回來。」

「麻煩妳了。」

千鶴甩著馬尾走出大門。

拓實點上第二根菸屁股。空氣中飄著淡淡的廉價香水味，是千鶴留下的。

「剛才那位是拓實先生你的女朋友？」時生開口問道。

「是啊。」拓實答道：「很不錯的女人吧？」

「嗯……人是不錯啦。」時生不知爲何面露困惑，「不過，你該不會要和她結婚吧？」

「爲什麼不行？我和她結婚礙著誰了嗎？」

「呃……不是……不會礙著誰啦。」時生說著搔了搔頭。

「我遲早會把她娶進門的，不過現在沒辦法就是了。」

「是喔，這樣啊……」時生垂下了頭。

「怎麼？幹麼一臉落寞？」

「我沒有落寞啦，只是覺得……娶她眞的好嗎？」

「你應該沒資格講這種話吧？還是怎麼著？你對千鶴一見鍾情，所以當場吃醋了？」

「怎麼可能！」

「那我要娶誰是我的自由吧？少管閒事。」

「嗯，我不說了……」時生說著抱膝坐正身子。

拓實直起上半身，忍著腿的疼痛盤腿而坐，拿起一旁的《平凡PUNCH》(*1)嘩啦嘩啦翻著寫眞女星的專題頁。Agnes Lum(*2)依舊一身泳裝，暴露著小麥色的肌膚。有種就全脫了啊。——拓實暗自叨念著。千鶴是好女人，不過要是胸部也這麼大就更完美了。

早瀨千鶴在錦糸町的小酒店上班，原本拓實在酒店對面的咖啡廳當服務生，千鶴上班前都會過去喝杯咖啡，兩人逐漸熟識，第一次發生關係是在第二次約會結束後，地點就是拓實這間髒兮兮的租處。因爲受潮的被子又硬又薄，兩人做愛做到一半，千鶴抱怨說撞得背很痛，此後兩人約會前，拓實都會先曬好被子，但這個習慣並沒持續多久，因爲後來兩人都是去千鶴的租處相擁。

「我回來了。」大門猛地打開，千鶴回來了。

5

拓實脫下衣服，身上的傷口比想像得要多，而且都是很深的傷。千鶴每觸到一處傷口，拓實便大聲怒罵，但千鶴似乎都當耳邊風，迅速地爲傷口消毒、塗藥、綁繃帶，手法非常俐落。

*1 《平凡パンチ》，一九六四—一九八八平凡出版社發行，爲日本第一本主攻男性讀者群的寫眞女星週刊。

*2 アグネス・ラム，一九七〇年代末風靡全日本的中美混血泳裝模特兒。

「妳動作這麼熟練，是因爲拓實先生常弄得一身傷回來嗎？」時生問。
「那也是原因之一。別看我這樣，我的夢想是當護理師，也念過一陣子的護校呢。」
「是喔。」
「念是念過，但妳沒上幾堂課就逃掉了吧。」
「才不是逃掉，是家裡沒錢讓我繼續念下去嘛。」千鶴氣呼呼地回道。
「妳要是眞有心要走那條路，半工半讀也成啊。」
「事情沒有你想的那麼簡單。好啦，治療完畢！」千鶴說著碰的一聲拍了拓實的背。一陣強烈的疼痛襲來，拓實不禁皺起眉頭。
「你叫……時生，對吧？你的傷口也得處理一下才行。」
「我沒關係啦。」時生搖著手。
「讓她幫你看一下吧，放著不管會化膿的。」
拓實這麼一說，時生顯得有些猶豫，接著看向千鶴點了點頭道：「那就……麻煩妳了。」
時生脫掉連帽外套與T恤，露出瘦實的上半身，而更引人注意的是他那曬成小麥色的肌膚。
「曬得很漂亮嘛，你平常習慣游泳還是做什麼運動嗎？」千鶴問道。顯然她也和拓實有同樣感想。
「呃……嗯，常曬太陽吧。」時生偏了偏頭，回答得很模糊。
「咦？這個是舊傷吧。」千鶴指著他的側腹一帶，那裡有一道長約十公分的疤，看起來像是刀傷。
「哪裡？什麼舊傷？」時生順著千鶴手指的方向低頭一看，「啊，眞的耶，看樣子不是剛才弄傷的。」

千鶴問那傷疤是怎麼來的，時生不知怎的也是一臉納悶，說不出個所以然。

「搞什麼，那麼大一道疤怎麼來的你不記得？不是你自己的身體嗎？」

「是啦……呃，因爲我和拓實先生一樣，常常弄得一身傷嘛。」

「時生你也常和人起爭執嗎？」

「沒有啊，我從沒吵過架，」說著他衝著拓實一笑，「像今天那樣大打一場，還是我有生以來第一次的體驗呢。」

「那才不算打架咧，只是單方面挨揍罷了。」

「我也是頭一遭挨揍。」

「你在開心個什麼勁兒啊，腦袋壞了嗎？」拓實伸出手指在太陽穴一帶繞圈圈。

「說實話，我還眞有點開心呢。因爲我從沒像這樣和別人打來打去，一直很想體驗看看，感覺超炫的。」說著這段話的時生眼中閃閃發亮，看來他不是在開玩笑。

「是嗎？原來你過的是養尊處優的日子啊。」拓實語帶諷刺說道。

「沒有養尊處優啦……只是我的身體狀況不允許我和別人打架。」

「你身子哪裡不好嗎？不過現在看起來倒是健健康康的呀。」千鶴睜大了眼問道。

「嗯，這個身體看來頗健康呢。」時生撫了撫自己的手臂，那動作像是在感受新衣服的質料觸感似的。

千鶴仔細地幫時生的傷口貼好OK繃，接著纏上繃帶。拓實望著千鶴俐落的包紮手法，一邊伸手打開她的皮包找菸，翻出唯一一盒echo（*1）。生性節儉的千鶴只抽echo。

「對了，阿拓，你說工作上跟人起了爭執，是那份找人填問卷的工作嗎？」千鶴邊問邊幫時生的手腕纏繃帶。

「是啊。」

「所以……你該不會又不幹了吧？」

「嗯。」

「這樣啊，又是沒兩天就辭了。」千鶴臉上浮現失望之色。望著她的側臉，拓實知道那抹失望代表了什麼。

「反正那種填問卷的工作又不可能幹一輩子，不過是份打工，要我忍氣吞聲一直幹下去，我辦不到。」

「可是他們之前不是說好，只要你在街頭填問卷做出成績，就能轉調內勤做事務工作嗎？」

「想也知道那是胡扯啦，填問卷的永遠只是個填問卷的。」

「可是不管是什麼樣的工作，有活兒幹總比成天無所事事要好吧？四處玩樂晃蕩，沒人會付錢給你的。」

「我又沒有四處玩樂，明天就會去找新工作啦。我是說眞的。」

千鶴沒說話，只是嘆了口氣，大概是想到同樣的事情又要再來一遍，覺得很無力吧。

傷口似乎包紮好了。「謝謝妳。」時生說。千鶴也笑笑地回了一句：「請保重。」

「傷口一包好，肚子就餓了啊。千鶴，煮點什麼來吃吧。」

「煮什麼？冰箱裡什麼都沒有啊。」
「去買嘛。」
「錢呢？」
「我有三百二十圓。」
「那就沒辦法啦。」千鶴將那盒echo菸收回皮包裡，「而且我得走了。要是遲到，又要被扣薪水了。」
「什麼？那妳是要我餓到死啊？」
「我沒那麼說吧。再說，沒錢吃飯要怪誰？動不動就把工作辭了。哪個人不是一邊忍耐著討厭的事情一邊工作？我的工作也是得面對一堆爛事啊。」
「討厭的話就別幹啊。」
「我才不像你，我還不想餓死路邊。」
「不會餓死路邊的啦。妳等著瞧吧！我一定會大賺一筆，闖出一番大事業，讓妳過好日子的。」
千鶴只是凝視著拓實好一會兒，緩緩地搖了搖頭，然後默默地從皮包拿出錢包，抽了一張千圓鈔出來，放在《女神誌》(*2)上頭。

---

*1 「エコー」，日本本土菸，以低價格聞名。
*2 《漫画エロジェニカ》，日本七〇年代三大成人漫畫雜誌之一。

給我錢幹麼——拓實一句話到嘴邊又吞了回去，說出口的卻是：「抱歉，很快就還妳。」

千鶴聽了只是苦笑，嘆了口氣。

「時生，跟著這種傢伙不會有什麼好事的，你還是盡早去找別的朋友吧。」

然而時生沒應聲，兀自拿起那張千圓鈔，兩手將鈔票攤開來仔仔細細地瞧著，低喃道：

「……是伊藤博文(*1)耶。」

「在講什麼？又不是沒看過。」拓實一把搶走鈔票。

「阿拓，那件事你打算怎麼辦？」千鶴問道。

「哪件事？」

「你母親那邊，不去看她沒關係嗎？」

「我不是跟妳說我沒有媽媽嗎？那種女人管他去死。」說著拓實看向時生，「喂，你回去轉告那個女人，不要再來糾纏我了。」

但時生只是半張開嘴眨著眼，一副一頭霧水的神情。

「咦？時生你不是阿拓的朋友嗎？」

「是那個女人派來的。對吧？」

「不……呃……我剛才也問過你啊，你說的『那個女人』到底是誰？」時生問道。

「少裝傻了，那個女人就是那個女人。姓東條的臭老太婆啊！」

時生的神情一變，像是想起了什麼事，深吸了一口氣說：「姓東條的婆婆？你是說愛知縣那位？」

「終於承認了吧。」拓實面朝時生，重新盤腿坐好，「給我講清楚來，你跟那個女人是什麼關係？既然會盯上我，你應該是那個女人的兒子吧？」
「兒子!?那你不就是阿拓的弟弟了？」千鶴交互望著兩人，「可是長得完全不像啊？」
「我不是。」時生仍直視著拓實，搖頭道：「我不是東條奶……那位婆婆的小孩。」
「那你是誰的小孩？你跟那女人又是什麼關係？你打哪來的？要回哪裡去？」拓實連珠砲似地發問。
時生看了看拓實，接著望向千鶴，視線又回到拓實身上，下巴微微顫抖。
你這傢伙幹麼啦——拓實不禁在心中嘀咕。
這時，時生開口了：「我……孤家寡人一個。」
「什麼？」
「我天涯一人。無處可去，也無處可回。我不是任何人的孩子，我……我的父母，不在這個世界上，我已經再也見不到他們了……」
時生的眼眶突然泛出淚水。

6

拓實與千鶴一起離開租處，因爲千鶴覺得讓時生獨處一下比較好。拓實完全不知道時生發生了什麼事，但確實，看他那副模樣，拓實知道自己沒辦法、也不應該打擾他。

---

*1 伊藤博文（一八四一—一九〇九），首任日本內閣總理大臣，明治維新元老，爲一九六三年發行的千圓鈔票票面人物。

「那傢伙搞什麼，說哭就哭。」拓實邊走著，大拇指指了指身後的租處公寓。

「他應該有不少苦衷吧，可能家庭背景比較複雜，和阿拓你一樣。」

「有苦衷我能體會，但他什麼都不講，鬼才知道。」

我的父母不在這個世界上——時生是這麼說的。意思是，他的雙親早逝，所以他一直是孤獨一人嗎？這樣的話，拓實心想，雖然背景有些出入，但正如千鶴所說，時生與自己有著同樣的遭遇。

然而奇妙的是，時生先前說他與拓實的關係類似親戚，但兩人同是舉目無親的天涯淪落人，哪有可能是親戚？

千鶴往車站走去。兩人分開後，拓實走進平日常去的拉麵店。這家店只有櫃檯座位，服務採自助式，菜單也只有拉麵與煎餃兩項，而且最大的問題是，東西並不好吃，唯一的優點就是便宜。拓實點了拉麵、煎餃，外加一碗白飯，接著去倒了杯水。

煎餃是養父最愛的食物，他常說，只要有煎餃和啤酒，夫復何求，然後一個人點了好幾盤煎餃。養母看著丈夫這樣，總會皺著眉頭念他，吃這麼多會滿嘴大蒜味，對客人太失禮了吧。這種時候，喝紅了臉的養父就會手揮呀揮地說，沒問題啦，只要睡覺前灌他個幾瓶牛奶，嘴就不臭了啦……

拓實實驗過好幾次，發現喝牛奶似乎沒什麼效。事實上就是，養父只要前一天吃了煎餃，隔天絕對是帶著滿嘴大蒜味出門去上班。那樣臭乎乎的，客人哪受得了？拓實即使現在想起這件事，還是覺得很不可思議。當時養父的職業是開個人計程車。

這對宮本夫婦生不出孩子，檢查後發現問題出在丈夫身上。檢查報告出來時，兩人非常沮喪，因爲他們倆都無可救藥地喜愛小孩，結婚當時便租下整棟透天厝，之所以不租一層公寓或大樓，堅持要獨棟房子，正是爲了日後降臨的孩子著想，他們想讓孩子在自家的庭院裡快樂玩耍、健康成長。

宮本夫婦並未因此消沉，他們決定了，從此夫妻兩人攜手走完下半輩子；他們安慰著彼此，反正世上也有很多沒孩子的夫妻過得很幸福呀。

然而，兩人內心某個角落畢竟存在著遺憾，總覺得少了什麼。他們並不是想在世上留下自己的血緣，而是打從心底渴望自己也能完成養育孩子的人生重要課題。

結婚剛好邁入第十年，某一天，他們接到一通親戚打來的電話，扭轉了兩人的命運。親戚問他們，想不想領養孩子？聽說有位大阪的年輕女孩未婚懷孕，但不清楚孩子的父親是誰，因爲無論怎麼逼問，女孩只說，反正是不會回來身邊的人了，沒必要知道名字。女孩母親心想，女兒一定是被哪個男人玩過之後拋棄，於是想盡辦法要女兒墮胎，但女孩非常堅持，始終不肯點頭。雙方持續拉鋸，肚裡的孩子卻一天天長大，後來已經無法人工流掉了；一方面是胎兒已經成形，不忍心下殺手，再者這時若勉強進行流產手術，對母體也有風險。到最後，只有生下孩子一途。

女孩的母親完全不知如何是好，她丈夫早逝，只留下這個女兒相依爲命，生活非常清苦，若又多了個嬰兒，她無法想像日子要怎麼過下去。何況嬰兒的媽媽本身也還是個小孩，自己都照顧不了自己了，現在又生了孩子，更不可能期待她嫁去好人家了。

苦思良久之後，女孩的母親決定等女兒一生下來，便把小嬰兒送給沒有孩子的夫妻領養，但她不認識這樣的人家，於是找了朋友商量。這位朋友，便是打電話給宮本夫婦的親戚。

聽到這天外飛來的消息，宮本夫婦倆錯愕之餘，相對商量了無數次。其實他們之前也不是沒考慮過領養孩子，只不過沒有具體的領養對象，兩人的討論也顯得不切實際。而這次，他們首度認眞地考慮領養這件事。

他們還是很想要小孩，這份心情始終沒變；而且就算不是孩子的親生父母，身爲養父母一樣能夠充分體會到養育孩子的喜悅吧。不過，讓他們猶豫的只有一點——孩子的生父不詳。他們知道，自己可能領養了孩子之後，仍會一輩子耿耿於懷這孩子究竟體內流著什麼樣的血液。

於是，宮本夫婦向介紹人提出說，他們想等到看過生下來的孩子再做決定；一旦親眼看到嬰兒，內心自然會告訴自己是不是眞的想養育這個孩子。想出這個結論的，是宮本太太。

於是介紹人轉告大阪女孩的母親，她也同意了。

大約兩個月後，女孩生了，是個男寶寶。宮本夫婦開心不已，因爲他們就是想要家裡有個男孩。

其實這兩個月來，宮本夫婦一直滿懷期待地等待好消息。雖然他們對大阪那邊說要等看過孩子再下決定，在這對夫妻的想像裡，家庭成員三人的新生活藍圖早已不斷擴大，因此說實在的，根本不用等見到孩子的長相，他們的心意已經等同確定了。

然而，這對迫不及待想早日見嬰兒一面的夫妻卻遲遲得不到對方的通知，好不容易等到介紹人的聯絡，卻是出乎意料的消息——大阪女孩生下孩子後似乎改變了心意，堅決不肯將孩子送人。

可是之前不是談好的嗎！——宮本夫婦難掩心中憤怒，尤其是宮本太太，受到相當大的打擊。這也難怪，夢寐以求的小孩眼看就要迎進門，卻被對方擺了一道。不過宮本夫婦倒是不至於感情用事而遷怒介紹人，兩人逐漸冷靜下來後，彼此安慰道——辛苦懷胎十月生下來的孩子，身為母親的當然不願放手。如果那位小姑娘有能力自己好好養大孩子，那是再好不過了。

當時這件事就這麼不了了之，宮本夫婦也沒能見到小嬰兒一面。

但是，過了大概一年，那位介紹人親戚又打電話來，問宮本夫婦還想不想領養先前那個小男嬰。

這消息宛如晴天霹靂，宮本夫婦問介紹人，對方為什麼改變心意了？介紹人說，孩子的媽很想憑一己之力帶大孩子，但她原本身子就不好，一邊帶孩子一邊工作幾乎是不可能的，這麼一來，家計便落在她母親身上，但單靠母親微薄的家庭副業收入，根本無法支撐三人的生活，再這樣下去，孩子遲早會營養失調而活不下去。到了這個地步，孩子的媽才終於答應將孩子送人撫養。

櫻花前線從九州開始北上的某一天，宮本夫婦抵達大阪，來到一處許多破舊小屋集中的地區，當中的一間便住著小男嬰與媽媽、外婆三人。孩子的媽才十八歲，骨瘦如柴，臉色奇差，據說她中學畢業後便到紡織廠工作，後來因為體弱多病遭解僱。她的母親個頭很小，年約四十五、六歲，卻像個老婆婆般滿臉皺紋。

小男嬰躺在潮溼的榻榻米上，體形遠較同齡的嬰兒要小，肢體動作反應也偏遲緩，看著他那隱約可見肋骨的小身子蠕動著細瘦的手腳，宮本太太不禁聯想到孱弱的昆蟲。

「這孩子就麻煩你們了。」小男嬰的外婆正襟危坐，朝宮本夫婦深深低頭鞠躬，而一旁孩子的媽只是一逕低著頭，這兩人都穿著滿是蟲蛀痕跡的羊毛衫。

宮本太太抱起小男嬰，沒想到體重這麼輕。她將小男嬰放到膝上端詳面容。因為很瘦，一對

眼睛更顯得大了許多。小男嬰也回望著她，雖然面黃肌瘦，眼神卻非常澄澈，雙瞳彷彿正在向她訴說著什麼。

宮本太太望向丈夫，一直從旁看著小男嬰的宮本先生與妻子對看一眼，輕輕點了個頭。這就是兩人最後的結論。

宮本夫婦決定當天便帶走孩子。孩子的媽似乎已經死了心，什麼也沒說。夫妻倆與孩子的外婆談了許多，多年後，當時雙方談了些什麼，夫妻倆已經不記得了，他們唯一記得的是，當他們抱著小男嬰離開那間破屋子的時候，孩子的媽始終端坐著雙手合十，緊咬指尖，目送他們離去。

那時還沒有新幹線，宮本夫婦搭夜行火車回東京。將近十多個小時的路程，宮本太太抱著小男嬰，絲毫不覺得累；而車上其他乘客也因為他們帶著小嬰兒，對這一家子特別友善，更是令夫妻倆喜悅不已。

就這樣，拓實成了宮本家的兒子。

吃完拉麵喝完麵湯，拓實正要起身，看到牆上貼了張紙寫著「煎餃歡迎外帶」。他算了算這餐的花費，想了一下口袋裡的所有財產。剛才進麵店前，他買了一包echo。

「老爹，煎餃兩人份帶走。」

正在下麵的老闆默默地點了個頭。

拓實拿出echo，撕掉盒口的錫箔紙，抽了根菸出來，拿起櫃檯供應的火柴點上火。他望著呼出的煙緩緩飄向積了陳年油垢的天花板，拿起水杯喝了口水。

就在高中升學考前幾天的某個夜裡，拓實向父母問起自己的身世。其實他猶豫了很久，不知道這種事該不該由自己先開口。自從偷看了戶籍謄本，發現自己不是父母親生的，他一直很煩惱該在什麼時機問他們。這天他終於鼓起勇氣開口，並不是因爲他決定面對現實，而是他再也受不了這種內心折磨了。

養母早察覺兒子最近怪怪的，也在猜想他是不是偷看了戶籍謄本，因此當拓實問起這件事，宮本夫婦並沒有顯得太狼狽，也或許是已有心理準備遲早得面對這一天吧。

那一晚的談話，大多是養父邦夫在回想述說，養母達子只是偶爾插個話替邦夫補充一些細節，而且她從頭到尾都低著頭，不敢和拓實對上眼。拓實望著達子那副模樣，可悲的是，他心裡想著——看來這個人和我果然是沒有血緣關係。

聽完整個來龍去脈，拓實依舊沒有什麼眞實感，自己彷彿只是看了一齣電視連續劇的旁觀者，既不震驚，也不覺得悲傷。養育他至今的雙親沉默著，似乎在靜待拓實爆發內心的悲憤，然而說實在的，他完全不知道該說什麼。

「就是這麼回事。」養父邦夫打破沉默，「爸爸媽媽和你是沒有血緣關係的，但是，這就是和一般親子唯一的差別。我和媽媽從不覺得你不是我們的孩子，這一點往後也不會有任何改變，所以……你就別把這事放心上了。嗯，我希望你別放心上。」

「是啊，拓實，不會有任何改變的，媽媽我也常覺得你是我奶大的。」

對自己有著養育之恩的兩人都這麼說了，拓實還能說什麼。即使他們保證一切都將一如往常，拓實其實不曉得，自己還有什麼選擇。

「我的親生母親……是那個人嗎？」他依舊低著頭，「就是那個……直到幾年前還不時會上門來的那個女人。操著一口關西腔的。」

短暫的沉默之後，養父回答了：「嗯，是她沒錯。她後來結婚了，現在叫做東條須美子，舊姓是麻岡。」

拓實問字怎麼寫，養父翻過報紙傳單的背面，以原子筆寫下「東條須美子」、「麻岡」兩行字。

所以我本來應該叫做麻岡拓實啊——他心想。

據養父說，麻岡須美子將兒子送養後過了三年，嫁到愛知縣一戶姓東條的和菓子鋪人家。她寫了封信過來通知宮本夫婦這個消息，但並未詳述她爲什麼會嫁人、對方又是什麼樣的人物，她的字裡行間強烈表達的只有一件事——她放心不下拓實，很想再見他一面。

一直避免與須美子聯絡的宮本邦夫，這時回了信報平安。信上只是淡淡寫著：恭喜妳結婚，我們寄予無限的祝福。拓實一切安好，非常健康地成長，請放心。

結果隔沒多久，她又捎了第二封信來，這次非常清楚地寫著：能不能讓我見見拓實？整封信的內容只有這件事。

宮本邦夫找了妻子商量。說實話，他讓他們母子見面的意願並不高，而妻子也是同樣的心情。一方面是兒子已經完全習慣這個家了，突然要他和一個陌生女子見面，只是讓他覺得不知所措吧。再者，宮本達子還擔心另一件事——結婚之後生活安定下來的須美子，會不會想以親生母親的身分要回孩子？

話雖如此，也不好冷淡地拒絕人家，苦思良久後，邦夫語意模糊地回了信說：等孩子大一點，看看時機再說吧。

然而，孩子的生母卻將這個回覆視爲允諾。不，或許她也明白宮本夫婦打算婉拒，只是決定裝作沒察覺。於是當拓實剛滿五歲沒多久的某一天，東條須美子突然造訪宮本家。

不過幾年的時間，當年那個衣衫襤褸的憔悴小姑娘出落成了亭亭玉立的女子，雖然身子纖瘦依舊，體形明顯多了女性的圓潤，妝容非常得體，身上那套粉紅色洋裝也不像是廉價品。

那天，碰巧宮本夫婦都在家。須美子朝兩人深深鞠躬，求他們讓她見拓實，邊說淚水邊啪嗒啪嗒落下，顯然不是裝出來的。

那個時代不比今日，當年要從愛知縣大老遠跑來東京，對於精神與肉體兩方面都是相當大的考驗。何況須美子這趟即使到了東京，又無法保證她的目的能夠如願達成。

宮本夫婦終於點頭了，但是有兩個條件，那就是——須美子絕對不能讓拓實知道她是他的親生母親；還有，不能在拓實面前掉眼淚。須美子信誓旦旦地答應兩人，她一定會遵守條件。

宮本夫婦壓抑著內心的不安，安排須美子與拓實獨處。與其說是對須美子的體貼，他們這麼做其實是為了自己，因為他們很害怕自己無法承受生母與兒子久別重逢的場面在眼前上演。

好好地見過拓實之後，須美子再次向宮本夫婦深深鞠躬致意，淚水在她泛紅的眼眶中打轉，但她終究是忍了下來，顯然仍堅守著對夫妻倆的承諾。她離開之後，拓實問養父母的第一句話是：「那個阿姨是誰？」

後來就一如拓實的記憶，須美子每隔一、兩年便會造訪宮本家。但宮本夫婦只是愈來愈不安，因為拓實日漸長大，開始會問說，為什麼有時候那個阿姨會來我們家？為什麼只有我和她待在房間裡？而且更令他們不安的是，他們察覺須美子的眼神中萌生了某種執著。

達子問邦夫，我們求她不要再見拓實了好不好？邦夫只是安撫道，事到如今也說不出口叫人家不要來了吧。

但這問題終究是得到解決，因為須美子沒再現身了。

聽完養父母這段話，拓實心中對於東條須美子這名女性並沒有產生特別的感情，即使記憶中的確存在這位偶爾上門拜訪的神祕阿姨，但情感上，那名女子不過是個陌生人，至少他從未有過想再見她的期待，不如說，當時的拓實只覺得不想再和這種麻煩事有任何牽扯。

一般人或許覺得這件事令人大受打擊，但拓實依然順利地考上高中，並加入了棒球社。在宮本夫婦坦白一切的之前與之後，宮本家的生活步調並沒有什麼改變，養父每天開計程車賺錢忙到很晚才回家，養母則是一樣悉心地照料拓實的成長。

然而，說一切如常是騙人的。原先宛如鎖鍊般緊緊繫著的一家人的心，開始漸行漸遠。

7

走出拉麵店，拓實繞去平日購物的超市，拿了特價的廁所衛生紙到收銀檯結帳，問了一位認識的女店員：「還有『那個』嗎？」

年約三十五、六的胖胖女店員微笑著點頭：「有哦。」說著從收銀檯裡側拿出以細長塑膠袋裝著的一袋東西。

「不好意思，每次都麻煩妳。」

「不會啦，反正你沒拿走，我們也是丟掉的。」

拓實右手提著廁所衛生紙和那袋東西，左手拎著外帶煎餃，走在回家的路上。

回到家一看，時生躺在壁櫥前呼呼大睡，大概是累壞了吧，打鼾頗大聲。拓實放下手上的東西，按下十四吋電視的開關。這臺電視是朋友送的中古品，從打開電源到螢幕出現畫面需要一些時間，而這段空檔，他叼了一根echo，點上火。

終於出現的畫面映著某位知名男藝人與他所率領的探險隊，這是每隔一、兩個月便會播放的特別節目。探險隊深入非洲大陸或南美叢林等祕境，每次都有無比驚人的大發現，拍下了衝擊性滿點的畫面。而這回的舞臺似乎是海上，探險隊上了船，旁白的語氣非常誇張，看來他們此行的目的是發現巨大鯊魚。拓實不禁苦笑，都什麼年代了還在瘋《大白鯊》啊，史蒂芬·史匹柏熱潮都是四年前的事了。

拓實抽著菸望向時生。電視音量不算小聲，時生卻自顧自睡得好沉。拓實站起身打開壁櫥，一條髒髒的毯子收在最上層，他抽出毯子幫時生蓋上，心想，自己好像不曾幫他人幹過這種事，管人家感冒還是受傷，他一向是抱持事不關己的態度。

說穿了，每個人都是不相干的旁人吧！——這句咬字含混的怒罵再度在拓實的耳中響起。當初，說這句話的是養父。

拓實升高中前的那次告白之後，宮本一家子的互動始終維持著微妙平衡。兒子小心地對待對自己有著養育之恩的雙親，養父母則是細細呵護著兒子的精神層面，換句話說，雙方都有著「必須一如往常、自然地相處下去」的使命感，三人都彷彿小心翼翼地走在鋼索上，而且只許成功不許失敗。即使有些勉強，只要這麼走下去，說不定能夠發展出另一種良好的親子關係吧。但是，嫌隙卻在意想不到的地方冒了出來。

拓實剛升上高二不久，養父在外頭有了女人。拓實不清楚養母是如何得知的，某天他回到家，發現養母披頭散髮大聲哭鬧，一旁盤腿坐著的是板著臉孔的養父，襯衫袖子被扯破了。

宮本家的親子之間一直是相敬如賓地過日子，但夫妻之間卻缺乏寬容體諒，甚至可說，籠罩著這個家庭的壓力與波瀾都集中到夫妻倆的關係上頭。養父很明顯地盡量避免與拓實打到照面，對他來說，這個家已經不再是能讓他放鬆休息的地方了，因此他開始往外另找溫柔鄉。

自從養父的外遇被察覺之後，家裡的氣氛變得非常凝重，家人之間已無暇顧及體不體貼了，然而這只是加速他們的感情破裂，惡性循環之下，養父出了車禍。

由於這起車禍並非單方面過失，養父逃過牢獄之災，但必須停業好一段時間。沒有其他一技之長的養父於是成天待在家裡，妻子則是落井下石罵道：你就是被狐狸精迷得團團轉，才會連最要緊的飯碗都賠上去。

無法回嘴的丈夫開始借酒澆愁，逃往酒精的世界，而且愈喝愈多，時常醉醺醺的，言語也愈來愈粗暴。

但邦夫醉歸醉，有件事他一直很納悶——明明自己這個全家唯一的收入來源沒辦法工作，卻不見妻子面露焦急之色。身爲一家之主，邦夫比誰都清楚這個家有多少存款。

某天，他跟蹤妻子外出，因爲他覺得妻子神色有異。只見妻子走進一家銀行，而且是與宮本家完全沒有往來的銀行。

邦夫等在外頭，待妻子一走出來，立刻衝上前搶過她的皮包打開來看，裡面有好幾張萬圓鈔及一本存摺，他發現每個月固定有一筆款子匯入本子裡。

匯款人是東條須美子，她一直持續匯錢過來，當作答謝宮本家代爲養育兒子的禮金，但是知情的只有達子一人，當然是因爲她刻意隱瞞丈夫這件事。

邦夫得知後，勃然大怒，質疑妻子是想獨吞這筆錢自己享樂花用，妻子矢口否認，她堅稱她一直沒動用這筆錢，只是把它當成緊急備用款，要花也都是花在拓實身上。然而這只是她的說詞，邦夫攤開存摺一看，上頭清楚留著達子不時提出款項的紀錄。

存摺裡所剩的錢、達子至今提領的錢、日後將匯進這本存摺裡的錢，宮本夫婦繞著這件事連續吵了好幾天。十多年前，那對搭夜行火車前往大阪迎接養子的和樂夫妻早已不復存在。

「說穿了，每個人都是不相干的旁人吧！」

吵到後來，邦夫吼出這句話。當時他喝得爛醉，話說出口的同時，拳頭也揮向妻子。那是拓實第一次見到養父對養母暴力相向。

那時拓實心想——我不該再待在這個家裡了。

時生突地坐起身子。由於毫無預警，拓實有些措手不及。

「搞什麼，你醒著啊？」

「沒有啊，剛醒來。」時生張望著四下，「唔……，這裡是拓實先生你的租處吧？」

「是啊。」

「還有，那個，今年是一九七九年……對吧？」

「廢話。你是怎麼？腦袋被打壞了嗎？」

「沒有，沒事。問一下而已。」說著時生抽動鼻子，「有煎餃的味道。」

「猜對了。我想你應該餓了，買了外帶。」拓實將煎餃拿來放到時生面前。

「哇！我就曉得你知道，我最愛吃煎餃了！」

「誰知道你愛吃煎餃啊。嗯，不過你愛吃就好。」

「拓實先生你也吃過了嗎？」

「嗯，吃飽才回來的。」

「是去那家只賣拉麵和煎餃的店吧？」

「你知道那家？」

「沒去吃過，」時生微微聳了聳肩，「不過曾經聽人家提起。」

「是嗎？沒想到那家生意清淡的店也會被人口耳相傳啊。」

時生打開餐盒，拿免洗筷夾起煎餃吃，邊吃邊頻頻點頭。

「好吃嗎？」拓實問道。

「嗯……應該說，果然名不虛傳。」

「外頭怎麼傳的？」

「這家店的煎餃其實不特別好吃也不特別難吃，但不知怎的，吃一口就會上癮。」

拓實笑出聲來，點上不知第幾根的菸，「完全正確！你是聽誰說的？和我的感想一模一樣呢。」

「是我爸說的。嗯，我不是說過他從前也住這一帶嗎？他年輕的時候好像常去那家拉麵店，是他告訴我的。」

「咦？那家店開那麼久了嗎？我怎麼不曉得。」

「不過，還是趁店還在的時候多去吃幾次哦，再過個七、八年，店就要收了。」

「收店？倒掉嗎？」

「搬走嘍，這裡要蓋大樓……」時生說到這舔了舔脣，更正道：「……我覺得這裡可能會蓋大樓，所以這一帶將來一定會有很大的改變的，嗯。」

「這種地方哪會有什麼改變。不過話說回來，那家店要是收掉了，還滿寂寞的，我去叫老爹撐著點好了，就算有人上門叫他搬家也別答應。」

「擋不住的啦，有拔釘的(*1)在啊。」

「什麼『拔釘的』？」

「呃……沒什麼……」時生搖搖頭移開了視線，「那是什麼？」

他的視線落在拓實從超市討來的那袋塑膠袋上。拓實撇嘴一笑，將那袋東西拉近身邊，輕輕拍了拍袋子說：「這是我最強的戰友。」

「好像是吐司之類的？」

「正是吐司，不過不是一般吐司。整條吐司切片時，頭尾的吐司皮不是不能賣嗎？這袋全是吐司皮，一包有三十多片，完全免費。」

時生的眼神頓時閃現光芒，「窮人披薩嗎！」

「什麼!?」

「這上頭要塗番茄醬，對吧？然後放進小烤箱烤一下，窮人披薩就完成啦！」

拓實站了起來，這次不是他笑一笑就能放過去的了。他蹲到時生面前，問道：「你聽誰說的？」

「……沒有誰說的，就口耳相傳……」

「沒人會傳這種事哦。我這種自創的吐司皮吃法，從沒告訴任何人。這麼窮酸的事，沒辦法

*1 原文做「地上げ屋」，爲確保建築用地，向地主或租屋租地的房東交涉收購土地的人或企業稱之。在八〇年代後半泡沫經濟景氣時，地價一路攀升，黑道亦介入不動產交易，做出強行逼迫住户搬遷等行爲，形成嚴重社會問題。

和別人說吧，可是你卻曉得，爲什麼？給我講清楚！」

笑容從時生的臉上消失了，他直直凝視拓實的雙眼，拓實也迎上他的視線。

「是我爸……告訴我的。」時生說：「我爸也是這麼吃吐司皮的，這可不是你的獨創吃法，吐司和番茄醬都是很平常的食材吧。」

「你爸也把這東西叫做披薩？」

「是啊，大家想的事情都差不多呢。」

「是嗎？算了，那你回答我另一個問題。」拓實扯住時生的劉海，一把往上提，「你那位父親大人是誰？姓啥名啥？告訴我吧。」

8

「很痛耶！」

「當然會痛吧。要我放手，就老實給我說清楚。」

「好啦，我說就是了，放手嘛！」

「先告訴我你爸的名字。」拓實又使勁一扯，時生痛得皺起臉。

「木拓……」

「什麼？」

「木村拓哉啦。『木村』就是常見的木村，『拓』是拓實先生你的拓，『哉』嘛……對了，是『志賀直哉』(*1)的哉。木村拓哉，簡稱木拓。」

「幹麼要簡稱？」

「我也不知道，大概這樣比較好叫吧。」

「是嗎？」拓實放開時生的頭髮，「不對吧，你不是說你和我一樣姓宮本嗎？你爸怎麼會姓木村？」

「呃，我本來應該叫做木村時生，不過我心情上認同的是宮本時生嘛，反正有很多苦衷啦。」

「苦衷啊。」拓實在時生面前盤腿坐下，「剛才是因爲你突然哭了起來，沒辦法問個清楚。好了，到底是什麼苦衷，講來聽聽吧，哭也沒用了哦。」

提到剛才突然落淚的事，時生似乎也有些尷尬，撫著頭髮低喃道：「剛才很抱歉……」

「小子，你沒有爸媽嗎？」

「算是吧。」時生點點頭，「他們不在這個世界上，我再也見不到他們了。」

「講得這麼迂迴，意思是他們都過世了嗎？」

「過世啊……」時生小聲嘟囔著，接著說：「是啊，死了。得了不治之症病死的。」

「哪一個？」

「什麼？」

「你爸還是你媽，我問你哪一個是病死的。總不會一起病死吧。」

「嗯，不是一起死的，不過也差不多狀況，他們是相繼過世。」

「這樣啊，你還眞可憐。」

*1 志賀直哉（一八八三—一九七一），日本「白樺派」代表作家之一。

「不過他們不是我的親生父母。」

「咦？真的嗎？」

「我本來是孤兒，是他們領養我的。」

「真的嗎？」拓實緊緊凝視著時生，「那還真巧，和我一樣呢。我也是養子。」

「嗯，我知道，你的本名是麻岡拓實，親生母親叫東條須美子，對吧？」

盤坐著的拓實猛地抽直背脊，盤起胳膊說道：「就是這一點讓我覺得你這傢伙一定有鬼。爲什麼你對我的事知道得那麼詳細？」

「我爸臨死前對我說，這世上只有一位和我有血緣關係的人存在，名叫宮本拓實。接著我爸便告訴我很多關於這位宮本拓實的事情，包括出生背景、經歷等等。」

「爲什麼你爸曉得我的事情？」

「我也不知道，他大概花了好幾年調查你吧。」

「調查我要幹麼？」

「不清楚，不過我爸說，要是他死了，叫我去找那位宮本拓實先生。」

「找到我了以後呢？」

「我爸沒說。他只說，只要見到你，我自然會知道接下來該怎麼辦。他交代完就死了。」

拓實仍交抱著雙臂，斜眼瞪向時生。從眼神看來，時生不像是在說謊，然而這番說明太過離奇，一時之間實在很難相信。

「他說我和你有血緣關係？」

「嗯。」

「什麼樣的血緣？告訴你一個壞消息，唯一和我有血緣關係的就是那個東條老太婆，這麼說來，你和她也有血緣關係嘍？」

「雖然我無法百分之百確定，但我想我和她是沒有關係的，因爲我爸說，和我有血緣關係的只有唯一一個人，要是把東條女士算進去，不就有兩人了嗎？」

「是沒錯，不過你爸說的又不一定是眞的。」

「這倒是……」時生說著垂下眼。

拓實不知道該不該相信這番話。得知背地裡有人一直在調查自己，感覺很不舒服；再加上從沒見過的年輕人突然冒出來說和自己有血緣關係，拓實只覺得一頭霧水，甚至懷疑這是不是什麼手法低劣的騙局。然而望著時生，心頭的確有股莫名的懷念情緒油然而生。至少能夠確定的是，時生對自己是毫無惡意的。

「你現在在做什麼工作？還是學生嗎？」

「喔，我不是學生了，應該算是飛特族吧。」

「飛特族？那是幹什麼的？沒聽過這門職業。」

「啊，那不是一門職業啦，『飛特族』指的是四處打工爲生的一群人，之前好像叫做『自由打工者』，你沒聽過嗎？」

「沒聽過。」

「是喔……嗯，可能還沒聽過吧。」

「什麼嘛，簡單講就是沒工作？」

「唔，也可以這麼說。」

「沒工作就直接講沒工作啊，幹麼耍帥講得那麼好聽。不過真沒想到，你好好一個年輕人居然沒在工作。」拓實說到這才想到不對勁，不禁搔了搔頭說：「不過，現在的我也沒立場笑你就是了。」

「聽千鶴小姐的語氣，你好像常換工作？」

「我也不想一直換啊，可是……該怎麼說，老是找不到適合我的工作。雖然我老覺得一定有某種工作是能夠讓我全心投入的。」

「遲早會找到的，放心吧。」時生很肯定地點著頭。

「有的話是最好了。」拓實抹了抹鼻子下方。時生這話聽起來還滿受用的。他每次只要提到工作的事，每個人都一味責怪他太天真，說他眼高手低，才會工作都做不長久；世上沒有適合自己的工作，唯有改變自己去配合工作。即使是千鶴，也曾經以輕蔑的眼光看待他。肯定拓實的想法的，時生還是第一人。

「你家在哪裡？」

「本來在吉祥寺。」

「『本來』是什麼意思？」

「之前住在那裡的意思，我爸媽還在世的時候。」

「現在呢？」

時生搖了搖頭，「現在那個家沒啦。」

「那你後來都住在哪裡？」

「嗯，到處待啊，車站候車室或是公園之類的。」

「搞什麼，沒工作又沒住處啊，比我還慘。」
「哈哈！就是啊。」
「你還笑得出來。呿，如果我們眞有血緣關係，你怎麼不是哪個有錢人家的大少爺咧。」
「眞是抱歉。」時生低下了頭。這時有人的肚子咕咕叫了，是時生。
「你這傢伙，居無定所、沒工作，還是個飢童啊。吃了煎餃還餓？」拓實擺出一臉「眞是受不了你」的表情，「不過沒東西讓你吃了，你看也知道我沒錢。喂，你身上有錢嗎？」
時生往牛仔褲口袋掏了掏，拿出一個布錢包，打開來一倒，掉出四個百圓硬幣和五個十圓硬幣。「有耶！」
「四百五十圓而已，叫什麼叫。好，這些先放我這裡吧。」
「咦？爲什麼？」
「你沒地方住吧？反正今晚一定得住我這裡了，收一點住宿費不爲過吧。」
時生賭氣似地噘起了嘴，「那我要吃那個。」他指著那袋裝滿吐司皮的塑膠袋，「我一直很想吃吃看窮人披薩。」
「我先聲明，我還沒完全相信你的話哦。」拓實邊說邊從小烤箱拿出窮人披薩。
「好香喔！」時生抽動著鼻子。
「你講的那些話啊，關鍵點都沒下文。你和我的血緣關係是怎麼牽的？你爸臨死前爲什麼要交代你那些話？你都沒講清楚，愈想愈覺得有鬼。」
「我希望你能相信我。」
「如果你沒說謊，那就是你爸說謊嘍，那他爲什麼要這麼做？太莫名其妙了吧——好了，烤

好了。」

拓實將窮人披薩放上一個髒髒的盤子，擺到時生面前。

「我開動了。」時生拿起披薩一口咬下，頓時睜大了眼，「好吃！完全不像披薩，可是好好吃喔！」

「盡量吃吧，吐司皮多得是，只不過番茄醬要省著點用，知道嗎？」

拓實抽著echo，一邊望著時生吃東西的模樣。血緣關係——是因爲聽到這個詞的關係嗎？他已經不覺得時生是不相干的旁人了。

時生吃到一半，突然停下來看向電視，螢幕上映著載歌載舞的Pink Lady（*1），正在唱〈Pink Typhoon〉。

「Pink Lady耶……」時生喃喃自語。

「Pink Lady怎麼了嗎？」

「好年輕啊！她們也曾經這麼年輕呢！」

「你在講什麼？這兩個女生唯一的賣點就是年輕吧。」

「我聽過這首歌。」時生想了一會兒，「啊，我想起來了，是村民樂團的〈In the Navy〉（*2）！哇，沒想到日本人也會唱翻唱歌呀！」

「西城秀樹那首〈Young Man〉大賣之後，唱片圈當然想再挖出另一座金礦，加上《UFO》得了唱片大獎，Pink Lady現在鋒頭正健，唱什麼都能賣吧。」

「可是我記得……」時生說到這搖了搖頭，繼續說：「……我在猜，Pink Lady沒多久就要解散了。」

「眞的假的！Candies（*3）才剛解散耶！」

「你剛說『眞的假的』？」

「幹麼大驚小怪？我的意思是『你是說眞的還是在開玩笑』，沒聽過嗎？」

「不是，我知道意思，只是沒想到拓實先生你也會講這種年輕人用語。」時生眨著眼說道。

「怪傢伙。」拓實伸手關掉電視。

時生吃完塗了番茄醬的吐司皮，拍掉手上的麵包屑，「對了，千鶴小姐講的那件事是怎麼回事？」

「她講了什麼嗎？」

「她不是問你，你母親那邊不去看沒關係嗎？是在講東條女士吧？」

「喔。你說那件事啊。」

拓實摁熄菸，猶豫著要不要把事情告訴時生。這件事他是絕對不會對陌生人提起的。

他站起身，從冰箱上頭的整疊信件中抽出一封信。

---

*1 ピンク・レディー（Pink Lady），活躍於一九七〇年代後期的日本女子雙人偶像團體，迪斯可曲風搭配完美舞蹈，魅力横掃了當時的日本音樂市場，年輕女孩紛紛仿效她們的創作和舞蹈動作。最暢銷的專輯爲《UFO》，獲得第二十屆日本唱片大獎。

*2 Village People，成軍於一九七〇年代的美國經典男子演唱組合，最知名的歌曲爲〈Y.M.C.A.〉，一九七九由日本知名歌手西城秀樹（一九五五—）翻唱爲日文版的暢銷歌曲〈Young Man（Y.M.C.A.）〉。

*3 キャンディーズ，活躍於一九七〇年代的日本女子偶像團體。一九七七年，於人氣絕頂時突然宣告解散。

「我還沒相信你的話哦，只是覺得，讓你看一下倒是無妨。」

「我可以打開來看嗎……」

「嗯，看啊。」

時生首先翻過信封確認寄件人，「『東條淳子』是誰？是東條家的人吧？」

「東條老太婆的女兒。不過兩人沒血緣關係，那老太婆是繼母。」

「喔，這段我聽說過。」

「木拓說的？」

「嗯，是啊。」時生抽出信紙。

淳子的信上寫著，希望拓實務必前來一趟。東條須美子臥病在床，而且治癒的可能性極低。須美子想必很希望在活著的時候再看看親生兒子，即使是最後一眼也好。淳子想完成她的心願，所以捎了這封信。

時生讀完信，有些遲疑地開口了：「你不想理她們嗎？」

「你還不夠資格叫我去吧。」

「我不會命令你去，但我覺得你去一趟比較好。」

「爲什麼？」

「爲什麼……因爲，她這樣不是很可憐嗎？」

「可憐？誰可憐？你說那個女人嗎？小子，你爸沒跟你說我是怎麼被拋棄的？自己養不了就丟給別人，我可是小狗還是小貓一樣被丟棄！幹得出那種事的女人，爲什麼我要可憐她？」

「我明白你的心情，可是，」時生又望向手上的信紙，「上面寫說他們會負擔這趟的費用哦。」

「又不是錢的問題。」拓實一把搶走信，放回冰箱上頭。

9

拓實一覺醒來，不知怎的總覺得屋裡有股焦味。他揉著眼睛起了床，朝廚房地上望去，時生昨晚鋪了毯子睡在那裡的，現在卻不見人影，外頭強烈的陽光穿過敞開的窗簾照在榻榻米上。

拓實看向那個每天會誤差五分鐘的鬧鐘，已經十一點多了。

他將受潮的薄被子塞進壁櫥，昨天的傷口隱隱疼了起來。來到洗臉臺前，視線緩緩移向鏡中所映出自己的臉。原本腫脹的臉頰消了點，卻冒出了瘀青。

那袋麵包皮少了一大半，是時生吃掉的吧。拓實有股不好的預感，打開冰箱一看，果不其然，番茄醬只剩下一點點。這傢伙！明明叫他要省著點用的……

拓實拿起echo，正打算抽出一根來，發現菸盒上頭有一行以原子筆寫下的留言：

「我去散個步就回來，鑰匙借走嘍。時生」

拓實一驚，翻出自己扔在一旁的長褲，一摸口袋找出鑰匙圈，發現公寓的鑰匙被拔走了，原本串了兩支鑰匙的鑰匙圈，現在只剩千鶴家的鑰匙在上頭。

「那小子……！」

拓實將手指伸進echo菸盒裡掏了掏，是空的，他才想起昨晚抽掉了最後一根。「可惡。」他嘖了一聲扔開空菸盒。

這時玄關鎖打了開來，他以爲是時生回來了，沒想到進門的是千鶴，她很難得在上午過來。

「喲，今天怎麼這麼早？」

「傷口還好嗎？」

「沒什麼大礙，只是瘀青冒出來了。」

千鶴迎面直直端詳拓實的面孔，接著說：「眞的耶，腫幾乎都消了，這樣應該過得去吧。」

「呿，什麼過得去過不去的？」

「這給你。」千鶴遞出一張傳單。拓實接下一看，瞬間板起臉。那是保全公司的徵人廣告單。

「喂，妳居然要我去當保全？」

「很好的工作呀。今天有面試，你去試試看吧。」

「別開玩笑了，我想做的是用得到這裡的工作，好嗎！」拓實指著自己的太陽穴，「當警衛人員？謝謝再聯絡。」

「你講這種話，會被全世界的保全人員罵到臭頭哦。當保全需要機警的判斷力，阿拓你這顆草包腦袋可能轉不過來吧，可是我還是希望你去試試看。」

「什麼草包腦袋！」

「就是腦袋裡沒有腦漿，全塞滿了草。」

「妳的意思是，我是個蠢蛋就對了？」拓實一把扔掉傳單，「告訴妳，我正因爲不是蠢蛋，才會提早考慮到好幾步之後的事。我想做的是有未來、有理想的工作，幹保全能幹到成爲億萬富翁嗎？能住在有私人游泳池的豪宅嗎？我不是常講嗎？我要幹就幹大事，我會一夕致富的！妳要是這麼想幫我介紹工作，麻煩介紹有點理想的來吧。」

千鶴拾起傳單，深深地嘆了口氣。

「想幹大事，要一夕致富。」她說著又嘆口氣，「這種話，只有蠢到沒藥醫的人才說得出口啦。」

「妳說什麼？」

「求求你。」千鶴跪到地上，朝拓實一鞠躬，「我求你去面試好嗎？而且，可能的話，拜託你想辦法讓人家錄用你，好不好？」

「千鶴……」

拓實被她的舉動嚇到，正不知所措，玄關門突然打開，時生拎著紙袋走了進來。

「咦？千鶴小姐，妳做了什麼對不起拓實先生的事嗎？」

千鶴沒作聲。拓實將千鶴拿來的傳單遞給時生看。「她不是在道歉，是叫我去應徵這個。」

時生看了傳單，點點頭說：「喔，保全人員啊，好像滿有趣的呀。」

「對了，不如你去應徵吧，反正你現在也沒工作。」

「阿拓！」千鶴抬起頭，「拜託你認眞一點！」

看到千鶴那眞摯且堅持的眼神，拓實也不禁退卻，小聲嘀咕道：「眞是的，拗不過妳啦。」

千鶴不知從哪裡借來一套西裝給拓實，顏色頗俗氣，尺寸倒是完全合身，再繫上領帶，好歹有了勤勉青年的架勢。

「幹保全不必打領帶啦。」

「這是面試耶，第一印象是很重要的。」千鶴說著一邊幫拓實調整領帶。

「你穿起來很好看哦。」時生笑嘻嘻地說道。他將報紙攤開在榻榻米上，一行一行仔細讀著。他拎回來的紙袋裡，裝了一大疊從車站撿來的報紙，他說他很想知道現在世界上發生了什麼事。拓實心想，這傢伙眞的很怪，又不是浦島太郎。

「可是我沒有錢坐電車。」

「你昨天不是拿了我的錢嗎？」時生說。

「四百五十圓能幹麼？」

千鶴嘆了口氣，從錢包抽出兩張千圓鈔，「這是借給你預防有急用，不要拿去亂花，知道嗎？」

「謝啦。那我就收下了。」拓實將兩張鈔票塞進口袋。

在千鶴與時生的目送下，拓實步出了公寓，沒勁地朝車站走去。

保全公司位於神田。拓實照著傳單上標示的地址，來到一棟屋齡看來有三十年的舊建築前，事務所位在三樓。

面試時間是下午三點。拓實看了看向千鶴借來的手表，還有將近二十分鐘的空檔。他張望四周，視線停在一家小鋼珠店的招牌上。

幫自己打個氣，振作一下精神吧！——他朝小鋼珠店晃過去。

然而二十分鐘後，走出店門的他卻是心情糟透了。剛開始手氣還不錯，但突然不知怎的，珠子就是不進洞，臺上的珠子宛如退潮般瞬間消失，而這也代表了一千五百圓的消失。

呿，眞不走運——拓實邊走邊朝馬路吐了口唾沫。

搭上那棟舊建築的電梯，來到三樓的保全公司事務所，已經超過三點了。一開門進去，迎面櫃檯坐著一名白髮蒼蒼的男人，一身藏青色制服。

「呃，不好意思，我是來面試的。」拓實對白髮男說。

白髮男抬起頭，眼鏡鏡片映著日光燈。他毫不客氣地盯著拓實看，接著皺起眉頭說：「面試是三點開始，你遲到了吧。」

「是，很抱歉。」拓實心想，臭老頭囉嗦死了，不過是遲到幾分鐘而已。

「幹我們保全人員這一行，守時是最基本的要求，像你這樣連面試都敢遲到，像什麼話？你以爲你是來幹麼的？」

拓實無言以對，默默低下了頭，怒氣在他胸口逐漸膨脹，而且一部分的怒意是針對千鶴而起。——可惡！爲什麼我非得被這副模樣的臭老頭罵不可！

「人家其他來面試的，有的甚至提早三十分鐘到場，這是出社會工作應有的常識吧？懂不懂呀？啊？你倒是說句話呀！」

「抱歉。」拓實好不容易才擠出這句話，他的忍耐已經瀕臨極限了。

白髮男嘖了一聲，伸出右手，「算了，還是讓你面試吧。履歷表拿來。」緊接著又嘖了一聲。

這第二次的咂嘴，超過了拓實的忍耐底線，正要拿出履歷表的手停了下來，他狠狠瞪向白髮男。「怎樣！臭老頭！跩什麼跩啊！不過是個巡夜的，求我我還不幹呢！」說著猛地踹了櫃檯一腳，對方嚇得當場噤聲，拓實轉頭走出事務所，還不忘警告意味濃厚地「砰」一聲甩上門。

搭電梯來到一樓，他的怒氣還沒消，然而朝車站走去的途中，後悔開始襲來。

要命，這下搞砸了。

怎麼想都是自己不對，面試前不該跑去打小鋼珠的。雖然說自己根本對這份工作毫無興趣，但連面試都搞成這樣，他實在沒臉見千鶴。

他在神田車站搭上國鐵(*1)，到上野車站下了車，拖著腳步走在回公寓的路上，一想到家裡有千鶴在等著，心情便沉重了起來，雙腳不自覺地朝另一個方向走去。

回過神時，發現自己走在仲見世大道上。這是他熟悉的街道，一彎進小巷，來到一家新開的咖啡廳。這家店有一大片玻璃窗面向巷道，坐在店裡也能眺望外頭的往來行人，店內客人很多。

拓實在最裡頭的座位坐下，點了咖啡。看來只能窩在這裡殺一下時間了。

店內每張咖啡桌都是兼遊戲機臺的桌子，至於遊戲種類，不用說，當然是小蜜蜂(*2)了。這款遊戲在今年突然竄紅，這家店內的客人幾乎全都沉迷在小蜜蜂遊戲裡，沒人是喝咖啡純聊天的，每個人都低頭緊盯著桌面螢幕，雙手忙著操控搖桿與按鈕。

拓實伸手進口袋掏了掏，先前大鈔都投資在小鋼珠上頭了，身上只剩零錢。扣掉咖啡錢，他將剩下的百圓硬幣放在桌角疊成一疊，接著從最上面一枚拿起，隨著遊戲進行，逐一投進機臺的投幣孔裡。

沒多久，拓實便被捲入電子聲響的世界中，玩得不亦樂乎。左手操縱搖桿，右手摁發射按鈕。他本來就很愛玩小蜜蜂，對於該如何有效地殲滅敵軍、如何擊落高得分的UFO，都很有心得。

一開始的百圓硬幣讓他消磨了不少時間，還創下了高分紀錄，也是這臺機臺的最高紀錄。於是他將目標定在更高的得分，又投入一枚百圓硬幣。

輕輕鬆鬆便通過第一關時，他無意間抬頭看向那扇面向街道的大玻璃窗，居然看到千鶴的身影，只見她正左右張望著走進店裡。

拓實連忙壓低身子躲到桌子暗處。要是在這種地方讓千鶴逮個正著，肯定會被她罵到臭頭。蜷縮著躲了好一會兒之後，他小心翼翼地探出頭張望。千鶴不在了，看來她沒發現拓實在店裡。

好險——拓實又繼續投入遊戲的世界。

回到公寓時，時生還在看報紙，整個人幾乎趴在報紙上，只對拓實說了聲：「你回來啦。」

「看得很認眞嘛，發現什麼有趣新聞了嗎？」

「嗯，很多哦，柴契爾夫人成爲先進國家的第一位女首相是這陣子的事啊。」

「是啊，好像是吧。」拓實脫下西裝，掛到衣架上，「千鶴不在嗎？」

「嗯，大概一小時前出去了，一直沒回來。」

一個小時前，正是她出現在咖啡廳的時候。她爲什麼會跑去那裡？

「面試還順利嗎？」

「嗯，沒希望吧。」拓實換上運動褲和運動衫，躺到榻榻米上。

「沒希望？競爭者太多了嗎？」

＊1　日本國有鐵道，乃是從前營運日本國有鐵路的特殊法人，簡稱國鐵。一九八七年分割民營化，四月一日起被ＪＲ（Japan Railways）集團取代。

＊2　即スペースインベーダー（Space Invaders），臺灣俗稱「小蜜蜂」，也譯做「太空侵略者」。一九七八年由日本TAITO公司發行的街機遊戲，設計者爲西角友宏，由於遊戲規則簡單，搭配高水準的關卡設計，引起日本社會巨大轟動，震驚遊戲界，也成爲TAITO公司史上最有影響力、最值得紀念的遊戲。

「看來有人走後門，他們好像早就內定好人選了。」
「啊？怎麼會？這樣是造假耶！」
「就是說啊，很氣人吧。」拓實胡扯了一通，自己也不禁有些心虛。
「要是沒能錄取，千鶴小姐一定很失望。」時生說。
「她說了什麼嗎？」
「千鶴小姐好像很期待面試結果呢，她還說，希望你這次眞的能夠找到工作，好好地定下來。」
「呿，那傢伙，每次都講那幾句老話。」拓實說著胡亂搔起頭髮。
時生開始收拾報紙，打了個呵欠，「啊——肚子餓了。」
「去吃麵包皮啊。」
「連吃好幾頓，有點膩了。我去買點吃的吧。」
「沒錢給你買哦。」
「咦？爲什麼？」時生睜圓了眼，「千鶴小姐不是才借你兩千圓嗎？」
「那個……花在面試上頭了。」
「怎麼會？參加面試爲什麼要收錢？」
「我哪知道，對方要錢我只好給啦。」
「那，我昨天的四百五十圓呢？」
「沒啦，搭電車用掉了。」
「太奇怪了！你是從這裡去神田吧？搭JR……不，搭國鐵的話，雖然這個月票價漲了，報上寫說起價只要一百圓啊？」

「你很吵耶，沒錢就是沒錢，要我去哪裡生出來？」

「那今晚的晚餐怎麼辦？」

「不過是一頓飯，總有辦法吧。話說回來你這傢伙，到底要在這裡待到什麼時候？我不記得我答應過讓你留下來白吃白住，沒事就快點滾出去啦！」拓實說著翻過身子背對時生。

10

結果那天的晚餐只有窮人披薩加泡麵，後者是拿玩小蜜蜂剩下的零錢湊一湊買的。

「老是吃這些東西，對健康不好呢，中性脂肪和膽固醇會囤積在身體裡哦。」時生喝乾泡麵湯之後說道。

「什麼啊？別老講些艱澀的東西啦。」

「不會艱澀啊，你沒聽過膽固醇嗎？cholesterol。」

「聽過啊，就是由接電話的那一方付電話費嘛。」

「那是collect call。」

「囉哩囉嗦的，是什麼不都一樣。你這傢伙，吃我的喝我的還敢抱怨，不爽不要吃啊。」

「我不是繳了四百五十圓嗎？這碗泡麵根本不到一百圓。」

「你昨天還吃了煎餃吧。」

「那也不用三百圓吶。」

「跑腿費沒聽過嗎？」拓實斜眼瞪向時生，時生也回瞪他，兩人對視了好一會兒，拓實先移

開了視線，手伸向echo菸盒。

時生竊笑了起來。

「笑什麼笑？莫名其妙。」

「沒有啊，只是沒想到拌嘴這麼有意思，因爲以前兩人從沒這樣吵過嘛。」

「兩人是你跟誰？」

「就跟……」時生話說到一半，突然搖了搖頭，垂下臉說：「沒什麼。」

「怪傢伙。」拓實打開電視機，螢幕上年輕人正隨著迪斯可旋律舞動，拓實嘖了一聲，轉掉頻道。自從約翰．屈伏塔展露舞技之後，大家都一窩蜂地模仿起怪怪的舞姿。

「我說啊，千鶴小姐人眞的不錯耶。」時生淡淡吐了一句。

「幹麼突然提到她。」

「她今天還問起我的傷勢好點沒。」

「喔，她本來就很想當護士啊。」

「所以我才覺得不可思議，爲什麼拓實先生沒和千鶴小姐結婚呢？」

「你的說法太奇怪了吧，我不是說我會娶她嗎？只是現在還沒辦法啦。」拓實說著搔了搔臉頰。

「要是能結婚……就好了呢。」

「這輪不到你操心吧。」拓實又轉頭看電視。螢幕上，女子摔角選手雙人組Beauty Pair（*1）正在圍攻一名搞笑藝人，拓實看得哈哈大笑。

直到半夜一點多，拓實與時生才躺進被窩，但拓實沒多久就睜開眼了，因爲有件事一直掛在他心上——是千鶴的事。

拜託拓實去保全公司面試的是她，她當然比誰都在意面試結果。拓實一直以爲，千鶴今天酒店那邊下班之後，一定會馬上衝來公寓找他，然而都過半夜一點了，依舊不見她的蹤影。她在錦糸町小酒店的工作到十二點半，之後她通常會搭電車到淺草橋，再騎上停放在車站的腳踏車前來拓實的租處，應該不到一點就會出現了。

還是她今天不想過來？但拓實不覺得千鶴不在乎他的面試結果。或者是發生了什麼事，讓她今天累到不想來找他？

拓實爬出被窩，換上外出服。沒想到時生也立刻坐起上半身，看來他也沒睡著。

「這麼晚了，你要去哪裡？」

「嗯，出去一下。」

「去哪裡？」

你這傢伙還眞囉嗦——拓實心裡嘀咕著，還是回道：「千鶴那裡啦。我去一下她家。」

「喔。」時生點點頭，「那我就不便打擾兩位了。」

「你在想什麼奇怪的事？我只是去和她報告一下面試的事。」說到這，拓實突然心生一計，低頭望著時生說：「你也一起來吧？」

*1 ビユーティ・ペア（一九七六—一九七九），日本女子摔角雙人組、歌手，開賽前於摔角場上高歌的另類宣傳，創造超高人氣，唱片銷售超過八十萬張，爲女子摔角居中宛如偶像般的存在。

「我？爲什麼？」

「不爲什麼啊。不想來就算了。」

其實拓實打的算盤是，如果時生也在場，一旦千鶴追究起來，他可能比較好蒙混過去。要是只有他和千鶴兩人一對一，他不覺得自己騙得過千鶴。

拓實在玄關穿鞋，身後時生喊道：「等等，我也一起去。」

出門前，拓實聽從時生的建議，在公寓裡留了張紙條，預防萬一和千鶴錯過。他隨便找了張傳單，在背面寫上「我們去妳的公寓了。拓實」之後，將紙條擺在廚房。

千鶴的租處位在藏前橋旁，是一棟比拓實租處稍微新一點的公寓，她的房間是一樓最靠裡面的邊間套房，常聽她抱怨夏天要是不開窗，會悶熱得睡不著。去年夏天，拓實一直是聽著電風扇喀嗒喀嗒喀嗒的聲響，迎著熱風與千鶴相擁。

「好像還沒回來。」拓實望著窗內的黑暗說道。

「會不會已經睡了？」

「不可能，那傢伙最快也要三點才上床，睡前通常會吃點消夜，而且她是那種當天穿的內衣褲不洗完曬好就睡不著的。」

「哇，很賢慧嘛。」

「對吧，所以娶回家當老婆剛好。」

兩人繞回門口，敲了敲門。沒有回應。

「看樣子真的還沒回來。我們去裡面等吧。」拓實說著拿出鑰匙。

「擅自闖進去不好吧？」

「什麼闖進去？她自己把備鑰給我的耶。」

「這我知道，可是沒經過允許就進去女生房間……總不太好吧？那是侵犯隱私哦，搞不好千鶴小姐有什麼不想讓人看見的東西呢。」

「她會有什麼東西不想讓人看見？」

「好比內衣褲之類的。」

「哈哈哈……」拓實笑了，「那傢伙的內褲我已經看到不想看了，褲子裡面也是。」

「對你來說或許是看膩了，可是帶著我進去又是另外一回事。這樣吧，我在外面等你。」

「就跟你說沒關係啊。」

「不好啦，而且……」時生抹了一下鼻子下方，「我覺得你今晚還是在外頭等她比較好。」

「爲什麼？」

「因爲，你不是要和千鶴小姐報告面試的事嗎？那就要盡可能討她歡心吧？要是她知道你一直在門外等著她回來，一定會很感動的。」

經時生這麼一提醒，拓實認眞想了想，的確是很中肯的建議。

「說的也是。那我們就在那邊坐著等一下吧，反正這陣子也不大冷了。」拓實將鑰匙放回口袋，邊走邊說：「不過我先講清楚，我可不是千鶴說什麼都言聽計從的哦。」

一旁剛好並排擺了兩個塑膠水桶，從那裡能清楚看見公寓大門的動靜，水桶蓋上方以奇異筆寫著姓名。兩人在桶子上坐下。

「我說啊，保全的工作沒談成，那你明天有什麼打算？」時生開口了。拓實一點也不想聽到這個問題。

「嗯，再想辦法吧。」

「什麼辦法？」

「看是先去打工還是怎樣啊……我又不是成天混吃等死的人，我也一直在想辦法啊！」

「可是你現在身無分文耶。」時生說著抬眼瞅著拓實，「你該不會還想賴著千鶴小姐幫你出生活費吧？」

「講那什麼話？那樣我不就成了那傢伙的小白臉了！」

時生沒答腔。或許他心裡覺得，拓實現在這樣子根本就是個小白臉吧。

「少瞧不起人了！我也有我的考量好嗎？」拓實大聲嗆了回去，但他自己比誰都清楚，這句話毫無說服力。老實說，他從沒認眞思考過自己的未來。不，應該說，他認眞想過，但想不出個屁。

每當想到將來的事，自己懦弱的一面就會跳出來抱怨：早知道就念個大學學歷再出社會。

想要獨自一人活下去，想離開養父母身邊——拓實懷著這樣的念頭，高中一畢業便去工作了。當時是在一家管線設備製造所上班，他負責非破壞檢測部分，透過超音波等電子設備檢驗管線是否有瑕疵。不但工作內容單調，他被分配到的單身宿舍裡還有個變態前輩。有天夜裡，那個前輩拎了一升瓶(*1)來他房裡，竟然趁拓實喝醉昏睡時脫掉他的內褲，舌頭正要湊上他的胯下物，拓實猛然驚覺，朝對方的臉迎面就是一拳，那個前輩的鼻子當場凹了下去。拓實自認錯不在己，然而公司將事情視爲住宿員工之間的糾紛，採取「喧嘩兩成敗」(*2)的方式，拓實也受到了處分，而且向上司抗議無效。以公司的立場，似乎不想牽扯上員工私生活的變態行爲。但這件事只是讓拓實覺得當上班族很窩囊，反正他也一直嫌這份工作無趣，立刻提了辭呈，那是他進公司第十個月時發生的事。後來聽說那個變態前輩去整形外科重建好鼻子之後，順利地回公司繼續上班。

但是以結論來說，那間管線設備製造所反而是他待過最久的公司。辭掉之後，他換了各式各樣的工作，卻很少待超過半年的；在千鶴上班的小酒店對面的咖啡廳當服務生，也只撐了八個月，後來和客人吵架便離職了。

這麼東混西混之間，拓實滿二十三歲了。當年要是選擇繼續升大學，就算重考一年，今年春天也拿得到畢業證書了吧。回頭看看自己這五年一路走來，究竟在幹些什麼？一想到這，他不禁憂鬱了起來。

唉，早知道應該乖乖參加保全人員面試的，但現在後悔都太遲了。

「千鶴小姐怎麼還不回來……」時生嘟囔著。

「就是說啊。」拓實也有點擔心，「現在幾點了？」

「……幾點了呢？」時生東張西望著，他也沒帶手表。

應該過兩點了，還是快三點了？在拓實的印象中，千鶴從未這麼晚歸。

「她會不會在你的公寓裡等我們？」

---

*1 日本酒多以「升」爲單位交易，一升約一．八公升，故一．八公升容量的瓶裝酒俗稱爲「一升瓶」。

*2 日本封建時代的仲裁原則之一。對於發生糾紛或暴力衝突的雙方，不問誰是誰非，都必須受到懲罰。相傳此律法創於武田信玄之手。

「可是我們留了紙條啊。」

「會不會沒看到？」

拓實偏了偏頭不置可否。千鶴要是去到他公寓，不可能沒看到那張紙條。不安在他胸口隱隱蠢動，因爲他記得千鶴曾提過一些不開心的事──

「有個很討厭的客人啊，堅持要送我回到家門口，我推不掉，只好和他坐上計程車，可是車子卻往完全相反的方向駛去。對方的說法是，要我陪他再喝一點酒，我勉爲其難地答應了，他竟然把我帶去賓館，我可是想盡辦法才逃出來的，唉，當時實在嚇死我了。」

拓實每次聽到這種事，都很想叫千鶴別去上班了，但他也很清楚，自己沒有資格要她辭職，這句話拖著拖著就到了今天。

「我進去看一下。」拓實站起來，伸手進口袋拿出鑰匙。這回時生沒有阻止他。

打開門，點亮燈一看，一房一廳一廚的空間整理得非常乾淨，廚房水槽也沒有堆著髒碗盤，餐桌上空無一物。

寢室位在最深處，床旁便是梳妝檯，小書架上擺了幾本文庫本和漫畫。

但拓實總覺得哪裡不對勁。千鶴的確很愛乾淨，但這屋內也收拾得太乾淨了，完全不見隨手扔在一旁的衣物，梳妝檯上也空蕩蕩的。

他打開衣櫥，平常總是塞了整排千鶴的洋裝；當初衣櫥內的橫桿還是拓實幫忙裝上去的，但現在衣櫥內卻空空如也，只剩那根桿子孤伶伶地橫在原處。

發生什麼事了？──拓實擔心不已，視線停留在一張紙條上。他拿起來一看：

「給阿拓：

和你有過許多快樂的回憶，但是，一切都結束了。

屋裡的東西，我已經請朋友代爲處理。備鑰就麻煩你代我交還給房東，房東應該會退一些押金回來，雖然金額不多，阿拓你就拿去用吧，當作是你帶給我美好回憶的謝禮。

多保重。再會了。

千鶴」

看第一遍的時候，才看到一半，拓實的腦中已經一片空白。他又從頭讀了一遍，紙條上的字依舊進不到腦海裡，是因爲他內心在抗拒吧，然而這正表示，他已經曉得上頭寫了什麼了。只不過，曉得是一回事，接受現實又是另一回事。

拓實拿著紙條，茫然地杵在原地，視線的另一頭是衣櫥的內板。

「拓實先生！」

聲音從遠方傳來。拓實先生！拓實先生！——有人在叫他，但他完全無心應聲。

對方拍了拍他的肩，他這才回頭望向聲音的方向，雙眼逐漸聚焦一看，眼前是一臉擔心的時生。

「怎麼了？」時生伸出手掌在拓實眼前揮了揮。

「沒……沒事……」

「那個，是什麼？」時生說著從拓實手上搶走紙條，看了內容，不禁睜圓了眼，「這不是分手信嗎！千鶴小姐不回來了嗎？」

「好像是……」

「什麼好像是……現在怎麼辦嘛！」

拓實嘆了口氣，一瞬間全身沒了力氣，當場癱坐在地。

11

那一夜，拓實無法闔眼，一直在千鶴的公寓裡等著，但她始終沒回來。到了天亮，時生發現冰箱裡有兩片蛋糕捲切片，問拓實要不要吃，拓實完全沒食慾，於是時生就著利樂包鮮奶，把兩片蛋糕都吃掉了。

「還是沒回來呢……」時生小心翼翼地說。

拓實沒答腔，因為他根本沒心情說話，只是倚著床，抱膝坐著。

「你心裡有數嗎？」時生又問。

「什麼有數沒數？」

「我問你知不知道千鶴小姐突然離開的原因。」

「我要是知道，還會待在這裡傷腦筋嗎？」拓實嘆了口氣。

「唔……她離開得也太倉促了……會不會和昨天保全公司面試那件事有關？」

拓實沒吭聲。他也在想這件事。

「拓實先生，你眞的去面試了嗎？」時生挑明了問道。

「去了啊。去了人家也不錄用我，有什麼辦法？現在是怪我嗎！」拓實不由得一肚子火起。

「我不是那個意思……」時生搔了搔頭。

到了早上十點，門鎖由外頭打了開來。拓實還以為是千鶴，但出現在門口的，是一名一身工作服、略胖、年約三十的陌生男子。

人。

男子說他們是回收業者，受千鶴委託前來處理屋內的物品，他身後還有三位像是打工的年輕人。

他們宛如搬家工人般，迅速俐落地將家具、電器等逐一搬出公寓，書架上的書、碗櫥裡的碗盤全數收走，連窗簾也拆了下來，一個小時之後，整間套房已經成了空殼，空蕩蕩的室內，唯有拓實與時生留在裡頭。

「不好意思，客戶交代我們將這個放在信箱裡即可……」工作服男子亮在拓實面前的是這間套房的鑰匙，拓實收了下來。

「……請問，委託你們的是早瀨千鶴吧？」他試著問道。

「是的。」

「她有沒有留下聯絡方式？」

「有的，她說若有任何問題，要我們和這裡聯絡。」男人拿出登記資料，拓實一看，失望不已，上頭留的是他的姓名和地址。

兩人回到拓實公寓，但他滿腔不知所措的茫然情緒仍揮之不去。拓實在屋內正中央盤腿而坐，思考著千鶴爲什麼會突然離開。而他自己心裡也不是沒個底，千鶴願意忍耐他這麼久已經該謝天謝地了，但讓他耿耿於懷的是，爲什麼要走得這麼倉促。

時生不時會湊上來找他講個幾句，他都有一聽沒一聽地敷衍過去。想抽菸，但echo菸盒早空了，而他連買菸的錢都沒有。和這副德行的自己交往，千鶴當然會想逃開吧。

到了黃昏，他再度走出家門。時生追了上來。

「你要跟是無所謂，但我會走上好一段路哦。」

「你要去哪裡？」

「錦糸町。」

時生頓時停下了腳步。拓實頭也不回地說：「不想走路的話，就乖乖待在公寓裡等我回來吧。」幾秒後，身後傳來時生的腳步聲。

兩人來到錦糸町的站前大道，彎進一條窄巷，小酒店「紫羅蘭」就在前方，拓實先前打工的咖啡廳則是在對面。「紫羅蘭」的店門上掛著「營業中」的小牌子。

拓實推開店門。店裡沒有客人；吧檯內，酒保與媽媽桑聊得正開心。拓實之前曾聽千鶴說過這兩人有一腿。

「歡迎光臨！」酒保抬起頭打招呼，這個人長得很像螳螂。

「不好意思，我不是來消費的。」拓實低頭致意，「請問，千鶴有沒有來上班？」

「千鶴？」酒保蹙起眉，望向媽媽桑。

「請問小哥您是？」一臉濃妝的媽媽桑問道。

「我是她男友。」

「哦……？」媽媽桑將拓實從頭到腳打量了一遍。「那後面那位小弟呢？你朋友？」

「是的，請多指教。」時生恭謹地打了招呼。

媽媽桑的視線又回到拓實身上。「千鶴她啊，不幹了。昨天突然辭掉了。小哥你沒聽她說嗎？」

「她怎麼會這麼突然辭職？」

「我不知道，我們也很傷腦筋，臨時要找人代替，是教我上哪找？不過她說她薪水不要了，趕著要走，一定是有苦衷吧，我們也只好勉爲其難放她走了。」

「她說不要薪水，是這個月到今天的份嗎？」

「是啊。」

這個月已經過了一半，依千鶴的個性，她不會捨得放掉這一筆錢的，但她卻狠下心扔下這筆錢也要離開，究竟是爲了什麼？

「對了，兩、三天前，千鶴突然提到一件事，說她幫忙安排朋友去參加保全公司的面試。那位朋友，就是小哥你嗎？」

「嗯。」

「哦……？果然是你啊。」媽媽桑不懷好意地笑了笑，「那間公司的人事主任是我們店的客人，千鶴向他說了好幾次，拜託對方多關照她朋友。小哥，你面試結果如何？」

拓實當然答不上來，一逕沉默著。於是媽媽桑和酒保相視而笑，說了句：「沒錄取啊？那還眞是可憐吶。」

拓實強忍怒氣，問道：「千鶴有沒有提到她辭掉這裡之後要幹麼？」

「什麼都沒說啊。我們也是受害者吧，誰管得了臨時提辭呈的人之後去哪裡？眞是的，虧我那麼照顧她。」

千鶴常說，妳動不動就找些莫名其妙的理由扣她薪水還敢講！——拓實很想這麼嗆回去，畢竟是忍了下來。「打擾了。」他點了個頭，轉身就要走出店門，這時時生開口了。

「如果你們聽說千鶴小姐去了哪裡，麻煩通知我們一聲好嗎？」

拓實在心裡暗罵：這個臭老太婆會通知你才有鬼咧。

「紫羅蘭」的媽媽桑微微蹙起眉，然後一臉心不甘情不願地點了點頭，「那麻煩留一下電話吧。」

拓實拿起一旁的杯墊，以原子筆寫下自己的地址和電話。媽媽桑望著電話號碼，撇著嘴說：「這是要人家代接的電話？」

「我遲早會買自己的電話的。」

「你先找到工作掙到錢再說吧！」媽媽桑說著將杯墊扔到吧檯上。

拓實和時生走出店門沒幾步，迎面走來兩名男人，都是一身黑西裝，與拓實他們擦身而過，走進了「紫羅蘭」。

「這家店也有那種客人上門啊。」拓實咕噥著。

「哪種客人？」

「那兩人絕對不是幹什麼正經事的，看他們的眼神就知道了。」

他想起先前那份推銷優惠券的工作，那家公司裡也有好幾個男人有著那般凶狠的眼神。

「是黑道嗎？」

「誰知道，或許是吧。這個世上啊，多得是既非白道也非黑道的人。」

這是他換過無數工作所學到的經驗之一。

因為沒錢，兩人還是得徒步走回淺草。這段漫漫長路，拓實和時生並肩一步步走著。

「我問你啊，我記得你說那個保全公司的面試已經有內定人選了，是吧？」

「是啊。」

「可是我聽剛才那位媽媽桑的意思是，千鶴小姐應該已經和對方講好了啊？究竟是怎麼回事？」

「我哪知道。可能光靠酒店小姐說情還不夠力吧。」

「拓實先生，你眞的去面試了嗎？」

「你是說我說謊嗎？」

「我不是那個意思。可是如果你沒去面試，千鶴小姐很可能也聽到消息了啊，她只要去問一下那位人事主任就知道了。」

「我去了！就說我去過了嘛！」拓實加快了腳步。

其實，他心裡想的和時生想的是同一件事。千鶴很可能會直接去詢問對方面試結果，於是聽到了拓實在人家辦公室裡的惡劣行徑，感到灰心不已，覺得和這個男人在一起是不會有未來的。

但如果只是這個原因，不至於連租屋都要退掉，消失得一乾二淨吧……

「我知道了。原來是這麼回事啊。」身旁的時生兀自嘟囔著。

「你又知道什麼了？」

「我知道千鶴小姐爲什麼會選擇離開你了。她眞的是很好的一名女性，本來我一直覺得，她應該要順理成章嫁給你的才對。」

「你這傢伙，不要用那種過去式的語氣講話，好嗎？我和她又還沒分手。」

「是嗎？我覺得你們已經結束了，這就是命運的安排……」

聽到這，拓實猛地抓住時生的衣襟，掄起右拳。時生則是繃起臉閉上眼，看得出他正緊咬著牙關。看到這副模樣，拓實不知怎的打不下手，一股近似憐愛的情感油然而生。

拓實使勁甩開時生。時生撫著喉頭，連聲咳著。

「你這小子根本不懂我的心情！」拓實拋下這句話，轉頭就走。

走過吾妻橋，雙腿已疲累不堪。經過神谷Bar(*1)時，拓實停下了腳步。

「哇！完全沒變嘛！我記得沒錯的話，這裡創立於明治十三年呢，電氣白蘭(*2)的招牌也一直是這副模樣耶！」時生顯得相當興奮，「二十年都沒變啊……」

「二十年？你在講哪年哪月的事？」

「呃，沒有啦，我是說……這家店應該二十年後依然不會變吧。」

「誰曉得，二十年後可能早就倒了吧。」拓實說著走進店內。

「不會倒的啦。」時生囁嚅著，跟了進去。

店內並列著數張古舊的餐桌，每張桌旁都圍繞著許多結束一天工作的上班族。拓實張望一圈，視線落在深處的一張桌旁。「太好了！找到人了。」他撥開人群，朝那張桌子走去。

一身灰色工作服的佐藤寬二正與同伴喝著啤酒，下酒菜有毛豆與炸雞塊。拓實拍了他的肩，「嗨。」

頂著五分頭的佐藤一抬頭看到拓實，毫不掩飾嫌惡的神情，「是你啊。」

「別擺出那種臉嘛，我們不是當年一起跑壽司外送的好伙伴嗎？」

「少來，是誰偷了營收逃掉的？託你的福，害我也被老闆炒魷魚了。」

「哎喲，那都是往事了嘛。這麼久沒見面了，一起喝一杯如何？」

「要喝你自己喝，麻煩另外找一桌吧。」

「幹麼這麼冷淡？讓我在你旁邊喝杯酒有什麼關係，我又不會礙著你。」

「不了，敬謝不敏。我很清楚你在打什麼算盤。你是想等我們熱熱鬧鬧買餐券的時候，趁亂幫你付掉你的份吧？我不會讓你得逞的。」佐藤說完別開了臉。

拓實搔了搔鼻頭。被說中了。「好吧，那我就直說了。最近手頭有點緊，能不能借我一千圓？我很快就還你，大恩大德永銘五內。」拓實一臉諂媚，合掌求著佐藤。

佐藤嘖了一聲，像在趕蒼蠅似地揮了揮手，「離我遠一點啦！沒錢借你。」

「別這麼說啦，幫幫忙嘛，拜託拜託！」拓實頻頻鞠躬。

「好，我借你一千圓，但是你得先吐出我去年夏天廟會時借你的三千圓，還沒還我吧？」

他說的沒錯。有借沒還，再借當然免談。拓實決定放棄了，但是離開前，他順手從佐藤面前的盤子上搶走了一塊炸雞塊。

「喂！你這傢伙！」

身後傳來佐藤的喊叫，拓實頭也不回地衝出店門。

他一直來到雷門前才停下腳步，邊啃著炸雞塊邊回頭張望，他以爲時生沒跟上來，然而，時生正杵在稍遠的後方，直勾勾地瞪著他。

「幹麼？那是什麼眼神？」

＊1 「神谷バー」，創業於一八八〇年，是日本第一間西式酒吧，也是許多小說與電影愛用的場景，在東京淺草區是宛如地標般的存在，至今仍受許多文人愛戴。

＊2 「デンキブラン」（Denki-Bran），神谷Bar自家釀造的招牌白蘭地雞尾酒，酒精濃度高達百分之四十，在日本受現代化啓蒙的明治時代，冠上「電氣」兩字便代表了最前端的舶來流行時尚，爲此命名的由來。店內點餐使用餐券售票機爲其另一特色。

時生深深地嘆了口氣，「你不覺得丟人嗎？」

「怎麼？」

「我問你腦子裡老想著怎麼揩別人的油水，不覺得丟人嗎？我很失望，本來還以爲你是個有擔當的男人。」

「不好意思喔，讓你失望了。我就是這種敗類。」拓實繼續啃著炸雞塊。

「偷人家的食物，和野狗有什麼兩樣。」

「對！我就是野狗，跟小狗小貓一個樣！」拓實將啃剩的雞骨朝時生丟去，「莫名其妙把我生到這個世界上，又嫌照顧麻煩所以把我扔掉，這樣能長成多麼頂天立地的男人？」

但時生只是一臉悲傷地望著他，緩緩搖了搖頭說：「能夠被生下來，就要感恩了……」

「哼，少在那邊講陳腔濫調，生孩子誰不會。」拓實說完轉頭就走。

但身後立刻有了動靜，時生的手搭上他的肩，他一回過頭，時生眼看就要揍上來，但他身體的反應快過腦袋思考，上半身突地後仰，閃過時生的拳頭，緊接著揮出一記直拳。雖然他瞬間提醒自己要放輕力道，這一拳依舊著著實實地揍上了時生的臉頰。時生飛出兩公尺遠，一屁股摔到地上。

拓實連忙衝上前，「喂！你還好吧？」

「好痛……」時生撫著臉頰。

「就叫你別亂來啊。」

路上行人似乎以爲是打架，逐漸靠上來圍觀，但一看到打人的過去幫忙扶起被打的，也跟著鬆了口氣。

「拓實先生，和我一起去一趟吧。」時生仍摀著臉頰說道。

「去哪裡？」

「愛知縣，去探望東條女士。不跑這一趟，事情是不會解決的。」

一聽到東條兩字，拓實登時沉下臉，直起身子邁步離去，完全不理會身後時生的呼喚。

一直到回到公寓樓下，拓實才終於回過頭，只見時生蹣跚地跟在後頭。拓實不禁嘆了口氣。這傢伙的來路依舊不明，但爲什麼，和他在一起會這麼開心？

他在樓梯下方等時生跟上，兩人一道上了樓梯。拓實打開門鎖，才一進到玄關，旋即被人牢牢架住。四下一片黑暗，什麼都看不見。

「宮本拓實先生，是吧。」低沉的話聲在黑暗中響起。

12

拓實試圖掙開對方的臂彎，然而對方的力道出乎意料地強勁，仍牢牢地箝住他。

「放開我！你到底是誰！」拓實繼續掙扎。

「別這麼激動嘛。」男人的話聲迎面傳來，接著聽到扯動日光燈拉繩開關的聲響，屋內倏地亮了起來，拓實連眨了好幾次眼。

眼前出現一名男人，年約四十五、六歲，正坐在廚房角落的雜誌堆上頭，不懷好意地衝著拓實笑。拓實見過這個人，就是他和時生離開「紫羅蘭」時，在店門口擦肩而過的兩名男人之一。

「你是剛才……」

「我們好像在路上有過一面之緣啊，小哥你的記性還眞好，看來行事相當謹愼嘛。」男人看向架住拓實的手下說道：「這人是聰明人哦，會下意識地抓住重要關鍵，應該是天生的才能吧。精明得很呢，這位小哥。」

拓實感受到身後的男人手下點了點頭。

「多謝誇獎，不過，可以放開我了嗎？」

「喔，不好意思。我們是擔心萬一遇上了蠢蛋，大喊大叫就不好辦事了。」說著男人朝手下努了努下巴，箝著拓實的手臂便輕巧地放了開來。拓實活絡著肩部，一邊回過頭看。這位手下個頭很高，留著小鬍子，也是方才在路上見過的一員。

這時門打了開來，又出現一名戴著金邊眼鏡的年輕男子，硬是將時生拖進了玄關。

「你朋友和你是一道的吧？」坐在雜誌堆上的男人語氣愉悅地問道。

「這是怎麼回事？」時生望向拓實，拓實只是沉默地搖了搖頭。

「好啦，別擠在那麼窄的玄關講話，先進屋裡來吧，雖然這裡本來就是小哥你家嘍。」男人說。

拓實於是脫了鞋，接著問男人：「請問您是哪位？」

「先坐下吧。」

拓實就地盤腿而坐，時生也來到身邊坐下。小鬍子男與眼鏡男仍站在兩人身後。

「不過話說回來，這屋裡還眞髒亂啊，偶爾還是打掃一下比較好吧。」男人仍坐在雜誌堆上，張望著屋內說道。

要你管——拓實很想嗆回去，但忍住了。這個男人現在看起來心平氣和的，但很顯然性格裡潛藏了冷酷無情的一面。刺激這樣的對手毫無好處，這也是拓實打滾至今習得的經驗法則之一。

「言歸正傳。你剛才問我什麼來著？」男人將手貼上額頭，「對了，你問我是哪位。不好意思，我沒辦法把我的名字告訴你耶，要是你堅持要知道，我也只能報上化名，而你知道個化名也沒用吧。」

「化名也無所謂，還是麻煩您報個名字來，這樣比較好稱呼。」

聽到拓實這麼說，男人嘴張得大大的，無聲地笑了，「我想小哥你應該用不著稱呼我吧？不過，嗯，既然你都這麼堅持了，我就報個名字吧。我姓石原，順便告訴你，名字是裕次郎。」

「石原裕次郎（*1）是吧……」拓實深深嘆了口氣。

「都知事的弟弟耶。」一旁時生幽幽地吐了一句。

這個自稱石原的男人眼神銳利地盯著時生看了好一會兒，視線又回到拓實身上。

「我們正在找人，這個人，小哥你也非常熟悉，講名字就清楚多了吧，她叫早瀨千鶴。看吧，你的臉色變了哦。」

聽到千鶴的名字，拓實的確當下心頭一緊。「你們爲什麼在找她？」

「態度馬上放軟了嘛，看樣子一提到愛人，言行果然謹慎得多。很好，很好。嗯，也不是什麼重要的事要找她，只不過呢，得請她把一樣重要東西還給我們。」

「重要東西？」

*1 石原裕次郎（一九三四—一九八七），日本著名演員、歌手。與美空雲雀被視爲日本戰後最具代表性的明星之一。哥哥爲政壇名人兼小說家石原愼太郎，一九九九當選東京都知事，至今已連任四任。

「我沒辦法告訴你是什麼東西，總之那對我們來說非常重要。剛才啊，我們去過她的公寓了，那裡只剩個空殼，所以我們只好去她上班的地方找人。那間店叫做『紫羅蘭』是吧？媽媽桑告訴了我們你的事。」

「那您應該很清楚，我也在找千鶴，才會跑去『紫羅蘭』。所以三位來我這裡是不可能找到人的。」

「嘿嘿，很難說吧。」

「您的意思是我在說謊嗎？」

「我沒那意思，我只是覺得，小哥你可能自己也沒察覺身邊的一些線索。不是有句話叫做『旁觀者清』嗎？」

「要是我漏了什麼線索，我還希望您告訴我一聲呢。可是就如您所見，我真的完全沒頭緒啊！」

「別急嘛。」

石原從西裝口袋拿出一包藏青色包裝的菸，抽出一根叼在嘴上，以玳瑁花紋的金屬打火機點上火。在拓實看來，這個男人連呼出的煙霧都相當高級。

抽了好一會菸之後，石原張望著腳邊，終於發現一個可樂空罐，於是將菸蒂塞了進去，然後再度伸手進西裝口袋，這次拿出的是一只有相當厚度的白色信封。他將信封扔到拓實面前。

「這裡面有二十萬圓，總之先交給你吧。」

「什麼意思？」

「你就當成是提供情報的酬金和這趟所需的花費。看你這樣子，也是有一餐沒一餐的吧？我想多少幫你一點忙，不過有個條件——小哥你只要一找到你女朋友，我希望你第一時間通知我。別擔心，我們不會傷害你女朋友，只是要請她把那個重要東西還給我們。」

「不是我不幫你，我眞的不知道千鶴跑哪去了，給我再多錢，我也不知道從何找起啊。」

「那麼我告訴你一個線索好了。我們查出你女朋友現在人在關西，應該是在大阪吧。」

「大阪？」

「喔，看那表情，小哥你想到什麼了吧？」

「還是一樣毫無頭緒啊。我是在大阪出生的，對這地名總會有點反應吧。」

「這樣啊，原來小哥是大阪人，那剛好。」

「大阪我不熟，我還是嬰兒的時候就被帶來東京了，之後一次也沒回去過。」

「無所謂啊，不必向我交代你的身世，我在乎的只有一件事，那就是麻煩你盡快找出早瀨千鶴。還是你嫌二十萬太少？」

拓實的視線移到腳邊的信封上。「你能夠保證絕對不傷害千鶴嗎？」

「小哥，你是在質疑我說的話嗎？」石原稍稍睜圓了眼，眼瞳深處閃現令人毛骨悚然的寒光。拓實閉上了嘴。石原於是笑著點了點頭道：「很好。總之小哥，請你盡快找出你女朋友。你要是眞的擔心她，更應該比誰都早一步找到她才是。你說對吧？」

拓實依然沉默，這時石原站了起身，「好了，撤吧。」他這句話是對兩名手下說的。

「請等一下。你說在千鶴手上的重要東西，是她偷走的嗎？」拓實望著石原的背影問道。

石原穿上鞋後，撇著嘴一笑，「這我也不是很清楚，得問問千鶴小姐本人才知道嘍。」

「那……」

拓實還想追問，被小鬍子男擋了下來，緊接著眼鏡男湊過來抓住拓實的手腕，將一樣東西塞進他的手心。拓實張開手掌一看，那是一張紙條，上頭寫著一串數字，看樣子是電話號碼。

「等你的電話嘍。我們也會不時過來關切一下的。」石原說著走出門外，兩名手下旋即跟上。

拓實仍光著腳，衝過去玄關將門鎖上，這時他才想起，他和時生出門時，確實牢牢地鎖上了門。這麼說來，石原他們是怎麼進屋的？一想到這，拓實更是不寒而慄。

時生則是拿起廚房地上那包信封確認裡面的金額。

「你在幹什麼！」拓實一把搶過信封。

「哇，不多不少剛好二十萬圓耶。」

「那又怎樣？」

「拓實先生，你會照那些人的話做嗎？」

「怎麼可能。這麼點錢就要我把千鶴賣了？」

「那個叫做石原的，他說不會傷害千鶴小姐，應該是騙人的吧？」

拓實點點頭。正因如此，一如石原所說，他必須盡早找到千鶴才行。「那幾個人到底是什麼來頭……」他不由得嘟囔了起來。

「你眞的不認識他們嗎？」

「沒印象啊，我也沒聽千鶴提過。」拓實就地坐了下來，「他們說的『重要東西』到底是什麼……？爲什麼東西會在千鶴手上呢……？」

拓實回想著與千鶴相處的日子，卻想不起任何可能暗示她去處的蛛絲馬跡，唯有想見她的情緒在胸口不斷膨脹。

「總之，得先把這筆錢退回去吧。」時生說。

「沒錯，我可不想欠那些傢伙人情。」拓實直盯著那個信封說道。

然而，他雖然嘴上這麼說，內心其實五味雜陳。少了這筆經費，要如何找出千鶴？

「他們說千鶴小姐人在大阪吧？你知道她可能去哪裡嗎？」

「嗯，我只想得到一個可能的地點。」

千鶴曾提過有個朋友在大阪的小酒吧工作，如果千鶴去了大阪，很可能會去找那個朋友。

「也就是說，我們得跑一趟大阪了？」

「就是這麼回事。」拓實又看向那只信封。去大阪需要錢，而他現在全身上下的錢加起來，根本買不起新幹線的票，不，連巴士的車票都買不起。

「呃，如果我們暫時借用一下這筆錢呢？」時生提案道。

「你是說之後再賺錢還他們嗎？而且我們死不告訴他們千鶴在哪裡？你去向他們提提看，肯定被砍到剩下半條命。」

「我說的是另一種借法。我們先借用這筆錢來當本金，滾成大錢之後，立刻將二十萬圓還給那些人，從此和他們劃清界線，兩不相欠之後，我們再開始找千鶴小姐。」

拓實盯著時生瞧了好一會兒，看樣子他不是在開玩笑。「你的意思是，我們拿這筆錢去賭博之類的？」

「嗯，差不多那意思。」

拓實慢慢搖著頭，邊搖頭還邊笑，「我已經夠蠢了，你這傢伙也好不到哪兒去嘛。不，比我

還嚴重。你說把錢拿去賭博讓錢滾錢，要是虧本了怎麼辦？不但欠了一屁股債，找千鶴的經費也飛了，根本是慘到欲哭無淚啊。」

但時生只是搖了搖頭，一臉認眞地說：「今天幾號？」

「今天？我想想……」他看了看牆上的月曆，「二十六吧。」

「那明天就是二十七日了。」

「怎麼了嗎？」

「我在報上看到，明天好像有東京優駿賽（*1）。」

「賭馬啊！」拓實一聽差點沒笑倒，挺直身子後猛搖手道：「你哪種賭博不挑，偏偏挑個抽頭最多的！橫豎要賭，當然是去打小鋼珠風險比較小，又能夠視狀況隨時抽手，就算賠也不至於賠太多。而且啊，我已經連輸好一段時間，這陣子手氣應該又快好轉了吧。」拓實說著還比了個打小鋼珠的手勢，時生卻拍開他的手。

「現在不是幹那種無聊事的時候，打小鋼珠只是浪費時間和金錢罷了。」

「你這傢伙，賭馬又好到哪裡去……」

拓實話沒說完，時生便站了起來，走到角落拿來一份報紙，攤開在拓實面前。「你聽過怪物海瑟克（*2）吧？」

「少瞧不起人了。我雖然沒在玩賽馬，海瑟克我還曉得好嗎？牠可是天下第一名駒，還有一首歌叫〈再會了，海瑟克〉（*3）呢。」

「明天的日本大賽馬，海瑟克的兒子會出賽。」時生彈了彈報紙，「牠叫『桂之海瑟克』（*4），我們就押這匹馬。」

「押多少?」

「二十萬，全部押在桂之海瑟克身上。」

拓實一聽，差點沒昏倒。「你這傢伙眞的不是普通的蠢耶。海瑟克的確很強，但並不保證牠兒子也一樣強啊，而且重點是，沒人能保證哪匹馬絕對會贏的啦。」

「但我就是能保證，桂之海瑟克一定會贏得這場比賽。不過因爲牠是最熱門的馬匹，賠率不可能高，所以要贏大錢，只能一次押上我們的所有資金。」

「你爲什麼能保證?喂，你該不會也參一腳搞什麼假比賽吧?」

「才不是假比賽，是如假包換的事實。我也不是很熟悉什麼賽馬、賭馬的，只是之前曾經稍微研究過馬的相關資料，偶然間聽到這個例子——優秀父親未竟的夢想由兒子完成……」時生說到這，突然搔了搔頭，「我這樣解釋，你還是聽不懂吧。」

「聽不懂。總而言之，我不會做那種跟把錢扔進水溝沒兩樣的蠢事，同樣要賭，我寧可去打

---

*1 東京優駿賽，即「日本ダービー」(Japan Derby)，日本中央競馬會於日本東京競馬場舉辦的國際一級賽，設立於一九三二年，參考英國Epsom Derby的作法，僅限三歲馬出賽，路程爲草地兩千四百公尺。此爲日本賽馬三冠大賽的第二關，另兩關爲皐月獎與菊花獎。

*2 海瑟克：「ハイセイコー」(Haiseiko)，一九七〇年代掀起日本賽馬熱潮的偶像名駒，死後設有紀念墓地及銅像。

*3 原文做〈さらばハイセイコー〉，於海瑟克一九七四年引退後旋即推出的紀念單曲，由騎師增澤末夫演唱，創下四十五萬張的銷售紀錄。

*4 桂之海瑟克：「カツラノハイセイコ」(Katsurano Haiseiko)，馬主爲「桂土地株式會社」。

小鋼珠。」

「那才是浪費錢。」

「哪裡浪費錢了？你講那些有的沒的才莫名其妙吧！」

「拓實先生，求求你。」時生突然坐正，深深一鞠躬，「明天什麼都別問，去買馬券就對了。請相信我。」

「……你在講什麼啦。」

「我沒辦法向你解釋，但是我眞的知道。明天，海瑟克的兒子會贏得比賽。只要押牠，穩賺不賠。」

「你這番話毫無說服力吧，無憑無據的，要我怎麼相信你。」

「要是輸了，我做牛做馬都會想辦法還你二十萬圓，叫我出海捕鮪魚都行。」

「你沒喝醉吧？」

時生仍不斷低頭拜託。

拓實嘆了口氣。「我明白了，那這樣吧，只賭五萬。如何？」

「宮本拓實先生！」時生倏地抬起臉。

拓實聽他這麼一吼，不禁往後一縮，「幹麼啦，你想威脅我啊！」

「請相信兒子！能爲父親圓夢的，只有兒子了！」

「什麼兒子不兒子的……你爲什麼那麼相信海瑟克的兒子啊？……」但拓實只說到這就說不下去了，因爲凝視著自己的時生，眼神中有著非比尋常的氣魄，彷彿正試圖透過眼神，將內心的某個訊息傳達給拓實。而拓實被那個訊息給牢牢震懾住，不知怎的，時生的話語中尤其撼動他的心緒的，竟是「兒子」兩字。

「十萬。可以了吧。」拓實開口了：「就這麼說定了。不准嫌少，我可是抱著破釜沉舟的決心拿出這十萬圓的。」

時生垂下眼想了想，終於點了頭，「嗯，好吧，沒辦法勉強你相信我，不過我絕對不會讓你後悔拿出這筆錢的！」

「你最好說到做到。」

拓實說完直盯著手上的信封，他已經開始後悔了。

13

第二天風和日麗，是個非常適合賽馬的日子。中午過後，拓實與時生前往淺草國際大道，彎進岔路，便來到了場外馬券投注所。由於這天有東京優駿賽，投注所內外果然是萬頭攢動。

「好！就賭這一把了！」

拓實正要踏進投注所，時生突然扯住他的袖子說：「等一下。」

「幹麼？不要跟我說你突然不敢下注了。」

「不是。我想請你答應我一件事。」

拓實皺起眉，「拜託，人都到這裡了，你還磨蹭著要講什麼啦！」

「我昨天也說過，要是賭輸了，我拚上這條命也會賠你二十萬圓。」

「我曉得啊，你的決心我很清楚。嗯，雖然我並沒打算眞的叫你上鮪魚船去掙錢就是了。」

「可是我是認眞的。」時生難得露出如此嚴肅的眼神，「所以，我希望拓實先生你也能答應

我，要是桂之海瑟克贏了這場比賽，你能聽進我一個要求。」

「關於分錢的事嗎？我們對分就好啦。」

時生焦急地搖著頭，「錢的事隨你處理。我的要求是，要是我們賭贏了，我希望你能去見東條女士一面。」

「還在講那件事啊。」拓實別開了臉。

「反正我們都要去大阪了，途中會經過愛知縣啊。只要繞過去露個臉就好，爲什麼你就是不肯呢？」

「小子，你還搞不清楚現在事態有多嚴重嗎？我們非得搶在昨天那些人前頭找出千鶴才行，哪來那種美國時間去見臭老太婆。」

時生聽到這話，以澄澈的雙眼凝視著拓實說：「東條女士也沒剩多少時間了。」

拓實沉默了。他在意的不是東條須美子還有多久可活，而是時生那太過眞摯的眼神。

「比賽快開始了，我們先去買馬券吧。」拓實說著踏出步子。

在投注票口拿出十萬圓現金時，拓實不由得心跳加速，但聽見身旁一些像是領日薪的勞工階層男性見狀發出了驚歎，還是覺得頗得意。

拓實和時生來到附近的咖啡店，店內角落有一臺電視機，正在播放的當然是賽馬實況轉播。兩人身邊的男客全都目不轉睛地盯著電視螢幕，想來這些人都是基於同樣的理由走進這家店消費。

拓實喝了一口咖啡，指尖敲著桌面。「還是會緊張呢，畢竟押了十萬圓吶。」手心也滲著汗。

「沒什麼好緊張的，海瑟克的兒子一定會贏的。」

「就是你這種篤定讓我心裡更毛。」拓實隔著桌子湊上時生面前，「你的消息來源不會出錯吧？到底是哪弄來的情報？」

「就跟你說不是假比賽，但是牠贏定了。」

「搞不懂你。不過雖然搞不懂，到了這個節骨眼，也只能賭在你那莫名其妙的自信上頭了。」拓實看向電視，比賽就快開始了。播報員興奮地轉播著，店內的氣氛也逐漸升溫。

「拓實先生，剛才的事還沒講完。」

「幹麼囉哩囉嗦的，現在沒空講那些啦。」

「要是賭贏了，你答應我會去見東條女士吧？」

「好啦好啦，要我去哪兒都行啦。」拓實仍緊盯著電視畫面答道。

「那就好……」時生小聲咕噥。

電視畫面上，二十六匹馬一字排開，緊張的氣氛中，馬閘一開啓的同時，播報員高聲喊出：「所有參賽馬匹同時開跑！」

咖啡店內的客人紛紛探出身子，許多人發出了驚呼。隔壁桌的客人喊著：「里德！衝啊！」看來他押注的是那匹叫做里德．普列班(*1)的馬。

之前幾乎沒看過賽馬的拓實，完全聽不懂什麼「位置」、「步速」之類的術語，視線只顧直追著戴了白眼罩、一身黑披毛的桂之海瑟克，牠的馬鞍號是七號。

*1 原文做「リンドプルバン」（Lindo Pleben），日本賽馬名駒之一。

數匹馬進入最後的直線跑道，桂之海瑟克宛如被外側馬匹逼擠般，移至內側跑道，緊追在後的是馬鞍號四號的馬匹，看來正是里德．普列班。鄰桌的客人放聲大喊。

「七號先到啦！」

兩匹馬糾纏到最後一刻，並肩衝過終點線，看不出哪一匹先通過，店內響起一片哀號。

「不！是四號！四號！」

大家拚命喊著，拓實呆立當場，全店只有時生冷靜地啜著咖啡。

終於，電視畫面播出照片判定結果。黑白的靜止畫面上，映出桂之海瑟克以些微之距勝出。

拓實開心地大吼，隔壁桌的客人則是一腳踹向桌子。

三十分鐘後，拓實與時生在知名壽喜燒餐廳裡大啖美食。

「太開心了！不過你眞是太厲害了，還眞的給你押對寶！看你自信滿滿的，我就在猜你肯定有什麼內線消息，忍不住聽你這一次，可是剛才確定贏了的那一刻，我眞的雞皮疙瘩都起來了！」

拓實放聲大笑，豪氣地舉杯喝著啤酒。啤酒眞是太美味了，兩人點的肉也全是最高級的。雖然桂之海瑟克是最熱門的馬匹，賠率只有四．三，他們的十萬圓當場暴增爲四十三萬圓，稍微奢侈一餐應該不爲過。

「我就說嘛，相信我，絕對沒問題的。」時生也開心地大口吃肉。

「喂，沒必要再瞞我了吧，你爲什麼知道桂之海瑟克會贏？」

「我不是說過了，這很難解釋。反正我講了你也不可能相信。」

「你不講怎麼知道我信還不信？難不成你能夠預知未來？」

拓實半開玩笑地說著，沒想到時生一臉認眞地思索之後回道：「對，這樣解釋你可能比較能夠接受。」

「拜託，眞的假的？」

「看吧，你不可能相信的。」

「不不，你剛剛就眞的說中了，我怎麼會不相信你呢？」拓實左右張望了一下，確認沒人在聽他們說話後，悄聲對時生說：「如果你眞有預知能力，我們不就能大撈一筆了嗎？只要一場接一場押在會跑贏的馬兒身上就好啦。」

時生只是苦笑，「遺憾的是，沒那麼幸運。這個時代的賽馬成績，我只知道今天這一場比賽的結果而已。」

「別那麼小氣，再預測個一、兩匹就好。一切順利的話，我們搞不好可以成爲億萬富翁。」聽到這，時生突然停下筷子嘆了口氣，瞥著拓實說：「現在不是討論這種事情的時候吧？而且，我眞的不知道其他的比賽結果了，你還是死了這條心吧。」

拓實輕輕嘖了一聲，筷子朝鍋內的牛肉伸去。

「不過呢，」時生微微一笑，「關於未來的事，我倒是能夠小小預言一下。」

「賺不了錢的就不必告訴我了。」

「絕對賺得了錢的。拓實先生，比方說你和某人約了碰面，但眼看就要來不及，或是臨時有事無法赴約，你會怎麼辦？」

「沒什麼怎麼辦啊，當然是想辦法聯絡上對方。」

「怎麼聯絡呢？」

「就打電話去相約的地點啊，像是咖啡廳之類的。」

「要是約的地點沒有電話呢？」

「那就……」拓實想了想，搖頭道：「只能事後道歉了。」

「我想也是。不過二十年後啊，這都不成問題了，因爲幾乎所有人都隨身帶著電話，尺寸不大，可以放在口袋裡帶來帶去的，邊走路坐車還能邊講電話。」

「你是小孩子在講夢話啊。」拓實嘲笑道：「不好意思，我得戳破你的美夢了。你知道嗎？雖然現在還在研發階段，再過個三年吧，打公共電話不必再投零錢了哦，只要有一張類似電車月票厚度的薄卡片，一次就能儲值五百或一千圓的通話時間。到時候，公共電話只會愈來愈多，人們出門時何必抱個電話走在路上？」

「你說的電話卡……公共電話專用儲值卡的確會造成一時的轟動，但是隨著攜帶式電話的普及，電話儲值卡會逐漸退燒，連帶造成公共電話的數量日漸減少。由於人們都希望透過攜帶式電話相互聯絡，話機本身開始附加許多功能，電話網絡也愈來愈複雜與高速化，整個社會將形成一整個互聯網。這件事是一定會發生的，我希望你記在心上。」

「我對科幻故事沒興趣。」拓實輕搖了搖手，又追點了啤酒。

兩人一離開餐廳，拓實便對時生說：「欸，你先回去吧，我還得去一個地方。」

「去哪裡？」

「之前四處向人家借錢，我想趁這機會一次還清。」

「嗯嗯。」時生點點頭，「還一還比較好。那我先回公寓等你。」

拓實舉起一手道別，目送時生直到看不見人影，他才踏出步子，但不消多久，他的步伐愈來愈輕快，嘴裡甚至哼起了歌。

看到一座電話亭，他鑽了進去，邊哼歌邊投入硬幣，按下熟悉的號碼。響了好幾聲，終於傳來女子帶著濃濃睡意的聲音：「喂？」

「由香里？是我，拓實啦。」

「喔……找我幹麼？」

「別那麼冷淡嘛，今天出來陪陪我吧，有好處哦。」

「少作夢了，要約我出去，先把欠我的錢還來再說。」

「我會還妳啊，那點小錢算什麼。重點是幫我多找些女孩來吧，今天要來辦一場久違的週六夜狂熱哦！」

「白痴啊，今天是週日耶。」

「哎喲，無所謂啦，總有一、兩家迪斯可在週日營業吧？今天我請客！大家一起出來玩到爽吧！」

「……怎麼？你發了啊？」

「妳來就知道了嘛，不來會後悔哦。今天都要感謝東京優駿賽的幸運之神——桂之海瑟克！」

「你中馬券啦？」

「我押了十萬圓，賺翻了！」

話筒另一端傳來女子開心的尖叫。

三小時後，拓實在舞池中狂舞著。由於週日酒吧都休息，拓實透過門路包下了整間店，找來一堆酒國的狐朋狗友，臨時搞了個迪斯可派對，廉價音響播放著比吉斯的歌曲，威士忌與啤酒豪氣地一瓶接一瓶開。這群人只圖有免費酒喝，全都想盡辦法討拓實開心，還有男性當場脫個精光炒熱氣氛。

就在場子內玩翻天的時候，店門打開，時生走了進來。拓實正站在桌上模仿約翰．屈伏塔的舞姿。

「喲！時生！你怎麼找得到這裡！」拓實躍下桌子，「喂——！大家聽我說，這位就是剛才提到的我乾弟！」

場子響起一片歡呼。

「你好厲害喔——！也幫我預言一下吧！」一名女子搔首弄姿地對時生說。

「那可不行，這小子是我專屬的！」拓實環上時生的肩，笑嘻嘻地望著他說：「你說對吧！」

然而時生毫無笑容，面無表情地直盯著拓實，「你在幹什麼？」

「幹什麼？就大家慶祝一下——」

時生甩掉拓實的手臂，「你還有心情在這裡慶祝！我告訴你哪匹馬會贏，不是爲了讓你幹這種事的！」

「我知道啦，可是賺了那麼多，稍微……」

時生氣得咬緊牙，右拳直直往拓實的臉揮去。拓實雖然醉了，這拳的速度還不至於閃不掉，然而不知爲何，他沒有避開，拳頭著著實實地落在鼻子上。

狐群狗黨當中的一人站了起來，抓住時生的衣襟，「你這傢伙！想幹什麼！」

「等等！放開他。」拓實按著鼻頭站了起來，和時生四目相接。時生望著他的眼神非常悲傷。

拓實環視眾人說道：「不好意思，今天就到這裡了。大家解散，好嗎？」這群人一頭霧水，訝異地望了望拓實，又望了望時生，陸續走出了店門。當中還有人嘀咕著：「眞難得，沒想到拓實會挨揍耶。」

拓實放下摀著鼻子的手一看，手心沾著血，但他一點也不生氣，有的只是滿心歉疚。

「抱歉。」時生道了歉。

「不……」拓實搖頭，「我不知道是怎麼了，都怪我自己沒閃開，總覺得……我好像不能閃開這一拳。」

他拿起一旁的餐巾擦了擦鼻子，餐巾瞬間染成一片鮮紅。

「走吧！拓實先生。」時生開口了，「去找你的愛人。還有，去見你的親生母親吧。」

拓實握緊染血的餐巾，點了點頭，「嗯。我們出發吧。」

時生露出微笑，隱約看得見他的小虎牙。

14

第二天晚上，拓實和時生前往錦糸町的「紫羅蘭」。本來拓實提議說，反正手上有錢，不如坐計程車趕過去吧，卻被時生否決了。

「有什麼關係嘛！一趟計程車和兩人份的電車錢，算一算也差不了多少啊！」

「不是金額多少的問題，而是你不應該以這種態度看待這筆資金。雖然手上有錢，又不保證一定夠用，你也無法想像這趟尋找千鶴小姐需要花多少時間和精力吧？」

「知道了啦。囉哩囉嗦的。」

不知怎的，只要時生一念他，他總是無法反駁。

後來兩人決定搭電車前往，先坐到淺草橋再轉乘總武線。一路上時生都沒找位子坐，一逕站著興奮地望著窗外景色。

「你那麼認眞在看什麼？」

「沒有特別看什麼，就是眺望整座市鎭呀。」

「都是些平淡無奇的景色吧。」

電車一渡過隅田川，沿線兩側的建築物密密麻麻地林立，連空隙都被民宅塡滿，顯得雜亂擁擠且無秩序。

「拓實先生你爲什麼會選擇住在淺草？」時生問道。

「沒什麼特別原因。我換了很多工作，四處奔走，最後就輾轉來到淺草了，如此而已。」

「可是你應該是喜歡這裡的吧？」

「大概吧。不討厭啊。」拓實伸出手指抹了抹鼻子下方，「這裡的人還滿有趣的。」

「因爲很有人情味？」

拓實哇哈哈地笑了，「『下町』等於『人情味』？你的想法也太嫩了吧。在我看來，沒有哪個地方的居民是能夠彼此坦誠相對的，每個人心裡都多少有著壞念頭。所謂下町的人們，或是在彼此面前隱藏壞念頭，或是偶爾顯露惡意威嚇對方，就是這麼相互討價還價活下去。但我覺得這樣很好，我反而受不了什麼敦親睦鄰的人情味，每個人每天爲了求生存就已經筋疲力盡了，要是被騙，那也是被騙的一方不該讓人有機可乘。下町的人們都是抱著這樣的覺悟生存下去的。」說到這，他偏起頭想了想說道：「不過，或許這就是真正的『人情味』吧。即使被某個町內傢伙騙了，也只是摸摸鼻子自認倒楣，並不會因此而受挫。彼此安慰互舔傷口什麼的，才不是人情味呢。」

「真是個好地方啊。」一直望著窗外的時生轉頭望向拓實，「聽你這麼說，總覺得好羨慕呢。」

「這種事有什麼好羨慕的。我啊，還是希望有朝一日能夠住在高級住宅區裡，像是世田谷還是田園調布都好。我一定要大賺一筆，蓋一棟自己的大房子。」

「那是拓實先生的夢想啊。」

「不止如此，我的格局大得很呢，好比購入大量土地和公寓大樓當起包租公，錢就會源源不絕地自動滾進口袋，多美好！我就可以成天坐在高級進口車裡四處兜風，身邊全是身材火辣的外國女人服侍我。」

聽著這段話，時生頻頻瞄向拓實，「沒想到拓實先生也有過這樣的夢想，畢竟是這樣的時代吧。」

「你這話什麼意思？」

「呃，沒什麼，我只是在想，你怎麼沒想過要腳踏實地地攢錢呢？」

「在這個時代，腳踏實地攢錢根本和抽到下下籤沒兩樣。即使是虛張聲勢也好，有膽識押對寶，能夠一夕致富才是最大的贏家。」

「可是金錢並不是人生的全部啊。」

「你在說什麼？說到底，沒錢一切免談，所以日本才能夠從戰後的谷底重新站起來，不是

嗎？那些外國佬瞧不起我們，說什麼日本人都是住在兔子籠裡的工蜂。呿，他們只是死鴨子嘴硬不肯承認罷了，對付那些傢伙，最好的方式就是拿大把鈔票甩到他們臉上。」

聽了拓實這番話，時生不知怎的垂下了眼，接著再度望向窗外說道：「我想，就是這份骨氣，讓日本人得以與國際競爭，賺取大筆外匯。接下來至少十年的時間，景氣會愈來愈好，人們比拚著誰過得最奢華，簡直像是辦廟會湊熱鬧似的。然而奢華過後，你覺得剩下的會是什麼？」

「剩下什麼？如果眞像你說的景氣大好，當然是大呼萬歲再好不過啦。」

但時生搖了搖頭，「所謂夢境，是會一夕醒來的，宛如泡沫破滅般，『噗』的一聲便煙消雲散，剩下的唯有空虛。由於缺乏穩紮穩打建構起來的基礎，無論是精神上或是物質上，人們都頓失依靠，而且是直到那時，日本人才察覺到。」

「察覺到什麼？」

「察覺自己這一路一來失去了什麼啊。這十多年下來，所有日本人都失去了非常重要的東西，當中也包括你剛才所說的『人情味』。」

「幹麼一副先知的口氣。那種事根本不可能發生，日本接下來只會愈來愈強大，唯有跟得上這股潮流的人才是勝者。」

拓實說著，在時生眼前握緊了拳頭。然而時生只是輕嘆了口氣，沒再說什麼了。

兩人抵達錦糸町時，正是霓虹燈初上時分，「紫羅蘭」門口也掛上了「營業中」的牌子。拓實推開店門，或許是時間尚早，店內只有一名男客坐在吧檯邊，媽媽桑則是坐在客人身旁。螳螂臉酒保笑咪咪地抬頭看向門口，正要打招呼，發現是拓實，旋即板起臉來。

「喔，是你們啊。」媽媽桑也顯露一臉不耐。

「上次打擾了。」

「你們又來幹什麼？我不是說過了嗎？關於千鶴的事，我什麼都不知道。」

媽媽桑這麼一說，身旁的客人訝異地望向拓實與時生。這名男人年紀大約三十出頭，五官輪廓很深。「媽媽桑，這兩位是？」

「說是千鶴的朋友，好像在找她的下落。」

「這樣啊。」男人露出興味盎然的眼神。

「你是誰啊？」拓實問男人。

男人微微一笑說：「要問人家姓名之前，應該先報上自己的姓名吧？」

「不講就算了。」拓實轉向媽媽桑問道：「是妳把我的事告訴那些傢伙的吧？」

「我說了誰的事？」

「少裝蒜，星期六緊跟在我們之後進店裡來的那兩人，他們也是來問千鶴的事，對吧？然後妳把我的事告訴了他們，不是嗎？」

媽媽桑撇起嘴，嘆了口氣，「不行嗎？我想反正你們都在找千鶴，把你的事告訴他們不是剛好？你應該感謝我這麼體貼幫了你的忙才對呀。」

拓實哼了一聲，回頭對時生說：「看到沒？這就叫翻臉不認人。」

「要是沒其他的事，麻煩你們離開好嗎？還是你們願意像這位先生一樣，坐下來喝一杯如何？闖進人家營業中的店裡問東問西，總該消費一下才合禮數吧。」

「有意思，要試探我敢不敢點酒嗎？要是妳以為我沒錢，那就大錯特錯了。」拓實放話了。

「拓實先生，等等！」身後的時生連忙拉住拓實的袖子，「不能中他們的激將法。」

「被人家這麼看扁，老子怎能忍氣吞聲！」拓實甩開時生的手，瞪向酒保說：「好啊，拿你們店裡最高級的酒來！」

「喔——」螳螂臉酒保睜大眼望著拓實，「最高級的酒也有很多種，您想要哪一支呢？」

「給我……」拓實頓了一頓說：「……拿破崙。開拿破崙吧。」

「拿破崙，是吧。那請問是哪支拿破崙呢？」

「拿破崙就是拿破崙，管你那一支啊。還是你們店裡沒有這麼高級的酒？」

拓實這麼一說，酒保哈哈笑了起來，媽媽桑也忍俊不禁。

「笑什麼笑？哪裡不對了？」

這時，身後的時生對他咬耳朵道：「拿破崙是白蘭地等級的一種，不是酒名。」

「啊？是喔。」

「是呀。明明不懂酒，小混混裝什麼派頭。」酒保不屑地說道。

拓實當場一把火起，左手握拳舉到胸膛處，眼看就要伸過吧檯揍向酒保，硬是被時生壓了下來。「不行！拓實先生！」

「哈囉，麻煩一下……」媽媽桑身旁的男客開口了，「給這位小哥軒尼詩。我請客。」

酒保滿臉訝異，還是乖乖地接了單，「好的，馬上來。」

「不用你多事。」拓實對男人說。

男人嘴邊浮現笑容，但並不像酒保或媽媽桑那樣惹人不快。「我是因爲還想聽你繼續說下去才請客的，別客氣。」

酒保將空杯放到拓實面前，裝模作樣地倒入白蘭地。

拓實猶豫了幾秒，拿起酒杯。杯子才拿近嘴邊，便傳來一股醇郁的香氣，拓實啜了一小口含在嘴裡，那宛如濃縮精華的豐厚味道與溫和刺激在舌上化了開來。

「和電氣白蘭的味道差很多吧？」酒保擦拭著酒瓶，笑著說道。

「是嗎？很難說誰優誰劣吧。」雖然嘴上這麼說，拓實卻無法放下酒杯。接著他對媽媽桑說：「雖然是人家請的，消費了就是客人，麻煩妳回答我的問題吧。」

「我不是說過了，我什麼都不知道啊。」

「那幾個傢伙是什麼來路？爲什麼要找千鶴？」

「我哪知道那些人是誰啊，是他們自己找上門來問我千鶴去哪兒了。只不過，他們的目標好像不是千鶴。」

「那些人沒那麼好騙。他們說千鶴拿了什麼東西逃了，對吧？」

「拿了什麼逃了？我沒聽說啊。」

「那他們問了妳什麼？」

「他們都問岡部先生的事啊。一進來就問說，岡部先生養的女人是不是千鶴。」

「岡部？那是誰啊？」

「我們店裡的熟客。我聽那些人的問話口氣，他們要找的應該是岡部先生。而爲了找出岡部先生，得先找出千鶴的下落。」

「那個岡部是幹哪一行的？」

媽媽桑搖搖頭，「很久以前聽說是在做電話相關行業，細節我就不清楚了。」

「電話？」

「其實，我也正在找岡部。」請喝白蘭地的男客開口了，「所以過來這裡想問問看有沒有線索。他似乎是這裡的常客，我才剛問出千鶴小姐的名字，你們就進來了。不過託你們的福，這下子我明白狀況了，看來岡部是帶著千鶴小姐逃走了啊。」

「那個岡部到底是誰？還有，我也想請教你是哪位。」

「這和你沒關係吧。」

「你和那些傢伙是一伙的吧，那剛好，有東西要請你轉交給他們。」拓實從口袋拿出一只對摺的信封，「這是他們寄放在我那裡的，麻煩你交給他們吧。」

男人臉上的笑容消失了，銳利的眼神看了看信封，又看了看拓實，「原來如此，他們給你錢，要你找出千鶴小姐？」

「我們不需要這筆錢了。」

「請等一下，我和給你錢的那些人不是一路的。」男人轉向媽媽桑與酒保說：「麻煩買單。」

「我話還沒說完！」拓實說。

「所以才要離開這裡，找個地方好好談一下。」

「哎呀，在我們這裡談不就好了，反正短時間內還不會有客人上門，我們口風很緊的。」媽媽桑殷勤地勸留，卻難掩眼中的好奇心。

「給你們添麻煩就不好了。」男人站了起身，從上衣內袋拿出錢包。

離開「紫羅蘭」後，男人默默地朝車站方向邁出步子，但不像是在尋找方便談話的咖啡廳。一走出來大路上，男人停下了腳步，回頭對拓實說：「要不要做個交易？」

「交易？什麼交易？」

「關於千鶴小姐的下落，你把你手邊的線索告訴我。交換條件是，我幫你找到她。只要有任何她的消息，我一定第一時間聯絡你。」

拓實將兩手插褲袋，看了時生一眼，接著視線回到男人身上，撇著嘴笑了笑，「我連你是什麼來路都不知道，怎麼可能答應和你交易？」

「我只是出於工作需要，必須找出岡部。你大可放心。」

「你這樣講鬼才會相信。要我相信你，拿出證明來。不過我話說在前頭，就算你拿得出證明，我也不打算假手他人找出千鶴。」

「是喔。」男人搔了搔鼻翼，「可能要你相信我是勉強了些，那至少聽我一句忠告——你們最好先按兵不動。相信我，這是爲了你們好。暫時再忍耐一下，先別去找千鶴小姐，好嗎？等時機成熟，我會通知你們的，到時候千鶴小姐的下落應該也水落石出了。」

拓實轉頭看向時生，以拇指比著男人說：「這位大叔又在講些莫名其妙的話了。」接著他回過頭望著男人搖了搖頭說：「我不曉得你跟那個岡部有什麼過節，反正不關我的事。我要找出千鶴，誰都攔不了我。」

「你們要是輕舉妄動，連帶千鶴小姐也會有危險的。」

「那你話不要講一半，到底怎麼回事，給我說清楚！」

但男人顯然不打算進一步解釋，只是雙脣緊閉凝視著拓實。

「我們走吧。」拓實對時生說，旋即邁開步子。

「等一下！聽我說。」男人擋在拓實面前，「我眞的沒辦法告訴你來龍去脈，但遲早會和你說清楚的，只不過不是現在。」

「不能說就別說。讓開。」

「我知道不可能強留住你，但是，請千萬記住一件事——絕對不能聽信那群給你錢的傢伙所說的話，別和他們有牽扯。」

「不用你講我也不會和他們扯上關係，當然也不會和你有任何牽扯。」

男人從口袋拿出筆記本，快速地寫了什麼，接著撕下那頁遞給拓實。拓實一看，上頭寫了一串數字，看樣子是電話號碼。

「給我這幹麼？」

「打這個電話號碼就找得到我，要是遇到什麼麻煩，請隨時和我聯絡。可能的話，如果你們找到了千鶴小姐，我希望你能夠第一時間通知我。叫我高倉就好。」

「哼，姓『高倉』？想也知道名字一定是叫『健』吧。」拓實當場將紙條扔到路旁，「你話都說完了嗎？」

男人嘆了口氣，「可能的話，眞想把你們監禁起來限制行動。」

「有種就試試看啊。」拓實接著望向時生說了聲：「走了。」旋即大踏步走了開來。這回男人沒阻止他。

「欸，你不覺得現在狀況有點不妙嗎？」時生邊走邊問道。他拿在手上的是方才被拓實扔掉的紙條。

「不用你說我也知道啊。可惡，千鶴到底爲什麼會和那種男人跑掉！」

「我在想，我們是不是該向剛才那個叫高倉的人多問一些關於岡部的事……」

「那個人不會透露的，看他那副調調就知道了。對我們來說，要緊的是千鶴，管那個岡部去死。反正看樣子不論是石原裕次郎還是高倉健，手邊都還沒有任何線索，換句話說，我們只要盡早找出千鶴就對了。」

「明天就出發吧。」

「那是一定的，沒時間拖拖拉拉了。」

事實上，拓實多想現在就飛奔去尋找千鶴，他完全無法想像千鶴到底被捲入了什麼樣的麻煩中，卻感覺得出那是個充滿不祥氣息的狀況，他無論如何都想將千鶴帶回來。

拓實和時生在錦糸町的車站前解決晚餐後回到公寓，樓梯下方站了個男人在等他們。男子個頭很高，一看到他鼻子下方的小鬍子，拓實便曉得來者何人了，心想來得正好。男子是石原的手下。

「出門去啦？」小鬍子男問道。

「不行嗎？我們也是要吃飯喝酒過日子啊。話說你找我有什麼事嗎？」

「兩天沒見了，想問問看你這邊有沒有什麼進展。」

「喔——，是你老闆叫你來的吧，你這個跑腿大臣還滿勤快的嘛。」

小鬍子男微微動了一下，拓實立刻擺出準備反擊的架勢，但小鬍子男並沒有進一步的舉動。

「查出那女人的下落了嗎？」

「關於那件事，有個東西想麻煩你。」拓實拿出那只裝了現金的信封袋，壓到小鬍子男人胸膛上，「錢還你們。二十萬圓整，一毛也沒動到。」

「怎麼回事？」

「我打算放棄千鶴，不找她了，所以我不能收下這筆錢，請你也這麼轉告你老闆。」

「你是說真的？」

「是啊，想想覺得太麻煩了。這麼一來就兩不相欠了吧，別再來纏著我了。」

拓實朝時生使了個眼色，兩人一前一後走上了樓梯。小鬍子男只是在樓梯下方抬頭望著，沒叫住他們。

「他們會這樣就放過我們嗎？」進到屋裡，時生擔心地問道。

「不放過我們又能怎樣？我都說我不找千鶴了，那些傢伙也只能想別的辦法。別管他們了，先準備一下明天的行李吧。」

說是準備，其實拓實沒多少東西要收拾，不過是將幾件換洗衣物和毛巾塞進一個舊運動提袋裡就結束了。至於時生更不用說，他打從一開始就是兩手空空地出現在拓實面前。

睡前，兩人數了一下手邊的錢，剩下大概十三萬圓。他們將現金對分，一人帶一半在身上。

「一人六萬五千圓啊……這樣分一分也沒多少錢嘛。」拓實說著又探了探錢包。

「講話要憑良心哦，本來應該一人還多十萬圓的，被拿去花在無聊的用途上，才會落得這個下場。」

「知道啦，我也在反省啊，別一直說嘴，好嗎？重要的是，」拓實朝時生湊了過去，「上次我也問過你，真的沒有其他的內線消息了嗎？你該不會瞞著我吧？」

「內線消息？」

「就是像桂之海瑟克會奪冠之類的，你一定還知道其他內幕吧？」

時生長長地嘆了口氣，搖頭道：「你要問幾遍才甘心？那真的是唯一一次，也是最後一次了。而且那是我湊巧知情，才剛好派得上用場，本來我就對賽馬沒什麼興趣。」

「賽馬不行的話，賽艇呢？還有賭自行車賽呀？」
「那些更不可能了。總而言之，那種事沒有第二次，你就死了這條心吧。」
「呿，美夢只能做一次啊。」拓實說著躺到又溼又薄的棉被上頭。
時生關了燈，沉默了一會兒之後，還是開口了，「我說啊……問這種事可能有點傷人……」說到這，話又吞了回去，囁嚅道：「還是別問好了。」
「幹麼吞吞吐吐的，男人有話就講清楚。」
「嗯……，我在想，千鶴小姐和那位叫岡部的，不知道是什麼關係……」
拓實坐起上半身，望向時生，「你想說什麼？」
「因爲……他們兩人像私奔一樣一起消失了，不是嗎？這麼說來，他們的關係會不會……」
「你懂個屁！」拓實忿忿地說道：「怎麼？你是想說千鶴腳踏兩條船，同時跟我和那個叫岡部的混帳交往嗎？千鶴才不是那種女人！」
「可是……」
「千鶴一定是出了什麼事。你應該也很清楚，可疑的傢伙一個接一個冒出來，事情絕不是私奔那麼單純。那個混帳岡部自己得跑路，千鶴只是受他牽連罷了，才不是出於自願消失的！」
「是嗎……」
「不是嗎！」
「因爲……千鶴小姐不是留了信給你嗎？那個的確是她的字跡吧？信上頭清楚地寫著『再會』，所以即使有再多苦衷，千鶴小姐會從你面前消失，畢竟是出於她自己的意願。講明白點……」時生說到這又閉上嘴。

「幹麼啦，話不要講一半。」

幽暗中，感覺得到時生深呼吸了一口氣。

「講明白點，就是，拓實先生你應該是被千鶴小姐甩了吧。」

「甩你個頭啦。」拓實嘀咕一句，旋即沉默了下來。因爲他很清楚，事情很可能正如時生所說。

不過他還是哼了一聲，回道：「反正這些都要等見到千鶴當面問她才知道。」

這點時生倒是贊成，輕聲應了句：「說的也是。」

拓實一個翻身，拉起毯子蒙頭蓋上。

15

隔天兩人起了個大早，出發前往東京車站。來到車站大樓內，時生頻頻張望四下。

「嗯——都沒什麼變嘛，不過這年代車站內還沒有百貨公司啊。」

「你在那邊嘀咕什麼？先去買票吧。」拓實說著就要朝售票處走去，被時生抓住了手臂。

「綠窗口在這邊。」

「綠窗……票得在那裡買啊？」

「嗯，因爲還得查一下班次呀。」接著時生笑嘻嘻地望著拓實，「拓實先生，你該不會沒搭過新幹線吧？」

「要你管。眞正的旅行達人根本不屑搭那種東西。」

「那眞是失敬了，達人。等我一下，我去買吧。」

時生獨自走去綠窗口。

拓實茫然地望著四周。這天不是例假日，站內旅客不多，映入眼簾的大多是一身西裝的上班族，他們抖擻地快步走過，髮形梳得整整齊齊，手提的硬殼公事包都彷彿裝了多麼重要的文件似的。這些人的步行速度比一般人要快，他們就是憑著這股氣勢在全日本……不，在全世界奔走賺錢吧。當中有不少人看上去與拓實差不多年紀。

——哪像我，連個像樣的旅行都沒體驗過。

不知怎的，拓實突然有一股唯獨自己被拋在一旁的感覺。

時生回來了。

「沒想到班次那麼少，嚇了我一跳，居然沒有『希望』……」

「沒希望？怎麼回事？」(*1)

「呃，沒事，我在自言自語。來，車票，特急券和乘車券(*2)。」

「謝了。」

「還有一點時間，我們去買便當吧。」時生說著便朝站內商店走去。

拓實跟在後面，視線卻沒離開車票，因為他發現了一件事。「喂，等一下。」

「怎麼了？」

*1 時生所指爲新幹線「希望」號（のぞみ），一九九二年開始運行於東京至博多之間。

*2 乘車券即一般在自動售票機可購得的基本車票，搭乘新幹線的特急列車則必須另外加購特急券。

「小子，你買的這個票是去名古屋的吧，我們要去的是大阪耶？」

時生停下腳步轉過身，扠著腰望著拓實說道：「我們不是約好要去探望東條女士嗎？」

「我會去，但那要等找到千鶴之後，現在可是分秒必爭的關鍵時刻耶！搞清楚！」

「就算我們現在去大阪，也不保證馬上就找得到千鶴小姐啊！那不如先把該做的事做完，不會花多少時間的，了不起半天吧。」

「開什麼玩笑，現在是能夠浪費半天的狀況嗎！我要換成去大阪的票。」拓實說著朝綠窗口走去，又旋即停下步子，回過頭將車票遞到時生面前說：「你去把票換成往大阪的。」

時生的神情悲傷不已，「如果你覺得半天太長，那三個小時就好。扣掉從名古屋車站到東條家的往返時間，你眞正見到東條女士的時間只會有一個小時左右。這樣還是不行嗎？」

「你那麼想見她的話，你自己去好了。你應該是想從她那邊問出關於你的身世吧？但我可沒有什麼想從她口中探出來的事。」

「不行嗎……？這樣還是說服不了你嗎……？」時生胡亂地抓著頭髮。

「幹麼！你爲什麼那麼堅持要我去見那個臭老太婆？」

「因爲那是拓實先生你人生一個很大的轉捩點。我知道的，你會因爲見了她而有重大改變。」

「蠢斃了。不過是猜中了賽馬，你還眞的當自己是預言家啊？」拓實說完又朝綠窗口走去。

「你現在去見她的話，」身後的時生繼續說：「有一天，你會打從心底慶幸，當年幸好去見了親生母親一面。你會眼中帶著光輝，驕傲地這麼告訴你兒子。」

拓實停了下來，一回過頭，剛好不偏不倚地與時生四目相會。只見時生緊抿著嘴。

一股難以言喻的情感揪著拓實的胸口，一如先前時生堅持要他買馬券時，他所感受到的那股看不見的波濤再度襲來，而這次他同樣無法拒絕。

「三十分鐘。」他開口了：「我只見她三十分鐘。再長的時間就免談。」

時生終於露出鬆了一口氣的神情。「謝謝你。」

這位帶有不可思議力量的青年朝拓實鞠了個躬。

16

到了名古屋車站，走下「光」號的拓實在月臺上大大地伸了個懶腰。

「呀！人已經在名古屋了，眞的是一眨眼的時間啊！新幹線果然超快的！你看，我們離開東京到現在，才過了兩個小時耶！」

「小聲一點啦，很丟臉耶。」時生皺著眉悄聲說：「你在車上也從頭到尾一直喊著：『好快！好快！』還喊不夠嗎？」

「不行嗎？覺得車開好快就讚歎說好快，哪裡礙到人了？」

「是沒礙到人，但實在太丟臉了，你還一臉很爽地說推販賣車的隨車小姐裙子好短。」

「對了，那雙腿還眞美，雖然小姐不太親切。可是啊，那個小姐賣的鰻魚飯便當超好吃的！我們回程再買來吃吧！」

「看我們剩的錢夠不夠搭新幹線再說吧。」

時生快步走在前頭，拓實連忙跟上。

名古屋車站內部非常寬廣，時生卻毫不猶豫地向前走去，通道兩側有許多販售名產的商家。

「哇，在賣外郎糕（*1）耶！」

「那是這裡的名產啊。」時生仍望著前方應道。

「還有碁子麵（*2）店！碁子麵也是名古屋名產吧。喂，難得來這裡，吃一碗再走吧！」

「不是才剛吃了鰻魚飯便當嗎？」

「裝名產的是另一個胃，就跟女孩子吃完正餐還會想吃甜點是一樣的。」

時生突地停下腳步，回過頭直盯著拓實看，拓實不由得移開了視線。這陣子時生愈來愈常像這樣瞪過來，而拓實總是拿他這神情沒轍。

「拓實先生，你是在逃避吧？」

「逃避？你說我？講那什麼話，我有什麼好逃避的。」

「你在逃避去見親生母親，想盡辦法拖延時間。」

「我才沒有逃避咧！嗯，不過你說對了一點，我確實不大想去見她。」

時生嘆了口氣，不經意望向一旁的商店，突地皺起眉頭低呼一聲。

「怎麼了？」

「忘了買伴手禮啦。東京車站內的商店明明有很多東京名產，像是人形燒（*3）還是關東綜合米果（*4）之類的，我竟然忘了買。」

「不必買那種東西。東條家是賣和菓子的，買和菓子送他們也太好笑了吧。」

「這你就不懂了，正因爲是專賣和菓子的，更會在意各地的和菓子名產。要是帶雷門的水栗羊羹（*5）上門拜訪，他們一定很開心的。」

「幹麼討他們歡心。走了啦。」這回是拓實先邁出步子，但他很快就不得不停下來了。

「喂，接下來怎麼走？」

「看一下地址吧。東條家寄來的信，你不是帶在身上嗎？」

「喔，對喔。」

拓實從上衣口袋拿出兩封摺起來的信封，是東條須美子的繼女淳子寄來的，信封背面寫著東條家地址。「我看看……名古屋市熱田區……」

「熱田區？熱田區吧？」

「喔，那個字念『熱』啊？反正就是那裡啦。」

「所以就是在熱田車站或是神宮前車站附近了，那我們搭名鐵(*6)比較快。走這邊。」時生伸出拇指比了比名鐵方向，轉身便帶起路來。

兩人的名鐵車票也是由時生打理。拓實雖然也看了路線圖，但他唯一確定的只有自己現在身在名古屋，其他一概一頭霧水，既不清楚要搭哪條路線，也不曉得要坐到哪裡下車，只能默默接

*1 外郎糕：「ういろい」，和菓子的一種，名古屋名產，以穀粉和水揉入砂糖蒸製而成。

*2 碁子麵：「きしめん」，名古屋名產，寬扁麵體，富嚼勁。

*3 人形燒：「人形焼」，東京名產甜點，類似紅豆餡雞蛋糕。

*4 關東綜合米果：「関東あられ」，東京名產甜點。

*5 水栗羊羹：「栗蒸し羊羹」，東京淺草名產。

*6 「名古屋鐵道」的簡稱，與JR東海道同爲名古屋市内及通往其他地區交通的主要線路。

下時生遞過來的車票。

「小子，你去過東條家嗎？」

「沒有啊。」

「可是卻熟門熟路的？」

「因爲我以前來過名古屋幾次。好了，快走吧。」

名鐵名古屋車站的月臺相當複雜，由於電車經由此站分出去的路線非常多，而且都分爲上行與下行兩個方向，要是沒有再三確認目的地便跳上車，很可能會被載到完全相反方向的遙遠地方去；月臺上的電車停車位置也依路線不同而有各自的上下車定點，有時候排隊排了老半天，臨到了車門口才發現不是自己要搭的班車。這麼複雜的設計，顯然需要一些經驗才能來去自如，然而拓實只是跟在時生身後便順利地搭上了車，看來時生說自己來過幾次名古屋，所言不假。

車內乘客並不多，他們挑了面對面的四人座坐下。拓實倚著窗邊，托腮望著窗外飛逝的風景，「剛才在新幹線上看出去，還以爲名古屋全是稻田和農地，看樣子這一帶其實挺繁榮的。」

「因爲濃尾平原非常遼闊呀。對了拓實先生，你知道這怎麼念嗎？」

時生伸出食指指著車內廣告上的一行地址，上頭印著「知立」兩個字。

「那是什麼？chi-dachi? chi-ritsu?」（*1）

「哈哈哈！」時生笑得好開懷，「這念做chi-ryu。很難吧？可是舊名更難念哦，聽說寫做池中鯉魚的『池鯉』，加上鮒魚的『鮒』，三個字連起來還得一樣念做chi-ryu呢。可能這一帶盛產鯉魚和鮒魚吧，可是實在太難記了，後來才借音改成『知立』兩字。」

「是喔。既然要改名，怎麼不改成大家都會讀的漢字。話說回來，你爲什麼會知道這種無聊的冷知識？有人告訴你的嗎？」

時生略微沉吟，旋即帶著笑容回道：「是我爸告訴我的。我以前常和他來這附近。」

「又是你老爸，叫木拓，是吧？你爸的老家在這裡？」

「唔，不是……」時生低下頭，不知怎的欲言又止，頓了頓才抬起臉說：「我爸很喜歡這裡，常帶我來這裡玩。這裡對他而言，應該是充滿回憶的地點吧。」

「是嗎，那很好啊。」拓實根本不在意時生的父親和這片土地有什麼淵源，然而，他突然想起一件事，「欸，你老爸常跑這裡，會不會是來見東條老太婆啊？他不是說你和我有血緣關係嗎？」

「我想他應該不是來見東條女士吧。」說完，時生便沉默了下來，而拓實也不打算追問這個話題，於是他又轉頭像方才一樣望著窗外的景色。外頭是成片連綿的工廠屋頂，他想起名古屋是知名的工業城市。

「呃，我有個提議……」時生開口了：「說是提議，其實比較接近請求吧……」

「你講話像這樣曖昧不清的時候，通常不會說出什麼好事。」

「這個請求不會給你添麻煩的。」

「無所謂啦。什麼事？說來聽聽。」

「嗯……是關於我的身分，能不能請你別告訴東條家的人？我怕事情會變得太複雜，而且我

*1 日語漢字常一字有多種讀音，像「立」字便可讀做「だち（dachi）」、「りつ（ritsu）」、「りゅう（ryu）」。

還想私下先弄清楚一些事情。」

「你在說什麼啊？我要不是還有點想弄清楚我和你的關係，幹麼沒事大老遠跑來這裡！」

「我的部分……就當成順便調查一下就好了，幸運的話自然會弄清楚，沒弄清楚也無所謂，這一趟最要緊的是讓你和親生母親見面，我的事之後再說吧。」

「你這傢伙眞的很怪，你不是也一直說很想弄清楚自己的身世嗎？算了，我在他們面前不會提起你的事。不過這麼一來，我要怎麼向他們介紹你啊？」

「就說我是你的朋友……不行嗎？」

「我是無所謂。好，就說是朋友吧。」

拓實放下托著腮的手，搔了搔後腦杓。這「朋友」二字的重量，讓他有些坐立不安，他想起自己身邊已經許久沒有稱得上是朋友的人了，因爲他這一路走來，即使有過比較親近的同伴，他也從不允許自己放眞感情進去。

到了神宮前車站，兩人一下車，時生便拿著東條家寄來的信去問附近的派出所，拓實只好跟了上去，沒想到警察竟然曉得東條家。

「這條路直直走下去就會看到熱田神宮，過了神宮之後……」有著一副親切面容的中年警察先生特地走出派出所爲時生指點方向。

兩人照著警察先生所說的路線走去，來到一處古老木造房屋聚集的住宅區。路上行人並不算少，四下卻籠罩著寂靜安穩的氛圍。一間看來年代悠久的和菓子鋪就面對著這樣的街景靜悄悄地矗立，門口掛著的藏青色布簾清晰印著商號「春庵」。

「好像是那間。」時生說。

「是啊，好像是。」拓實說著，退了幾步。

「怎麼了？趕快進去呀。」

「等一下，先讓我抽根菸行吧。」

拓實拿出echo菸盒，抽出一根叼在嘴上，以百圓打火機點上火，朝著白雲飄浮的天空呼了口煙。一位像是家庭主婦的太太經過時，一臉狐疑地側目望著兩人。

拓實看了一眼打小鋼珠贏來的廉價手表，時間將近下午一點。「那女人又不一定在家吧。」

「信上不是寫說她臥病在床嗎？應該在家吧。」

「可是又不確定現在是什麼狀況，要是我突然上門，對方也會不知所措啊。」

「你怎麼現在才講這種話？說不要先打電話知會的也是你，虧人家都把電話號碼寫在信裡了耶。」

「我不喜歡像是有人埋伏著等你上門的感覺嘛。」

「所以我們才沒有事先電話聯絡就跑來了，不是嗎？好了啦，不要扯那些有的沒的歪理，趕快走了，菸也抽完了吧。」時生一把拿走拓實嘴上變短的菸扔到路邊，一腳踏熄菸蒂。

「隨手亂扔菸蒂不好哦。」

「你要是真這麼想，就不要在這種地方突然說想抽菸。走了走了！」時生說著推了推拓實的背，拓實不甘願地踏出沉重步伐。

鑽過布簾一看，店內比想像中要昏暗，木架上整齊地排著和菓子商品，陳列架前方有兩位女店員，身穿白色外掛，頭上綁著三角頭巾；店深處還有一名一身和服的女子，似乎正在處理店務。

其中一名店員正在招呼一位雍容的女客，另一名店員則是望向上門的拓實兩人，輕輕點頭道了聲「歡迎光臨」。或許她也察覺他們不像是來買和菓子的，卻依舊有禮地打招呼，然而沒多久，她也難掩疑惑神色，因爲拓實一直杵在原地一聲不吭。

時生戳了戳拓實的側腹。拓實試圖開口，卻說不出話來，他不知道該怎麼報上姓名才好。

時生受不了了，開口問店員：「請問東條女士在嗎？」

店深處那名和服女子聞言望向兩人。她年約三十，身材纖瘦，盤著頭髮，戴了金邊眼鏡，五官並不深邃，但若好好化上合適的妝，應該算得上是個美女。

「請問您要找哪位東條……」女子只說到這，便緊緊盯著拓實，接著她倒抽了一大口氣，「您是……拓實先生？」

拓實先是和時生對看一眼，然後轉頭望向女子，伸長下巴點了個頭應道：「嗯，我是。」

「果然……謝謝您專程過來。」

「不不，也沒有專程啦，是這傢伙一直吵著要我來……」

然而女子像是沒聽進拓實的話，連忙迎了上來，「先進來再說吧。」說完就要領著兩人走進店深處。

「呃，請問您是？」時生問女子。

女子似乎這時才回過神來，眨了眨眼，低頭行禮道：「眞是失禮了。我是淳子，東條淳子。」

聽到這個名字，拓實與時生再度對看一眼。

東條淳子領著兩人往屋內走。東條家的主屋似乎就位在店面後方，但是淳子並沒將兩人帶往客廳，一逕走在長廊上，不久，眼前出現一座整理得非常漂亮的日式庭院。拓實與時生一面眺望著庭院，一面穿過銜接主屋與別館的長廊。

「請兩位在這裡稍候。」

東條淳子帶他們來到的是茶室。約四張半榻榻米大的空間不算寬敞，但還是設置了一處小小的壁龕。

東條淳子離去後，兩人在榻榻米上盤腿而坐。

「相當了不起嘛，還有多餘的地皮蓋這麼漂亮的別館。」

「東條家應該是歷史很悠久的家族吧。在早期，和菓子可是奢侈品。像這樣的茶室，一定是從前招待地方士紳夫人喝茶的地方，藉此宣傳東條家的新產品。」

「是喔。你這傢伙年紀輕輕，倒是懂得不少。」

「還好啦。」時生搔了搔頭回道。

拓實拉開屏風後方的採光窗，眺望著庭院，爬滿苔蘚的石燈籠映入眼簾。

看來東條須美子在這個家裡一定是過著優雅的日子。一想到當初那個因爲貧窮而拋棄兒子的女子，下半輩子得以在這棟蓋有別館茶室的豪邸中享福度日，即使聽到她現在臥病在床，拓實只覺得她是罪有應得。

拓實拿出echo菸盒。

「茶室裡不能抽菸吧？」時生說。

「爲什麼不行？茶室不就和咖啡廳沒兩樣嗎？你看，明明就擺了菸灰缸。」拓實說著，將壁龕內的一個貝殼形陶器拖過來身邊。

「那是放線香的盤子啦。」

「管他的，用完洗一洗不就好了。」

「看來東條家頗有錢呢。」

「大概吧。」有錢了不起啊——拓實心中暗罵。

「所以要是拓實先生你願意，這個家的財產也是有可能成爲你的吧。」

「哪有可能，你在說什麼傻話。」拓實嘴裡一口煙朝時生吐去。

時生揮開煙霧說道：「你看，據信上所寫，東條家的男主人應該是過世了，而現在是由東條須美子女士當家，對吧？然後呢，雖然有些複雜，拓實先生畢竟是須美子女士的親生兒子，理所當然擁有財產繼承權呀。」

「還有剛才那個女人，不是嗎？叫什麼淳子的。」

「淳子小姐當然也有繼承權，但你是一定分得到幾成的，雖然細節還要查一下民法才知道。」

「不必查啦，誰要那種女人的臭錢！」

拓實說著將菸蒂往貝殼陶器裡猛地摁熄，然而他心中卻想著一件事——要是自己性格再卑劣一點就好了，那麼一來，自己搞不好會想盡辦法奪取東條家的財產。不，不是自己個性不夠卑劣，而是內心對於東條須美子的憎惡還不夠強烈。換句話說，或許這個壓根沒想到使壞的自己，不過是個不成熟的小角色。一想到這，拓實不禁煩躁了起來。

「拓實先生就是這一點可愛。」

「啊？」

「你在一些小事上頭會使小壞，但重要的事情卻很堅持行得正。你就是這種個性。」

「你在講什麼？腦袋壞掉了嗎？」拓實聽到這番話，不禁慌了陣腳，因爲時生簡直像是看透了他的內心。而爲了掩飾難爲情，他又拿出echo來，菸盒卻是空的。拓實一把揉掉空菸盒，扔進壁龕去。

這時有人走近茶室。「打擾了。」一聲招呼之後，東條淳子拉開紙門進來了。她在兩人面前坐下，對那個盛著菸蒂的貝殼陶器只是瞥了一眼，似乎並不在意。

「我向母親報告拓實先生您前來一事了。她一直很希望能夠見您一面，您願意去看看她嗎？」

都大老遠跑來這裡，當然是要見東條須美子一面，然而淳子卻問了這個問題，顯然她也很清楚拓實與須美子之間長年的糾葛。

但拓實只是搔著臉頰望向時生。他還是不想見東條須美子，但他也很清楚，到這個地步，他已經無路可逃了，只是依舊彆扭地不想點頭答應。

「你在端什麼架子啊？」時生一臉愕然地說道。

「我哪有端架子！」拓實說完望向東條淳子，稍稍斂起下巴代替點頭。

「謝謝您。」東條淳子低頭致謝，「只不過，在您與母親見面之前，有些事我必須先告知您。一如我在信上所寫，母親目前正臥病在床，因此或許看上去有些憔悴，希望您能體諒。」

「她病得很嚴重嗎？」時生問道。

「醫師是說，母親隨時都有可能嚥下最後一口氣。」東條淳子依舊挺直背脊，語氣平淡地述說著。

「請問她得的是什麼病？」時生問。

誰在乎她得什麼病啊！——拓實不禁望向時生。

「母親的腦子裡有個很大的血塊，即使動手術也無法清除，而且血塊持續增大，造成腦部功能開始出現障礙。醫師也相當訝異，沒想到母親竟然能夠帶著腦中的血塊撐這麼久。說實話，母親這陣子幾乎都處於睡眠狀態，時常一連好幾天沒睜開眼睛。所以，母親今天難得恢復了意識，簡直像是奇蹟一般，或許是因爲她也感應到拓實先生您今天會過來吧。」

感應妳個頭啦——拓實暗自嘀咕著。

「那麼，拓實先生，請您隨我來吧。」東條淳子說著站起身。

「他和我一道過去，沒關係吧？」拓實指著時生，「這小子是我的摯友，而且剛才我也說過，要不是這傢伙開口，我是不會來這裡的。如果妳不讓他一起過去，我現在就離開。」

「拓實先生，我無所——」

「你閉上嘴。」拓實厲聲念了時生一句，凝視著東條淳子。

她垂下眼，點了點頭說：「我明白了。兩位這邊請。」

拓實與時生再次隨著東條淳子走在長廊下，卻不是先前經過的走廊。拓實不由得爲東條邸的占地之廣咋舌不已。

走了一會兒，一行人來到內院一處僻靜的和式房前。東條淳子輕輕將紙門拉開一條縫，朝裡面喚道：「我帶拓實先生來了。」

但房內沒應聲；也或許裡頭回應了，只是拓實沒能聽見。

東條淳子回頭看著拓實說：「請進吧。」

接著她將紙門大大地拉了開來。

17

首先映入拓實眼簾的是點滴等醫療器材，器材旁有位頭嬌小、微胖的婦人，身穿短袖白衣。接著拓實認出了一床被子，因爲白衣婦人就坐在枕邊，而被窩裡躺著一名女性。白衣婦人正凝視著病人的面容。

「兩位這邊請坐。」

被窩裡的女性閉著眼，雙頰瘦削，眼窩凹陷，皮膚呈現灰色，毫無光澤，乍看宛如高齡老嫗。

東條淳子將兩個坐墊擺到被子旁，然而拓實完全不想靠近床邊，就在房門附近直挺挺地坐了下來。東條淳子看在眼裡，並沒說什麼。

「這位是我的後媽，東條須美子。」

拓實默默地點了點頭，什麼也說不出口。

「媽媽還在睡嗎？」東條淳子問白衣婦人。

「她剛才還是清醒的。」

東條淳子跪行移動至床畔，湊近須美子的耳邊說道：「媽媽，聽得見嗎？拓實先生來了哦。」

但是須美子仍然一動也不動，彷彿死了一般。

「眞是抱歉，母親這陣子常這樣，清醒沒多久，很快又失去意識了。」東條淳子向拓實道歉。

「既然睡著了，那就沒什麼好說的吧。」拓實回道。連他自己都覺得語氣很冷淡。

「不好意思，能不能請您再稍微多待一會？因爲母親有時也會突然醒過來的。」

「等一下下倒是無所謂，不過我們也不是閒著沒事能夠一直等下去，對吧？」他衝著時生問道。

「就等她醒來吧，都來到這裡了。」時生語帶責難地應了回去。

「求求您。要是母親錯過見您這一面的機會，一定會非常傷心的。」

拓實撫著後腦杓。這還是他有生以來，第一次有人這麼死命地懇求他。

「很久了嗎？」他問道。

「什麼……？」

「她維持這個狀態很久了嗎？一般是叫做……臥病不起，是吧。」

「嗯嗯。」東條淳子看向白衣婦人，「媽媽這樣大概多久了？」

「夫人是在今年開春時倒下的，之後立刻住進了醫院，」白衣婦人屈指數了數，「所以已經三個月有了吧。」

「對呢，從三月一直躺到現在。」東條淳子附和婦人的話，回過頭望著拓實點了點頭。

拓實對自己說，他死也不說出任何慰問的話語。「不過，還好她是在府上病倒的。」

「……您的意思是？」

「妳想想看，要是在一般人家，哪有能力照顧她？既不可能有這麼舒適的環境讓病人靜養，也請不起全天候的看護，所以啊，該怎麼說……這就叫做不幸中的大幸嗎？果然有錢人命比較好吧。」

拓實瞪著東條淳子心想，想發脾氣的話就來吧！然而淳子只是眨了好幾次眼，然後微微地點頭說道：

「或許吧。不過，我們能夠擁有今天的經濟狀況，得以如此看護母親，追根究柢都是出於她本身的能力。」

拓實聽不懂這話的意思，蹙起了眉頭。東條淳子彷彿看穿他的困惑，繼續說道：

「拓實先生您或許一直以爲，我後媽嫁進我們老字號的和菓子鋪，便從此過著富裕的日子吧？若您這麼想，就大錯特錯了。母親嫁過來那時，正是我們店快撐不下去的時候。店裡的負債愈滾愈大，招牌眼看就要砸在父親手上。即使知道要從節約成本面下手，在我們這種老字號的店鋪，偷工減料是絕對行不通的，首先我們的師傅那關就過不了。當時眞的是隨時都可能倒店的狀態，而當然，家中經濟也十分窘迫，然而，我父親在尙未進門的母親面前卻是隻字不提，因爲他似乎很想娶個年輕太太，才會一直在女人面前虛張聲勢吧。換句話說，母親其實算是被騙進我們家門的。父親在衣食無虞的環境中長大，毫無拯救店鋪的智慧與心力，他能做的，只有茫然地望著這艘船一天天往下沉。」

「所以是奶奶……須美子女士救了貴店嘍？」時生插嘴道。

東條淳子點點頭，「那時我已經十歲了，所以當時的事記得很清楚。母親剛嫁進門時，看到東條家的狀況，當然是驚訝不已，但她很快便振作起來，首先從縮減餐費開始，接著著手節約水電瓦斯與雜費支出。東條家的人從來不曉得什麼叫節儉，一開始反彈非常嚴重。但母親不僅努力節流，由於她希望多少幫到一些家計，不久之後還去找了份兼差。那段時間，店裡的人紛紛責難她，說堂堂老字號店鋪的少奶奶，出去兼差像什麼話。於是母親回到店頭幫忙，從打雜的學起，最後成爲店長的得力左右手。而且在這段期間，由於對店內的事情愈來愈熟悉，母親試著提出許多建議，不但改變了食材的進貨方式，在宣傳面也下了許多工夫，或許她本來就很有經營天分吧，她很清楚如何以最少的投資創造最大的獲利，在我們地方上可是無人能出其右。而且她不只是想點子而已，她還擁有身先士卒的行動力。母親所開發出來的新產品，有許多至今都是我們店頭的熱銷商品。後來，店裡起初和她唱反調的員工也逐漸聽從她的建言，我們『春庵』的業績終於起死回生，就是從那時開始的。」

聽著東條淳子這番話，拓實內心五味雜陳；這麼算來，表示須美子在「春庵」風雨飄搖的時期，仍然每個月匯錢給宮本家做爲拓實的養育費。拓實相當驚愕，但他一直在心中築著高牆，告訴自己絕對不要對她心存感謝。

「所以您父親再娶是正確的呢。」時生說道。

東條淳子微笑道：「是啊，我那毫無才能的父親這輩子最大的成就就是把後媽娶進門來。」

「她眞的是很了不起的一位女性。」

「所以，」東條淳子看著拓實說：「我們爲母親做這點事，比起她爲『春庵』的付出，根本不算什麼。還有，這位是良枝小姐。」她看了白衣婦人一眼，「她並不是請來的護士或看護，只是我們工廠從前的員工。是她自己要求說，若母親臥病在床，她希望能讓她隨侍在旁。」

「夫人對我恩重如山，無以爲報。」良枝小姐鄭重地說道。

但拓實一逕垂著眼，直盯著榻榻米。他根本不想聽這些事，每個人都對須美子讚譽有加，卻無法改變他恨她的事實。

「……眞是了不起。眞是太厲害了。」拓實嘟囔道。

一陣尷尬的靜默。他也曉得在場的人聽到他這突如其來的發言，都很想追問是什麼意思。

「你們想想，我可是因爲她太窮、養不起才被丟掉的。被她拋棄，丟到毫無關聯的陌生人家裡養育，到頭來我什麼都不剩。反觀拋棄我的她呢？全心全意拯救他人的貧窮，每個人都對她感激涕零，簡直把她當成救世主一般。呵，拋棄親生兒子的女人，卻被當成救世主。」拓實拚命地擠出笑臉。他知道自己的雙頰僵硬，但他還是要笑著說完：「眞是太可笑了。這眞是本世紀最爆笑的諷刺劇。」

東條淳子深吸一口氣，正要開口，良枝輕呼了一聲：「啊，夫人！」

東條須美子的雙頰微顫，睜開了眼。

18

「媽媽。」東條淳子喚著她。

醒來的須美子眨了眨眼，微微張望左右，像是在尋找什麼。

「媽媽，聽得見嗎？拓實先生來了哦，就在這裡呢。」

須美子的視線在空中游移了一會兒，終於停在拓實臉上。拓實緊咬著牙關，硬生生地迎向她的目光。

她乾瘦的面孔皺了起來，雙唇間呼出吐息，似乎想說話，卻不成聲音。

「嗯？您想說什麼？」東條淳子將臉湊上須美子的唇邊。「是呀，是拓實先生呢。我請他過來一趟的。」接著淳子回頭望著拓實說：「能不能請您再靠過來一點？我想母親可能看不大清楚。」

但拓實動也不動。他心想，別想要我爲這個可恨的女人做任何事！而事實是，他根本無法動彈，東條須美子所發出的強烈氣場，正緊緊壓迫著他的心。

「拓實先生……」時生喚了他。

拓實只當作沒聽見，緊接著站起身，俯視被窩裡的須美子，緩慢地說道：「我……不會原諒妳的。」他用盡全力讓自己的話語聽起來不帶任何感情，「我不是妳的孩子。我來這裡，只是想告訴妳這件事。」

「拓實先生，請您先坐下再說吧。」東條淳子懇求著。

「是啊，冷靜點，先坐下來吧。」時生也勸道。

「你煩不煩吶！我是因爲和你約定在先，才勉爲其難過來的。已經夠了吧？臭老太婆也見過了，你還要我怎樣！」

就在這時，須美子的呼吸突然變得急促，只見她張著嘴喘息，凹陷的雙眼睜得老大。

「不好了！」良枝喊道。須美子口中冒出白沫，圓睜的眼睛翻白，肌膚眼看轉爲紫黑色，接著是痙攣發作，東條淳子連忙隔著被子壓住須美子的身子。

時生也打算衝上前幫忙，拓實卻一把抓住他的肩膀說：「別管她！」

「可是她發作了啊！」

「你又幫得了什麼忙？」

「我是幫不上忙，可是總能盡一分心力吧！」

「沒關係的。好了，沒事的。」東條淳子仍壓著被子說道：「母親不時會像這樣發作，只要緩和下來就沒事了。」

時生聽到這話，抬頭望著拓實說：「你就靠過去床邊一點有什麼關係呢？她是病人啊。」

「病人就什麼都能原諒嗎？」
「我又不是那個意思。」
「少囉嗦，你閉嘴啦。」
拓實再度凝視著須美子。如今由兩名女子看護著的她，早已不見當年造訪宮本家時的風采。痙攣似乎已經緩和下來了，她的脣邊留著白沫乾掉的痕跡。
拓實一個轉身拉開紙門，正要走出走廊，又回過頭補了一句：
「這是天譴啦！」說完便頭也不回地離去。
他不知道自己是怎麼走出「春庵」的，總之他衝出了店門，將唯一的運動提袋放到路邊，一屁股坐在上頭。
沒多久，時生追了上來。
「幹麼這樣？鬧什麼彆扭！」時生一臉困惑。
「我答應你的事已經辦完了。好了，接下來去大阪吧。你不准有怨言。」
時生沒點頭，只是嘆了口氣。拓實不理他，兀自站起來邁出大步，時生也默默跟上。
兩人來到神宮前車站，買了前往名古屋的車票，時生這時才終於開了口：
「這樣好嗎？」
「怎樣？不行嗎？」
「我覺得你們應該好好談一談，她當初也是情非得已才把你送給別人養的啊。」
「你倒是很幫那女人說話嘛，那麼喜歡她的話，你就留在這裡吧，我自己去大阪。」
「我留下來也沒意義吧……」時生只說到這，視線移向拓實的身後。拓實回頭一看，只見東條淳子快步走來，抱著一個小布包袱，她似乎是開車追來車站的。

「太好了！趕上了。」她衝著拓實嫣然一笑。

拓實沒想到她會露出這樣的表情，一時不知該如何反應。

「妳不必留在床邊照顧那個人嗎？」

「沒關係的，有良枝小姐在。嗯，今天眞的很謝謝您特地過來一趟。」她向拓實行了一禮。

拓實摸了摸後腦杓，「我聽起來怎麼只覺得妳語帶諷刺。」

「我絕對沒有那個意思。就像我信上所寫，我只求您來看她一眼就好，而且我原本是不抱任何希望的。」

「妳追過來是爲了講這些嗎？」

「這也是一部分原因，還有一件更重要的事。」說著她打開布包袱，「我來是想將這個東西交給您。」

她遞出的是一本手製漫畫，封面畫著少年與少女乘坐在一個箱形物體上頭，筆觸風格頗有手塚治蟲的味道，繪畫技術相當純熟，然而最引人注目的是，這本漫畫本非常破舊，泛黃脆弱的紙張彷彿一碰就會化掉，紙緣還沾了許多莫名的污漬。

「給我這幹麼？」

「這是母親先前交代給我的東西，她說要是拓實先生過來，希望我將這本漫畫交給您，她怕自己可能沒辦法當面拿給您。」

「我就是問妳拿這給我幹什麼啊！這應該是某人自製的漫畫吧，爲什麼那女人要把這東西交給我？」

東條淳子眼鏡後方的眼睛眨了眨，接著微微偏起頭道：「這我就不清楚了，因爲母親不曾告訴我緣由，不過，我很確定這本漫畫是她非常寶貝的東西，我常看到她捧著這本漫畫翻看，我想可能對您來說也是非常重要的東西吧。」

拓實接過漫畫，書名叫《空中教室》，所以那個箱形物體代表的就是教室吧。作者名叫爪塚夢作男，拓實從沒聽過這位漫畫家。

「妳塞這個莫名其妙的東西給我，我也沒用吧。」

「請別這麼說，您就收下吧。如果您不想將它留在身邊，任由您處理掉也無妨的。」

「可是……」

「你就收下來吧，不過是一本書而已。」一旁的時生開口了：「又不至於礙到你。要是你不想要，我就收下嘍。」

拓實看了時生一眼，又看向東條淳子。只見她用力點了個頭。

「那妳不要之後又來向我要回去哦，因爲我很可能會把它扔了。」

「您就帶走吧，我不會干涉您的。」

「嗯，那我先收著了。」拓實將漫畫收進提袋裡，「我們該走了。」

前往名古屋的電車就快進站了。

「抱歉臨時叫住您，耽誤您寶貴的時間。如果您還會過來這附近——」東條淳子說到這，搖搖頭笑了，「我不多話了。兩位請千萬保重。」

拓實沒應話，對時生喊了聲「走嘍」，便拋下仍一臉躊躇的時生，兀自通過了剪票口。

「拓實先生！」身後又傳來東條淳子的呼喚。

他停下腳步回過頭，東條淳子像在調勻氣息似地，邊深呼吸邊對他說：

「母親還沒病得這麼重的時候，曾經對我說過一句話。她說，她得這個病是因爲天譴，是她罪有應得。」

拓實的胸口有個什麼倏地凝結，然而他硬生生地將那東西嚥了下去。他緊抿著嘴，朝淳子行了一禮之後，轉頭朝月臺走去。

19

從名古屋前往大阪，他們沒搭新幹線，而是跳上了近鐵(*1)的特急列車。搭近鐵要便宜得多，而且時間不過多了一個小時，拓實也曉得近鐵坐起來的舒適程度，比起新幹線毫不遜色。

時生翻閱著東條淳子交給他們的手製漫畫，看得津津有味，偶或攤開某頁亮在拓實面前說：

「拓實先生你看！這裡畫得眞好！」但拓實只是搖搖手，不予回應，他一直教自己盡快把須美子的事趕出腦海。

據時生自顧自的描述聽來，《空中教室》是一部天馬行空的科幻故事，敘述某所小學誤建在外星人的遺跡上頭，導致學校的一部分不受重力限制而飄浮在空中，學生於是連同教室開始了環遊世界的旅程。拓實聽到內容大綱，只覺得很像小時候在NHK看過的人偶劇《葫蘆島歷險記》(*2)。

近鐵特急的終點站是難波，不知何時，電車鑽入了地下。兩人下車後，走出剪票口，爬上一道大階梯，竟然來到了熱鬧的地下街。

「現在是怎樣？誰搞得清楚哪裡是哪裡啊。」拓實環視著四下。

「你知道千鶴小姐人在哪裡嗎？」

「我們跑來大阪就是要調查這件事啊。」

「怎麼查？」

「跟我來吧。」

在被稱做「彩虹街」的地下商店街入口附近，有成排的公共電話。拓實走近一臺空著的電話機，拿起擺在話機旁的查詢用電話簿，翻開餐飲店的頁面。

「先找一間叫做『BOMBA』的店，我聽千鶴說她的死黨在那裡上班。她要是跑來大阪，應該會去找這個人。」

「BOMBA？」

「『TOKYO BOMBERS』的BOMBA（*3）啊。怎麼？你沒聽過？那總看過《滑輪大賽》（*4）

---

*1 即「近畿日本鐵道」，橫跨日本大阪府、奈良縣、京都府、三重縣、岐阜縣、愛知縣二府四縣，爲JR集團之外，日本民營鐵道中擁有最長路線網的大企業私鐵。

*2 《ひょっこりひょうたん島》，NHK於一九六四至一九六九年，在傍晚時分播放的十五分鐘人偶劇，敘述一群小朋友與老師在遠足時，遇到葫蘆火山爆發，冒出了一個葫蘆島。小朋友與老師在島上遇到奇奇怪怪的人們，展開了奇妙又有趣的冒險旅程。

*3 原文做「東京ボンバーズ」，又譯「東京轟炸機」，日本滑輪隊伍，一九七二年成軍，活躍一時。BOMBER的日語發音爲「BOMBA」。

*4 《ローラーゲーム》（Roller Games），一九六八年至一九七〇年由東京電視臺前身製作放送的現場轉播體育節目。

吧？像是『紐約叛將隊』什麼的。」

但時生只是一臉訝異地搖著頭。拓實哼了一聲，視線回到電話簿上。

幸運的是，叫做「BOMBA」的小酒吧只有一間。拓實打算抄下電話號碼和住址，這才發現身上沒帶紙筆，於是他毫不猶豫地撕下了那一頁。

「喂！別亂來啦！這樣之後要用電話簿的人怎麼辦！」

「沒幾個人會用到這一頁啦。小子，這又臭又長的地名怎麼念？」

「『宗右衛門町』吧。」

「宗右衛門町？是喔，在哪裡啊……」

「我們去買地圖吧。」

他們在彩虹街的一間小書店買了大阪地圖之後，走進旁邊的烏龍麵店，店內滿是柴魚露的香氣。豆皮烏龍麵加兩個飯糰的套餐只要四百五十圓，兩人都點了這道餐。

「什麼嘛，宗右衛門町不就在這旁邊嗎？徒步過去不用幾分鐘吧。」

拓實將地圖攤在桌上，一邊看一邊大口吃著烏龍麵。關西湯汁的顏色果然一如傳聞，顏色較淡，口味卻一點也不清淡，不過他總覺得炸豆皮的調味少了點什麼。

「你知道千鶴小姐朋友的名字嗎？」時生問道。

「記得好像是叫竹子之類的。」

「竹子？是本名嗎？」

「應該是吧。這要是花名，也太土氣了吧。」

「那間『BOMBA』是怎樣的酒吧呢？萬一是超高檔的俱樂部該怎麼辦？我們這身打扮進

去，肯定會被攆出來的。」

時生穿的是T恤搭牛仔褲，罩了件連帽外套；拓實則是身穿舊棉褲搭成衣外套。

「嗯……我沒想過這一點，反正是千鶴朋友上班的地點，應該和『紫羅蘭』差不多等級吧。」

「『紫羅蘭』雖然位在東京，也只是錦糸町(*1)的一間普通小酒店，人家這裡可是大阪最熱鬧的市中心哦。」

「等真的被攆出來再說吧，到時候也只好跑一趟二手衣店買套西裝什麼的了。」不過也要這市區裡有二手衣店才行得通吧，哪像在我們淺草，二手衣店要幾家有幾家——拓實心中兀自嘀咕著。這麼一想，他突然發現，明明今天一早才從東京出發的，現在卻不知怎的有股奇妙的思鄉情緒。

時生似乎對地圖很感興趣，兀自翻看著，突然停下筷子喊道：「啊！就是這裡！」

「發現什麼了？」

「剛才的漫畫，借我一下。」

「幹麼，那種東西晚點再看啦。」

「我現在就想看啊！不管，我自己拿哦。」時生說著擅自打開了拓實的提袋。

拓實刻意擺出一副完全不感興趣的模樣，大口咬著飯糰。雖然不知道那本漫畫到底隱藏了什

*1 錦糸町在東京以風化場所與賭馬著名，許多男性上班族出入。

麼訊息，即使只是賭一口氣，他早已打定主意絕對不露出一絲好奇，晚點找個地方把它扔了吧。

「果然被我猜中了！拓實先生，你看這個！」

「幹麼，不過是一本破漫畫，有什麼好大驚小怪的。」

「別這麼說，我覺得這本漫畫肯定和拓實先生有關。」說著時生將漫畫攤到拓實面前。

「拿走啦，誰要看啊。」

「你看這張圖，上面寫著地址，對吧？」

時生攤開的頁面上，畫著兩名小學男生正在撿拾路邊的卵石，然而時生所指的卻不是小男生，而是背景的電線杆，上頭的地名標示牌寫著「生野區高江×—×」。

「我想這個地點應該就在作者的住家附近哦。你看，生野區大概在這一帶。」時生說著，圈起手指圍住地圖上的某一區，上頭的確印著「生野區」三個字。

「嗯，眞有這個地方呢。那又怎樣？」

「東條須美子女士希望這本漫畫能交到你手上，一定是想告訴你什麼。我在猜會不會是和你的出身有關呢？」

「我的出身還用講嗎？被那個蠢女人生下來丟掉，讓東京的宮本夫婦撿回去養，如此罷了。」

聽到這話，時生定睛瞅著拓實，眼中有著前所未見的眞摯光芒。「拓實先生你自己也早就察覺了吧。你根本心知肚明，卻刻意移開視線不去看它。」

「你在說什麼蠢話？哪有什麼看不看的。」

時生闔上漫畫，說道：「我覺得，東條須美子女士之所以希望這本漫畫能送到你手上，一定蘊含了某個訊息。而她會想告訴你的訊息，不就只有一件事嗎？」

「你到底想說什麼？」

「你應該很清楚，別裝傻了。」時生搖了搖頭，繼續說：「她想告訴你關於你父親的事，她想讓你知道你的親生父親是誰。」他指著漫畫封面，「爪塚夢作男。這本漫畫的作者，就是拓實先生的親生父親。」

拓實扔下筷子，碗中還有幾條白麵條泡在非常入味的麵湯裡，但拓實完全沒了食慾，因爲時生說中了他的心事。當東條淳子遞過來這本漫畫，他一看到是手製書時，就隱隱約約覺得，這個叫做爪塚夢作男人漫畫家與自己可能有某種關係，只是他一直逃避不去深入思考這個可能。

「我才沒有父親呢，眞要說，也只有養育我長大成人的養父宮本先生吧。」

「我明白你的心情，但是弄清楚眞相也很重要，不是嗎？先讓一切水落石出，要怨恨還是怎樣，也才有個對象吧？」

「事到如今，我已經不想知道眞相了。何況要怎麼找出眞相？這位取了個莫名其妙筆名的爪塚夢作男，天曉得那是住哪裡的哪位啊。」

「所以我們先去這裡吧。」時生輕敲了敲漫畫書封，「去這個故事的舞臺背景找找看。」

「又不是說去就去得成。」拓實說到這，不禁後悔了起來，因爲這話正洩露了他對此事的關心，於是他連忙補上一句，「不過當然，我可是一丁點想去的意願都沒有哦。」

「這本漫畫對於街景的描繪非常詳細，我想作者應該是照著自己住處附近的街道景色畫下來的。所以我們只要對照漫畫上的背景，在那一帶繞繞看，一定能找出一些線索的，再不然也可以問問看久住當地的居民。不過唯一的問題就是，我們不知道正確的地名。畫上雖然清楚寫著『生野區高江』，就這份地圖來看，在生野區並沒有叫做『高江』的地點，我想很可能是作者自己取的地名，不過他肯定是以生野區的某個街道爲藍本畫下來的。」

「蠢斃了，別想拉著我跟你四處亂轉。」拓實拿起水杯喝了一口水，放了幾張鈔票在桌上抵餐費，轉頭便走出店門。

等待時生結帳的這段時間，拓實在店門口反芻著方才時生的話語。弄清楚眞相的確很重要，拓實自己也一直很想知道親生父親究竟是誰，只是在毫無線索的情況下，他一次次地期待、然後放棄，久而久之，這個願望已被封印在他心底。然而現在，這個封印正逐漸解了開來，他感到不知所措。這本關鍵性的漫畫被送到他手中，但他卻完全無法預測自己的心會被牽引至何處，他甚至感受到了莫名的恐懼。

而且——

拓實不得不再度思索這個自稱時生的年輕人究竟是什麼來路。他比拓實還了解自己，而且確確實實地刺激著拓實內心糾結的脆弱部分；他的一舉一動總會喚醒拓實內在的什麼。

雖然時生說他和拓實有血緣關係，但看樣子東條家的人並不認得他，這麼說來……就是父方的血緣嘍？拓實想到這，心頭不禁一凜——搞不好是時生自己想找出爪塚夢作男！雖然他總是說他父親名叫木村拓哉，天曉得他這話有幾分可信。

時生結完帳走出店門。「久等了。」

拓實決定將他察覺的事先放在心裡。

兩人出了地下街，走在戎橋筋商店街上。不甚寬敞的道路，人們熙來攘往好不熱鬧。街道兩側，小商店與名店城林立。或許高級店家與平民商店混雜一處，正是這片土地的特色。

穿越拱頂商店街之後，前方出現一道橋，然而時生卻直望著左方不遠處的某家店面，開心地大喊：「哇！是螃蟹招牌！超大的！」

而且過橋時，時生還回頭仰望固力果看板，連聲讚歎。可是拓實卻無心觀光，一逕對照著四周景象與深深記在腦中的地圖。現在不是遊大阪的時候，他得盡快找到「BOMBA」才行。

「不要再東張西望了，快點趕路啦！」

「何必那麼急呢？難得來到大阪，我們去吃章魚燒啦！章魚燒！那邊有攤子耶！」時生說著指向一家路邊攤。

拓實一把揮開時生的手，「小子，你是不想幫我找千鶴了嗎？」

「呃，沒有啊，我很想找到她呀。」

「那你就給我閉嘴跟上來，我都遵守約定跑一趟名古屋了，不是嗎？」

「……好啦。」

拓實快步走在前頭，兩人之間的氣氛變得很微妙。現在的對話簡直就是先前在名古屋車站前的翻版，只不過兩人的立場互換了過來。

一踏進宗右衛門町，馬上就有許多奇怪男子靠了過來。

「東京來的嗎？我們有好貨色哦，來看看吧。」

「兩千圓，只要兩千圓，兩千圓就給你摸到飽，愛摸多久就摸多久啦。」

靠過來的男人操著大阪腔低聲拉客，他們的話語中有股奇妙的魅力，拓實多少有點心動，但他知道現在不能玩樂，於是一邊搖手拒絕，匆匆甩開他們。

「BOMBA」所在的大樓離主要鬧區有一小段距離，那是棟老建築，外牆滿是龜裂痕跡，

「BOMBA」就位在三樓。兩人等著電梯。電梯門一開，走出一對男女，男人一身紫色西裝，女人則是全身大紅色系，而且兩人都戴了一堆金光閃閃的金屬飾物。

「嘖嘖，超強的……」進了電梯後，時生悄聲嘀咕。

電梯門正要關上，一名瘦削男子慌慌張張地衝了進來，向拓實兩人微微點頭說了聲：「不好意思。」

拓實與時生在三樓出了電梯，迎面是一道狹窄的走廊，兩側成排小酒吧的招牌，還好這些店看上去都不是高級俱樂部，但是卻有另一種不安湧上心頭。

「有種不太妙的氣氛啊。」

「現金是不是先藏到內褲裡比較好？」拓實會說出這句話，時生也很能理解。

「我想藏了也沒用吧。」

眼前第二家店就是「BOMBA」。拓實做了個深呼吸，推開店門。

筆直的吧檯從店門口通往深處，只有靠門處及最深處位置各坐了一名客人。吧檯內有兩名女子，纖瘦的女子一頭短髮，另一名則是將長髮紮成馬尾。看來短髮女比較年長，大概三十五左右，應該是媽媽桑吧。

兩名女子訝異地望向拓實兩人，短髮女旋即擺出迎人笑臉，「歡迎光臨。兩位嗎？」

「嗯。」拓實走進去，和時生在吧檯靠中央的位置坐下，先點了啤酒。

「兩位是第一次來吧？是聽那位貴客介紹的呢？」短髮女問道，臉上仍是親切笑臉，眼神中卻帶著好奇與警戒的光芒。

「嗯，我們第一次來。」拓實模糊地應道，一邊拿起溼手巾擦手，「請問妳們店裡有沒有一位小姐叫做竹子？」

「竹子？喔……」短髮女說著望向馬尾女。

「她辭職了哦。」馬尾女說道。

「對啊，話說她是什麼時候辭的……」

「大概半年前，不是嗎？」

「對對對，我想起來了，大概半年前辭的。」短髮女看向拓實，「她臨時說家裡有事，很突然就離職了。不好意思，你們難得來還撲了個空。」

拓實很意外，他聽千鶴提起這位叫竹子的友人，不過是一個月前的事，這麼說來，連千鶴都不曉得竹子辭掉這裡了嗎？

「請問妳們知道她現在在哪裡嗎？」拓實試著追問。

「不清楚耶……」短髮女偏起頭，「那孩子本來就只是來打一份工，也沒做多久，我們後來都沒聯絡了。」

「這樣啊。」拓實嘆了口氣，啜了口啤酒。見不到竹子，就表示找出千鶴的唯一線索也斷了，接下來該怎麼辦？

身旁的時生倒是一臉興奮地環顧店內。牆上貼著不知是舞臺劇還是演唱會的海報，可能這家店常有娛樂圈人士出入吧。

拓實啣上一根echo，短髮女旋即伸長了手幫他點火。

「那請問這陣子有沒有其他人也來找竹子小姐呢？我想應該是個年輕女子……」拓實又補了一句：「可能還帶了個男人一道。」

「唔，最近有嗎……？」短髮女又轉身問向身旁的馬尾女。

「就我印象中沒有。」馬尾女搖搖頭，後腦的馬尾隨著晃呀晃。

「我也記得沒有呢。」短髮女一臉「就是這麼回事」的神情望向拓實，拓實也只能默默地點了點頭。

「這位是妳吧？」時生突然指著牆上的海報開口了。那是一張放大輸出的演唱會照片，舞臺上似乎是個女子搖滾樂團。

「喔，是啊。」馬尾女回道。

拓實也跟著仔細端詳那張海報，站在最右側彈著吉他的顯然正是馬尾女，只不過照片上的她，長髮是放下來的。

「咦？妳們團名也叫『BOMBA』？是因爲這間店而取名的嗎？」

「嗯，覺得這名字念起來還頗響亮。」

「可是很少見，不是嗎？『BOMBA』到底是什麼意思呢？」時生繼續追問。

「就跟你說是『TOKYO BOMBERS』的『BOMBA』了。」拓實有些不耐煩地插了嘴，接著看向吧檯裡的兩名女子問道：「對吧？」

短髮女點頭應道：「是啊。」

「是喔……」時生仍是一臉疑惑，「那是誰想到的呢？」

「是我取的。」短髮女答道。

拓實只差沒破口罵時生幹麼淨問些無關緊要的問題，管人家店名愛取什麼就取什麼，現在重要的是得趕快想辦法找到千鶴啊！

喝完一杯啤酒，拓實立刻起身要結帳。她們並沒有多收服務費。

「方便給我一張名片嗎？」時生問道。

短髮女愣了愣，接著旋即從吧檯下方拿出名片遞給時生，上頭印的名字是「坂本清美」。

兩人一走出大樓，拓實狂搔著頭說：「這下傷腦筋了，找不到竹子，什麼都免談了。」

「不，我想沒那麼糟。」

聽到時生如此冷靜的發言，拓實不禁盯著時生看，「什麼意思？」

「我們應該算是找到竹子小姐了。」

「啊？」

時生以拇指指著身後的大樓，「那兩人當中，有一位是竹子小姐。我在猜，應該是綁馬尾的那位。」

拓實嚇了一大跳，死命盯著時生問：「你爲什麼這麼肯定……？」

「我是從她們的店名推測的。你看，像我就不曉得『TOKYO BOMBERS』，只知道那大概是個體育隊伍的名稱。而『BOMBER』的意思是『轟炸機』，對吧？樂團取這個名字就算了，拿來當小酒吧的名字，很怪吧。」

「可是那女人也說是這樣沒錯啊？」

「所以是她說謊了呀，可能是不想告訴我們眞正的含意吧。何況海報上寫的英文團名是『BOMBA』，並不是『BOMBER』，這店名顯然不是某個具有意義的英文單字。」

「也就是說？」

「你試著把『BOMBA』的『O』和『A』對調，最後再多加一個『O』上去。」

「會變成什麼？」

「BAMBOO。」時生眨起單眼，「英文的意思就是『竹子』呀。」

20

拓實與時生待在咖啡廳殺時間，混到半夜兩點，才又回到「BOMBA」所在的大樓前。畢竟是到了這個時間帶，路上已不見皮條客的身影，卻有另一類詭異的男人在街道徘徊，要是不小心和這種人對上眼，很可能會引來無妄之災，於是拓實盡可能低著頭走路，也警告了時生千萬留意。

坂本清美與馬尾女一直到快三點才走出大樓。躲在大樓暗處抽著菸的拓實立刻將菸蒂扔到地上一腳踩熄，當作沒看到時生責難的視線，快步跟了上去。

兩人並肩走著，拓實他們跟蹤在後。雖然巷子很窄，這時間路上多了許多醉客，跟蹤起來並不困難，兩人似乎也沒想到要回頭張望。

來到大路上，她們攔了輛計程車，拓實連忙小跑步追上前，等她們搭的車一開走，旋即舉高手攔下另一輛計程車。

「跟上前面那輛計程車！」拓實命令司機。

「搞什麼，自己都不知道要去哪啊？」這位中年大叔司機一副嫌麻煩的語氣。

「就是不知道去哪才要你跟車啊，你閉嘴照做就是了。」坐在後座的拓實瞪向斜前方駕駛座上的司機，只見司機垂著雙頰撇起了嘴。

司機好一會沒吭聲，但不知是否多心，總覺得他車開得橫衝直撞的。

「不好意思，我們這麼做是有苦衷的。麻煩您幫個忙。」同樣坐後座的時生開口了。拓實看向時生，眼裡寫著「幹麼向他道歉啊」。

「我也知道你們一定是有苦衷，不然怎麼會在這個時間追著南大阪的女人跑呢。」看樣子司機方才也瞥見兩個女人上了前面那輛計程車，「不過啊，你們看起來既不像刑警，又不是大阪人，顯然更是有難言之隱，我才會答應幫你們這一趟的。」

「抱歉給您添麻煩了，眞的很謝謝您。」坐在駕駛座後方的時生向司機低頭行了一禮，即使從司機的角度其實看不見他這舉動。時生接著瞪向拓實，眼神寫著「你也跟人道歉啦！」而拓實當然沒理睬他。

車子來到一處很大的十字路口。前面那輛計程車一過了路口，沒多久便靠左停下，煞車燈閃爍著。

「搞屁啊，老子還沒拿出眞本事就到終點了。」司機似乎覺得相當掃興。

「請問這裡是哪裡呢？」時生問。

「谷九啊。」

「谷九？」

「谷町九丁目啦。喔，不……」司機搖了搖頭，「這裡已經算是上六了，正式名稱是上本町六丁目。」

都是拓實從沒聽過的地名，而時生則是一副了然於胸的神情頻頻點頭，也不曉得他是聽過還是沒聽過。

司機將車子停在離前輛計程車有一小段距離的地方，拓實掏出了錢包，車資比想像中便宜。

然而，前方下車的只有短髮女，馬尾女還在車上。短髮女一下車，後車門立刻關上。

「時生，你在這裡下！」拓實說：「接下來你知道怎麼做吧？」

「嗯，我曉得，螃蟹招牌前會合，對吧！……司機先生，麻煩您，我們一個人先在這下車。」

車門打開，下車的只有時生。

「喂，快點關車門追上去啦，前面的車都要跑掉了！」拓實又朝著駕駛座大吼。

「還要繼續跟車啊？眞是的，載到了麻煩的客人呀。」司機懶洋洋地打了檔，故意慢慢起動車子。

「別在那邊碎碎念了，要幫忙就幫到底，小費不會少給的。」

司機聽言只是聳了一下肩，看不出他這動作代表什麼意思。

直行一段路之後，前面那輛計程車突然左轉，拓實這輛車的司機也旋即打了方向燈，然而眼前的紅綠燈轉黃，司機於是加速衝進路口，方向盤往左一打，雖然稍微打滑了一小段，總算是平安地轉過彎追了上去。

「好險。」拓實不禁咕噥了一聲。

「客人，你是東京人？」司機問道。

「算是吧。」

「你們東京還缺好女人嗎？何必大老遠跑來追南大阪的女人？」

「就是東京的好女人跑來這裡啊。」

「咦？前面車裡的小姐是東京人喔？」

「那位是本地人，可是她可能曉得我在找的女人的下落。」

「哦，原來是這樣啊。」司機意有所指地笑了笑。

「怎麼？有什麼好笑的？」

「沒有啦，我不是在笑你。不過小哥，女人不喜歡太纏人的男人哦。」

「要你管，閉嘴開車。」

前面那輛計程車終於慢了下來，彎進小巷裡。拓實這輛車的司機慎重地跟蹤在後，一彎進巷口，就看見前車停在不遠處。

「停車！」拓實說道。

但是司機並沒踩煞車，而是繼續往前駛過了前車。

「你是沒聽見嗎？我叫你停車啊！」

「緊貼著前車停下來，再遲鈍的人都會起疑心吧。」司機來到下一個轉角前，才終於踩下煞車，「好啦，停這就沒問題了！」

拓實從錢包抽出一張萬圓鈔，放到副駕駛座上。往後方一看，馬尾女已經下車了，正要走進一旁的公寓大樓。

「等等，你錢給太多了！」

「我說過會給你小費的。」

「誰要你的小費啊。」

「囉嗦！江戶男兒一言既出，說到做到。」

「你對個開計程車的耍什麼帥？我收你五千圓就好了啦。」司機遞出一張五千圓鈔。

「我才不要咧。」

「你就收著吧。不過聽我一句話，」司機轉過上半身，將臉湊近拓實，壓低聲音說：「你看後面停了一輛黑色轎車，對吧？那應該是豐田皇冠。」

拓實看向後方路旁，的確如司機所述，停著一輛黑轎車。

「那輛車從剛剛就一直跟在我們屁股後頭，我猜那輛車裡的人也和你們一樣在跟蹤那位小姐。」

「怎麼會……」

「也可能是我誤會了吧，總之你自己當心點。」

拓實一下車，計程車旋即揚長而去。拓實邊往回頭路跑，經過那輛皇冠時瞥了一眼，於是彷彿要避開拓實的視線似地，皇冠靜悄悄地駛離。人車交會的那一刻，拓實往駕駛座看去，但車窗玻璃一片漆黑，完全看不到車內狀況。

拓實繼續小跑步，衝進了那棟公寓大樓。一進大門，左側是管理員室，窗口的窗簾是拉下的；右側則是收發室，羅列著成排的住戶信箱。迎面就是大樓電梯，空電梯正停在一樓。

信箱那頭傳來了聲響，拓實連忙藏身在安全梯的暗處。只見馬尾女拿著報紙與郵件走出收發室，而且她並沒有走向電梯，而是筆直地朝拓實所在的安全梯方向走了過來。要是真的被撞見，就只能來硬的了——拓實如此盤算著，繃緊了全身神經。

然而馬尾女只是逕自走上樓梯，拓實聽著她的腳步聲，旋即追了上去。

馬尾女的住處似乎就在二樓。她走上樓梯後，穿過走廊，在家門前停下。拓實看到她伸手到皮包裡打算拿出鑰匙，立刻衝上前去。馬尾女察覺有人，頓時抬起頭來。

「啊！是你……」她塗得血紅的雙唇張得大大的。

拓實沒應聲，一個轉頭望向門旁的門牌，上頭只寫著姓氏「坂田」。他想確認的是馬尾女的名字，但他先前和時生沙盤推演的結論，兩人都不排除光看門牌依舊無法知道名字的狀況，他們也商量好這種狀況該如何處理。

趁著馬尾女仍愣在原地，拓實一把搶走她手裡的郵件。

「哎呀！你幹什麼！還來啦！」

馬尾女衝過來抓住拓實的手臂，拓實邊甩開她邊快速瀏覽郵件上的收件人姓名，可是不知為何，好幾封信的收件人姓名都寫著英文。

「喂！蠢蛋！你是還不還來呀！」馬尾女扯著拓實的外套袖子。

拓實終於瞄到一封寫有「坂田」二字的郵件，但不及細看，被馬尾女使勁一拉扯，那封信竟然掉到地上去。

「啊！可惡！」拓實連忙要拾起信，然而下一秒，鼻子受到重重一擊，整個人往後倒，這時他才察覺到迎面攻擊自己的是高跟鞋鞋尖。

「妳也用不著踹人吧！」拓實一手按著鼻子，站了起來，另一手正要伸過去揪住馬尾女的領口，卻被馬尾女反手扭到了背後扣住。

「啊！……很痛耶！」拓實被牢牢箝住，背對馬尾女跪了下去。

「敢小看老娘，教你吃不完兜著走！你以為老娘是誰呀？」

「就是不知道妳是誰才想查妳的信件啊！」

「你剛才在店裡也問了一堆莫名其妙的事，你的目的到底是什麼？」

「我們只是在找那位叫竹子的小姐啊。」

「不是跟你說她辭職不幹了嗎?」

「那是謊話吧。竹子一定是妳們倆其中一個,只是不知爲何要瞞著我們。而且妳們的店名『BOMBA』也不是取自『TOKYO BOMBERS』,而是取自英文的竹子『BAMBOO』。我說的沒錯吧?」

聽到拓實這番話,身後箝著他的力道忽地鬆了下來。

「這些都是你自己推測出來的嗎?」馬尾女低聲問道。

「還有我同伴,我們一起想的。」

「哼哼,我看也是。」

拓實正想問她這話是什麼意思,視線不經意落在地上的那封信上頭。收件人名字的上半部被遮住了,只看得到緊連著「收」字的上一個字是「美」。如果馬尾女是竹子,「收」字的上頭得是「子」字才對。

「唉,原來妳不是竹子小姐……」

拓實頭上傳來馬尾女輕蔑的哼笑。「我才不叫竹子呢。」

「是喔……我同伴一直覺得妳就是竹子,我也這麼想,所以……剛才有所冒犯,抱歉。」

「呿,你那是道歉的態度嗎?又不是小孩子了,不會好好講對不起嗎?」

拓實肚裡一把火起,但現在的他根本沒立場回嘴,於是他調勻了呼吸,小聲地說了句:「眞的非常對不起。」

「今天就算了,平常的老娘可不會這麼輕易饒了你!」馬尾女終於放開了拓實的手臂。

拓實活絡著肩胛筋骨，一旁的馬尾女則是收拾起地上的郵件。

「既然妳不是竹子小姐，那正確答案就是妳的同事了。」

馬尾女大大地搖著頭，「她叫清美，坂本是假的姓氏，本名叫坂田清美，也不是你們在找的竹子。」

「所以我們推測妳們店名是取自竹子的英文，也猜錯嘍？」

「那個嘛……」馬尾女雙手扠腰，直勾勾地望著拓實，「猜對了。你們很有一套哦，從開店到現在，沒人猜出來過呢。」

「可是……」拓實才說了兩個字，馬尾女將一封信亮到拓實面前。看到上頭的收件人姓名，拓實頓時睜大了眼。

「我叫竹美。竹子的竹，美麗的美。誰跟你叫竹子來著？」

21

竹美拿鑰匙開了門，門半開半掩，「先進來再說吧。」

拓實望了望昏暗的屋內，又看看竹美，「讓我進屋，好嗎？」

「我是很希望你趕快滾回去，但你一定不肯走，對吧？」

「我有話想問妳。」

「那就別杵在門口吵鄰居，被人看到也不好吧。快點進來啦。」

「……嗯，打擾了。」拓實踏進門內。

他這才發現之所以會覺得屋內昏暗，是因爲一進門，眼前就立著一座極高的屏風，屏風後方

的屋內照明是亮著的。

「這麼看來，妳已經相信我了？」拓實問。

竹美又不屑地哼了一聲，「誰會相信素不相識的男人啊。」

「那妳不覺得很危險嗎？居然讓我進屋裡。剛才我是太輕心了，眞要比力氣，妳是絕對贏不過我的。」

「哼哼，很難說吧。」竹美脫好了鞋，盤起胳膊看著拓實，動也不動地喊了一聲：「傑西！」

屋內傳來聲響，接著是腳步聲。竹美身後的屏風被橫向移了開來。

一尊高約兩公尺的黑色物體突地現身，拓實本來還以爲是背光所以看起來黑壓壓的，沒想到眼前這位是個不折不扣的黑人，露出短袖T恤的上臂有年輕女孩的大腿那麼粗，胸膛宛如穿了羽絨外套般厚實，他正一臉不甚開心地撇著嘴，凹陷的眼窩深處露出炯炯的目光瞪著拓實。

「呃……哈囉……呃，不，該說How are you嗎……」

黑人朝拓實走近一步，拓實登時退了一步。

「謝啦。」黑人對拓實說。

「啊？」

「斑比平日承蒙照顧。我傑西，多指教。」傑西伸出粗壯的手臂，抓起拓實的手握了握，那力道之大，有如老虎鉗般緊緊握住拓實的手，拓實當場皺起臉回道：「請、請多多指教。」

「如何？你覺得比力氣贏得了嗎？」竹美盈盈笑著問了一句。

「嗯，不是很好對付呢。」拓實一邊甩著剛才被握住的手，手都麻了。

屏風後方的空間約十二、三張榻榻米大，一房一廳一廚的格局，卻不見沙發或餐桌等家具，唯一稱得上家具的，只有一張廉價的玻璃茶几，其他的空間全被吉他、音箱等樂器機材占滿，連張椅子都沒有，角落卻擺了整組的套鼓。

「簡直就是錄音室嘛！你們就在這裡練團？」

「小小練習罷了。要是在這種地方正式練起來，馬上就會被趕出去吧。」

「他也是團員之一？」拓實指著傑西。

「鼓手兼男友兼保鏢。我在那種地方上班，難免有客人糾纏不清，不過每個人只要一看到傑西就嚇得屁滾尿流了。」

那是一定的吧。——拓實帶著感同身受的心情點了點頭。

「斑比，餓不餓？吃點什麼吧？」

「嗯，我還好，謝謝你。」

「『斑比』？……啊我知道了，因爲叫『BAMBOO』，簡稱就是『斑比』吧？」

「錯了。是因爲我像好可愛好可愛的小鹿斑比！對吧？傑西。」

「對呀，斑比可愛！世界第一可愛！」

兩人當場擁吻了起來。之後竹美瞪著拓實說：「怎麼？不行嗎？」

「不不不，當然行。」拓實說著搔了搔頭。

屋內某處傳出了電話鈴聲，傑西拿起冰箱上頭的電話機遞給竹美，她接起話筒。

「喂……啊？……是喔，也跑去妳那邊啦？另一個在我這裡……嗯，沒辦法啊，我講了……嗯，對啊，也只能這樣了。」又交代了幾句之後，竹美掛上電話，「看來你朋友追到上六去了啊。還來這招兵分二路，你們不累嗎？」

看樣子打電話來的應該是短髮女。

「那傢伙還好吧？既然妳才是竹子……竹美小姐，那另一位……」

「他們現在過來，見面再慢慢講吧。」

「妳說另一位小姐本名叫坂田清美，而妳的門牌上也是寫著『坂田』，所以，妳們是姊妹嘍？」

竹美從冰箱拿出罐裝啤酒，笑得好開心，「她要是聽到你這麼說，一定很高興，不過常有人這麼說我們呢。」

「不是姊妹，那是什麼關係？」

「母女啦。mother and daughter.」

「什麼!?」

「你看她可能覺得只有三十出頭吧？其實兩年前就過四十嘍，不過這要保密哦，清美在我們店裡自從過三十四歲之後，就沒再長過年齡了。」竹美將食指豎在嘴脣前。

「爲什麼要另外取假姓坂本呢？就叫原本的坂田不是很好嗎？」

竹美聳了聳肩，「清美的說法是算命師建議她改姓的，但我想八成是騙人的吧。在大阪啊，一提到『坂田』，人們只會想到『傻蛋坂田』(*1)，清美一定是不想被冠上那種形象吧，不過我倒是覺得出來做生意，有個好記的姓氏也不賴，所以我的名片上大刺刺印著『坂田竹美』，自我介紹時就說『嗨！我是傻蛋坂田竹美！』演唱會上來這招也很能炒熱氣氛呢。」竹美喝了口啤酒，上脣沾著白色泡沫。

大約二十分鐘後，時生與坂田清美一同出現了。聽了他們描述過程，看樣子時生也是等清美取了郵件之後，上前打算確認眞實姓名，但是他並不像拓實那樣硬搶人家的郵件，而是老老實實地向清美請求讓他看一下收件人姓名。

「你怎麼搶人家的信啊！太亂來了，那是犯罪耶！」時生說。

「還不是因爲這女人一看就不是肯乖乖讓我看信的狠角色嘛。」

「正常人都不會讓你看信吧？一臉鬼鬼祟祟的。」竹美盤腿坐在地上抽菸，邊說邊吞雲吐霧。

拓實與時生面朝竹美坐著，清美坐在一旁坐墊上，傑西則是坐在套鼓的椅子上，彷彿打節拍似地晃著身子。

「我也是不得已啊，我們先前去店裡的時候，妳們又不肯坦白告訴我們。要是妳早點承認妳是竹美，大家多好辦事。」

「你找的人是『竹子小姐』哦，我們店裡又沒這個人，當然就回你說沒有呀。」

「妳不是回我沒有這個人，而是說這人辭職了。什麼半年前辭的，妳早就發現我把竹美誤記成竹子，還故意騙我吧？」拓實氣呼呼地說道。

沒想到竹美並沒有反駁，和清美互看一眼之後，微微笑了，「眞的很傻眼啊，居然有人上門來找什麼『竹子』，一時之間你是教我怎麼回應？拜託你好好記住人家的名字，好嗎？眞是的。

---

*1 「アホの坂田」，本名坂田立夫（一九四一—），吉本興業旗下搞笑藝人。

果然和千鶴說的一個樣，大傻蛋一個。」

聽到竹美罵他傻蛋，拓實當然一肚子火，但更重要的是，他聽到了千鶴的名字。現在不是發脾氣的時候，他連忙探出身子問竹美：「千鶴眞的來找過妳了？」

竹美又呼出一口煙，將變短的菸蒂往水晶菸灰缸裡摁熄，那是一個與這房間很不相稱的菸灰缸。

「大概三天前吧，她打電話到店裡，說現在過來找我行不行。我說好啊，沒想到她馬上就到了。」

「千鶴是獨自出現嗎？」

「她一個人來的。」

「看起來如何？」

「要說她看起來如何嘛……」竹美將兩臂伸往後腦杓，放下馬尾，微鬈的長髮唰地垂到肩膀下方，「我們很久沒見面了，她當然很開心地笑啊聊天啊，但我總覺得她沒什麼精神，酒也喝不多。」

「妳們聊了些什麼？」

「你這是警察在偵訊嗎？」竹美旋即皺起眉頭。

「快點講啦，我們趕時間！」

「哇，感覺好差喔，我突然不想講了呢。」

「妳現在是怎樣！」

拓實說著就要站起身，旁邊的時生硬是將他壓了下來。「冷靜點！你以爲這裡是誰的地盤啊！」

「誰教這幾個人老是擺個臭架子！」

「我們現在只能請他們幫忙了啊，你搞清楚自己的立場啦！」時生皺著眉念了拓實一頓之後，轉頭對竹美三人說：「請多包涵。這傢伙只惦著找千鶴小姐，心急了些。」說著低頭鞠了個躬。

竹美又點起一根菸，但只是挾在指間也沒抽，就這麼一臉興味盎然地望著時生好一會，「你跟這傢伙是什麼關係？」

「什麼關係啊……嗯，算是朋友吧。」

「是嗎？沒聽千鶴提過你這號人物呢，聽說有人連半個朋友都沒有哦。」

「妳在說誰？」拓實尖聲問道。

「我在說你呀。」竹美乾脆地回答。

拓實又想站起身，但這回他自己克制住了，只是狠狠瞪著竹美問道：「她和妳提到了我嗎？」

「她來找我就是要談你的事啊，不過你別往自己臉上貼金，她是這麼對我們說的：她的前男友可能會找來我們店裡，大概是追著『竹美』的名字過來的，她希望我們轉告說，竹美已經辭職不幹了，這樣對方就會死心了吧。」竹美說到這，嘆了口氣，「真是作夢也想不到，追來的人竟然要找的是什麼『竹子』。」

「囉哩囉嗦的，名字差一個字又不會死。」拓實嘟囔著。竹美三人當然都聽到了，只是充耳不聞。

「也就是說，千鶴小姐是親口表示，她想和這個人分手，對吧？」時生再次確認這個拓實不想聽到的答案。

「嗯，就是麼回事吧。」

拓實抹了把臉，發現自己臉上泛著油光，望向掌心還閃亮亮的。

「她說了我什麼？」拓實忿忿地問道。

「說你成天無所事事啊。千鶴的用詞是：那傢伙叫都叫不動。」竹美冷冷地看著拓實說道。

「要講工作嗎？我幹的活可多著呢！雖然換了不少工作，但那是為了要找出適合我的職業啊。這我和千鶴講過幾百遍了，總有一天我會找到適合的工作，一夕致富……妳笑什麼？」

他話還沒說完，竹美已經撇著嘴笑了起來。

「沒什麼，我只是覺得好笑，你真的跟千鶴描述的一模一樣。總有一天會幹一番大事業，要一夕致富——這根本是你的口頭禪吧。沒想到親耳一聽，還滿有趣的。」

這種話，只有蠢到沒藥醫的人才說得出口啦——拓實耳邊響起千鶴的話語。那是在他前往保全公司面試當天，千鶴說過的話，而當天夜裡，她就消失了蹤影。

「這位大哥，你幾歲了？」

「幹麼突然問這個？」

「你說就是了。」

「二十三啊。」

「所以說，你比我大嘍？可是完全看不出來呢，反而是這邊這位小哥看起來可靠多了。」竹美手上的菸指了指時生，「宮本拓實先生，你真的很不簡單。我對你一無所知，都是聽千鶴轉述的，沒想到她全部說中了。」

「那傢伙說我什麼？」

竹美瞥了清美一眼，又望向拓實說：「她說你是個孩子，長不大的孩子。我也這麼覺得，而且還是個不知人間疾苦的大少爺。」

「不知人間疾苦？」拓實猛地站起來，快得連時生都來不及攔他，「臭婆娘，妳說什麼來著！」

竹美不爲所動，悠哉地吸著菸，「我只是實話實說呀。你根本沒吃過苦，是個被寵壞的大少爺。」

「臭婆娘……」

拓實才踏出一步，身旁立刻晃過一道黑影，傑西不知何時靠到他身邊，露出警戒的眼神直盯著他。

「聽說你練過拳擊，是吧？還仗著這點四處找人幹架呀？」竹美說道。看來這也是千鶴告訴她的。

「那又怎樣？」

竹美沒回他，兀自對傑西說了些什麼，但因爲她說的是英語，拓實聽不懂。

只見傑西點了個頭，進去隔壁房間，沒多久走了回來，雙手套著紅色拳擊手套，一看就曉得是玩具用手套。

「要不要試試看躲不躲得掉他的拳頭？」

拓實冷笑一聲，「個頭大不代表出拳就快哦。」

「是嗎。那就試試看吧，反正你不是也很驕傲自己練過拳擊嗎？」

「要是我閃過了呢？」

「要是你閃過了？那我就收回剛才說你是大少爺的那番話，向你道歉。」

「好，來吧。」拓實脫掉上衣，垂下雙臂，與傑西面對面。

傑西對竹美說了什麼，一樣是英語，竹美簡短地回了話。傑西面露困惑，但還是擺出了進攻姿勢，迎面望著拓實說：「我要出拳了哦，真的沒關係嗎？」

「儘管放馬過來吧！」拓實也站好備戰姿勢。

傑西皺起眉，嘆了口氣，斂起下顎，一雙大眼露出銳利的光芒。見他這副模樣，拓實腦中掠過一絲不祥的預感。

傑西的肌肉一顫，拓實察覺他要使出右直拳，正打算別開臉……

眼前一黑，什麼都沒看到。才瞄到拳擊手套揮來，臉上已經挨了重重一拳。拓實瞬間失去意識。

22

睜開眼，眼前是一張烏漆抹黑的臉，正衝著他無聲地露齒微笑，雪白的牙齒閃著光芒。拓實不禁哇地大喊一聲，倏地坐起上半身。

傑西說了些話，拓實完全聽不懂，回過神才發現自己躺在被子上。

喔，對了，我中了一拳——他這才想了起來。

「他好像醒了。」隔壁房傳來聲音，接著房門喀啦一聲打開來，時生進來了，「你還好嗎？」

「我……昏過去了嗎？」

「是啊，口吐白沫倒下呢，嚇死我了。」

「傑西已經手下留情了哦。」竹美也跟著進房，與時生兩人在被褥旁坐了下來。清美好像已經回去了。

「好強的拳。」

拓實這麼一說，竹美哈哈大笑了起來，「那是當然的，傑西之前打的雖然是六回合，他可是次重量級(*1)的選手哦。」

「職業的啊！妳怎麼不事先告訴我！」拓實皺著一張臉，一把梳抓起頭髮時，突然覺得後腦杓隱隱作痛，伸手一摸，發現腫了一塊，「咕，還腫了個包咧。」

「只腫了個包算你運氣好，被傑西打歪鼻梁的，我見過太多了。」竹美似乎很開心。

「拓實先生，我們得感謝他們才是。因爲擔心你有輕微腦震盪，必須讓你安靜躺一段時間，竹美小姐答應讓我們今晚在這裡住宿呢。」

聽到時生這番話，拓實嚇了一大跳，望向竹美。她則是一副「有什麼怨言嗎？」的眼神回瞪

*1 職業拳擊手依選手體重共分爲十七階級，從最重的重量級（Heavy）、巡洋艦級（Cruiser）／次重量級（Heavy Jr.），包括中量級（Middle）、超級沉量級（Super welter）／次中量級（Middle Jr.），到最輕的極小量級（Minimun）／稻草級（Straw）／微小蠅級（Mini fly）。而比賽形式採用回合制，有四回合、五回合、六回合、八回合、十回合、十二回合六種，回合數依據選手的證照決定。

拓實。

拓實摩挲著長出鬍碴的臉頰，說了聲：「那就……多謝了。」

竹美只是聳了聳肩，又叼上一根菸，傑西立刻將菸灰缸放到她面前。

「還有啊，關於千鶴小姐的事，竹美小姐好像也不清楚她現在在哪裡。」時生說。

拓實看著竹美問道：「妳沒問她嗎？」

「她來找我的時候，還沒確定落腳處。她說等安定下來會馬上聯絡我，可是直到今天都沒消息，我想應該是沒下文了吧。」

「千鶴和男人一道嗎？」

「好像是吧。細節我聽時生說了。」竹美吐著煙說道。

「現在麻煩的是有疑似黑道的傢伙緊追在後啊！他們的目標好像不是千鶴，而是和她一道那個男人。」

「這我也聽時生講了。看來狀況確實不太妙，我也很擔心，可是千鶴眞的沒跟我說她要去哪裡，也沒交代怎麼聯絡她。」

拓實在被子上盤腿而坐，交抱著雙臂。要怎麼找出千鶴的下落，他實在想不出個頭緒，而他們唯一的線索又只有竹美這條線。

三人似乎都是同樣的心思，頓時陷入一陣沉默，各自苦思著。

「有一件事，我一直不明白。」先開口的是時生，「千鶴小姐爲什麼要跑來大阪呢？如果只是決定和拓實先生分手，過自己的新人生，在哪裡都能從頭來過吧？」

「這還不簡單。小子，要說東京以外的第二大繁華都市，就是大阪了啊。千鶴那傢伙除了當陪酒的，什麼都不會。」

「如果是那樣，她應該會問竹美小姐能不能讓她在店裡幫忙，或是請竹美小姐介紹相關工作啊？」

「不然你說是怎樣！」

「一開始告訴我們千鶴小姐很可能在大阪的，是那個叫石原的男人。那他為什麼會這麼推測呢？如果他們的目標真的是那位和千鶴小姐在一起的岡部，這就表示，他們知道岡部極有可能逃來大阪，好比說岡部的出生地正是大阪之類的，而千鶴小姐只不過是陪同岡部一道過來大阪。」

「大概吧。可是知道這又沒用，還是不曉得千鶴人在大阪的哪裡啊！」

時生望向竹美問道：「千鶴小姐有沒有提過她現在和誰在一起？」

「沒有。」竹美偏起頭來，「不過，她提了一件事，有點怪。」

「什麼事呢？」

「她問我知不知道哪裡有比較可靠的當鋪。」

「當鋪？」

「她說手邊有些東西想處理掉，好像是袖釦、領帶夾之類的。應該不是你的東西吧？」竹美看著拓實問道。

「袖釦和領帶夾？」拓實哼了一聲，「我才不會戴那種老氣橫秋的東西。」

「我想也是。」竹美一臉納悶，「還有啊，她還說想賣掉一些古瓷瓶呀畫呀之類的，不一定要賣給當鋪，只要有人願意收購都好。」

「古瓷瓶？畫？那傢伙在搞什麼，開雜貨鋪嗎？」

「那竹美小姐妳是怎麼回她的呢？」時生催促她說下去。

「不知道該說是幸還不幸，我從沒去過當鋪，只好回她說我沒有認識的店家。」

時生點點頭，低喃道：「千鶴小姐為什麼想賣掉那樣的東西呢……」

「一定是缺錢吧。她大概是想多少籌點盤纏，才把同行男人的東西拿出來賣。呿，什麼袖釦，什麼領帶夾嘛！那男人品味還真俗氣。」拓實不屑地咕噥著。

「袖釦和領帶夾倒還能理解，我不明白的是，為什麼還有古瓷瓶和畫那種東西。竹美小姐，千鶴小姐在大阪的朋友除了妳，還有其他人嗎？」

「我以外的朋友啊……」竹美神情嚴肅地想了想，「勉強要說，哲郎應該算是朋友吧。」

「哲郎先生？」

「他是我的中學同學，家裡開了間燒烤店在鶴橋。有次千鶴說想吃燒烤，我帶她去過哲郎的店。如果她還有印象的話，可能會再去光顧吧。」

「燒烤啊……」

「怎麼想都和當鋪扯不上關係，不過現在也只能死馬當活馬醫了。那家店離這裡很遠嗎？」

「搭電車只要一站，走過去也還好，不算太遠。」

「好！畫地圖給我。」

「『畫地圖給我』？」竹美瞪大了眼，「你應該說『可以麻煩妳幫我畫張地圖嗎』才對吧。」

「妳……」拓實咂了個嘴，正要開口，只見一旁時生板著一張臉，只好把話吞了回去，乾咳一聲之後說：「請幫我畫張地圖。」

「聽不見耶。」

「麻──煩──妳──幫我畫張地圖好嗎！這樣可以了吧！」

「哼，你這傢伙就不能直率一點嗎？現在是因爲聽到千鶴有難，我才願意幫忙，否則早就把你們轟出去了。」竹美說著起身去隔壁房間，沒多久拿著一張傳單回來。「拿去。」她將傳單放到拓實面前。那是燒烤店「百龍」的廣告傳單，上頭清楚印著地圖和電話。拓實粗魯地摺起傳單塞進褲子口袋。

看著他的舉動，竹美開口了：

「喂，我問你啊，你找到千鶴之後打算怎麼辦？」

「我哪知道怎麼辦？先找到人吧，抓著她再當面把事情問清楚啊。」

「你該不會想來硬的，把千鶴拖回東京去吧？要是你打這個算盤，我可是什麼忙都不會幫你的。我還會在你們見到哲郎之前，先打電話過去囑咐他什麼都別告訴你們。」

「我壓根沒想過要把她強行帶回去啊。」

「沒有就好。」竹美繼續抽菸，一邊瞅著拓實看。

「怎麼？妳還有什麼規矩嗎？」

「沒什麼，我只是覺得很不可思議，不明白你是怎麼想的。」

「什麼東西怎麼想？」

「我很好奇你怎麼看待千鶴和男人一道這件事。你總不會天眞地以爲那兩人之間什麼都沒有吧？」

拓實皺起了眉，心想這臭婆娘眞的很惹人厭。「這種事不用妳提醒我也知道！」

「這樣啊。」竹美輕輕點了點頭，沒再說什麼了。

那天晚上，拓實與時生兩人睡這個房間，竹美和傑西睡在客廳。雖然竹美說話不中聽，但拓實很清楚，她眞的幫了大忙。然而，她後來的那番話卻一直縈繞在他心頭。

他想起千鶴那柔軟的肌膚與渾圓的胸部，別的男人是否正撫摸著她的肉體？一想到這，強烈的嫉妒與焦慮襲來，但是他很清楚千鶴不是能夠隨便侵犯的女人，所以，是她心甘情願地投向那個男人的懷抱。思及現在的狀況，時生與竹美的質疑其實不無道理。他千方百計追著千鶴跑，根本毫無意義，早早放棄才是明智之舉，也不至於落到難堪的局面。他到底爲了什麼要追千鶴？追到人了又能怎樣？連他自己也沒有答案。

一天下來實在發生了太多事，他遲遲無法入睡，身旁的時生倒是打著鼾呼呼大睡。他不禁覺得，自從這個男孩出現之後，自己的身邊開始陷入一陣狂亂；而他一方面也隱隱感到，這並不是偶然。

他突然想小便，於是爬出被窩，打開房門朝廁所走去。外頭客廳一片漆黑，但看得見角落有座以毯子包覆的巨大山丘，毯子裡頭應該是相擁而眠的傑西和竹美吧。

他站在馬桶前，廁所門突然打了開來。開門的是竹美。她穿了件坦克背心，似乎也被杵在馬桶前的拓實嚇了一跳，睜大了眼喃喃念著：「啊……嚇死人了……」

「呃……，抱歉……」拓實只說了這句，便無法出聲了，因爲他的視線離不開竹美露出的肩胛，那裡刺著鮮豔的紅玫瑰。

竹美察覺拓實的視線，立刻以手遮住刺青，走了出去。拓實瞥到她的表情，那是他首次見到竹美暴露出柔弱的一面。上完廁所回到被窩裡，那鮮紅的玫瑰仍烙印在他的視網膜上，揮之不去。

在半睡半醒的狀態中，拓實迎向了早晨。轉頭一看身邊，時生已經不在了。沒多久便聽見笑聲傳來，是時生的聲音。

走出來客廳，時生和傑西在廚房聊著天，看來他們正在準備早餐。傑西穿著圍裙，以平底鍋炒著什麼，而時生則是在一旁切菜，兩人的對話夾雜著英語和日語，聽起來非常奇妙，而且傑西的日語還是一口大阪腔。

時生察覺拓實起床了，衝著他微微一笑說：「早安！」

「早安唄。」傑西也打了招呼。

「小子，你會說英語啊？」他問時生。

「只會講一些簡單的啦。」

「可是能夠溝通吧？你上過英語會話課？」

「沒有正式上過課，不過從小學就一直在接觸英語。」

「是喔，從小學就念英語呢，原來你過的是上流階層的生活，眞希望我也出生在那種家庭啊。」拓實撇著嘴嘀咕了一番，坐到玻璃茶几旁。客廳角落仍睡著蜷成一團的竹美。

三人開始吃略遲的早餐時，竹美醒了。身穿坦克背心的她只是披了件襯衫，便出去屋外拿了報紙進來，然後臭著一張臉，沒和任何人對上視線，兀自抽著菸看起報紙。傑西什麼也沒說，只是默默地將炒青菜和味噌湯放到玻璃茶几上，看來竹美每天早上都有起床氣。

「外國人也喝味噌湯嗎？」看到傑西靈活地以筷子挾菜，拓實不禁問道。

「傑西說他也很喜歡吃魚乾哦，沒想到吧？不過納豆就沒辦法了，那個連我也吞不下去呢。」

「不吃納豆不算日本人啦。」

拓實這麼一說，竹美幽幽地回道：「傑西又不是日本人。」她依舊沒拿起筷子，視線一樣落在報紙上。拓實想說點什麼頂回去，還是算了。後來竹美這頓早餐只喝了一碗味噌湯，吃了幾口炒青菜。

用完早餐，時生在廚房幫忙收拾，突然拿了一張照片過來客廳，放到竹美面前說：「妳看！這是夏威夷吧？傑西的老家在那裡嗎？」

「是傑西的朋友住那裡。」竹美的表情終於和緩了下來。

那是大約十名男女的合照，正中央的情侶檔就是傑西與竹美，照片中的她穿著長袖襯衫。

「不過好可惜哦，爲什麼竹美小姐不是泳裝入鏡呢？妳看其他女生，幾乎都穿泳裝，還有人穿超辣的比基尼呢！」

「別問那麼多啦。」拓實說道：「每個人都有苦衷的。」

時生當場愣住，一副搞不清楚現在發生什麼事的模樣。

竹美點上菸，似乎陷入了沉思。拓實則是自顧自將報紙攤在地上，看起了日美經濟衝突的報導。

「那是我十五歲的時候，」竹美突然開口了：「我的同居男人硬逼我刺上去的。」

「錯就錯在妳不該和那種男人搞上，這就叫做年輕氣盛嗎？」

竹美呼出一口煙。時生還是一頭霧水的神情。

「當時我才十五、六歲，沒爹沒娘沒工作，有黑道願意讓我棲身就偷笑了吧。」

「沒爹沒娘？妳不是有母親嗎？」

「那時她在吃牢飯。傷害致死罪。」

拓實登時無言以對。竹美的這段過往，完全超乎他的想像。

「你很想知道清美殺了誰吧？告訴你吧，她殺了丈夫。也就是說，我的母親殺了我父親。」

「怎麼會……」時生不禁輕呼；拓實則是嚥了口口水。

「我爸已經半酒精中毒狀態了，也沒在工作，每天晚上就是狂喝酒。清美當然會抱怨，夫妻成天吵架。有天晚上吵得尤其厲害，清美一氣之下把我爸推下樓梯，可能剛好撞到致命部位吧，我爸就這麼摔死了。」竹美說著摁熄菸。

「可是那種狀況不是有可能緩刑嗎？」時生吐了一句。

竹美輕笑了笑，「清美那女人背景也沒多乾淨，他們夫妻倆根本是天生一對，五十步笑百步。那時候她在當陪酒的，喝醉了就打客人，先前就常被告傷害罪。雖然斟酌情況的話，並不是不能緩刑，但法官最後還是決定讓這女人進去關一陣子冷靜冷靜吧……嗯，我看那個辯護律師也是一副不太想幫忙的模樣。所以啦，我就成了天涯一人。清美的罪名是傷害致死，但是對世人來說，和殺人犯根本沒兩樣。眞是多虧了她，後來的我不知道背負了多沉重的十字架。」

「所以妳才會和黑道……」時生問道。

「呵，我後來也變得自暴自棄了。那個人雖然是年過三十的大叔，卻很有錢，還供我念高中，只不過我從此沒辦法在人前下水游泳就是了。」說到這，她打開襯衫鈕釦，露出了右肩胛。

時生看到那裡刺著的紅玫瑰，忍不住輕歎了一聲。

「他想把十五歲的小姑娘完完全全地占爲己有，興奮得不得了，但也由此可見他的嫉妒心不是普通地強。所以，爲了不讓我做出背叛他的事，他要我刺上這個。」

「但妳還是有能耐離開那個男人？」拓實問道。

「有一天，那個人很突然就沒回來了，我正覺得奇怪，他的一群年輕手下上門來，開始整理他的東西。當中有個人和我說他死了。」

「被殺了嗎……」時生喃喃問道。

「大概吧。」竹美點點頭，「後來又經過了很多事，我也渾渾噩噩地活到了今天。嗯，現在算是過得不錯吧，因爲大小事情都有傑西幫我處理呀。」竹美望著傑西嫣然一笑，不曉得傑西聽不聽得懂，他也回了竹美一個微笑。

「竹美小姐，妳好厲害哦。不過，看不出來妳吃了那麼多苦呢。」

「要是擺出一副受苦受難的模樣，只會顯得更悲慘吧。悲觀度日又能怎樣呢？雖然每個人都想出生在衣食無缺的好家庭裡，我們又無法選擇父母，只能捏著被發到的牌，想盡辦法奮戰下去啊。」竹美說著望向拓實，「不過是小學開始接觸英語，又多幸運了？人生會因此改變嗎？」

拓實低下了頭。看來竹美也聽到他和時生之前的對話了。

「我啊，聽千鶴講了很多你的事。雖然你也的確滿不幸的，可是我不覺得你被分配到的牌面有那麼糟哦。」竹美說著這番話的語氣，比先前多了一分沉穩。拓實啞口無言，一味撫著下顎長出的鬍碴。

還沒過中午，拓實與時生便收拾好要出發了。

「等一下。」竹美說著，回房裡拿了一張照片出來，「這個給你們帶著。」

照片上的兩人是竹美與千鶴，似乎是一、兩年前拍的，千鶴比現在略胖，而竹美反而是當時比較纖瘦。

「有張千鶴的照片在身上，比較好找人吧。」

「說的也是。」拓實低頭一鞠躬，收下了照片。

離開公寓後，時生開口了：「那位竹美小姐，眞的是很好的人呢。」

拓實繼續走了幾步才回道：「那臭婆娘又懂什麼了……」

但這話語只是徒留空虛的回響。

23

兩人搭電車來到鶴橋，一出站便有股燒肉香味撲鼻而來。他們對照著傳單上的地圖，穿過站前大道。這條路與其說是大道，更像是隱密的後巷，燒烤店「百龍」就位於矮小民宅密集的住宅區內。

「斑比打過電話來了。她說有奇怪的東京人會來找我，要我和你們聊聊。」

哲郎個頭很大，還燙了一頭亂蓬蓬的鬈髮，不過要是全梳到腦後，或許整體造形還不賴。他身披類似外掛的白上衣，腳蹬木屐。

店內空間很大，但全是櫃檯座位，一個客人也沒有，而唯一的店員就是哲郎。

拓實拿出竹美給的照片讓拓郎看。

「這是千鶴嘛，有啊，前天晚上剛來過。」哲郎的反應很乾脆。

「她是帶人一起過來的嗎？」時生問道。

「嗯，帶了一個男人。」

「怎樣的男人？」拓實精神都來了。

「大概三十歲……或再大一點吧。中年人啦，一臉窮酸相，總覺得他畏畏縮縮的，不知道在怕什麼。」

「千鶴有沒有提到他們在哪裡落腳之類的？」

「我們沒聊什麼，那時候店裡正在忙，雖然說是斑比的朋友，之前也只見過一次面……話說回來，小哥，要不要吃點燒烤？我算你便宜。」最後那段話是衝著時生說的，時生客氣地回絕了。

「她有沒有請你推薦比較好的當鋪？」拓實問。

「當鋪？怎麼？千鶴缺錢嗎？」

「嗯，詳細狀況還不太清楚。」

「她沒要我推薦當鋪。嗯，我們沒有談到那方面的話題。」

「這樣啊……」

拓實正心想，這下線索又斷了。哲郎突然開口：「可是啊，我看到他們錢包裡的東西了。」

「錢包裡的東西？」

「結帳的時候，那個男人拿錢包出來，打開時被我偷瞄到一眼，那裡面有厚厚一大疊萬圓鈔哦。有那麼多錢的話，應該沒必要上當鋪吧。」

「他們身上不缺錢的話，那的確不必跑當鋪了……」拓實像是自言自語般嘀咕著。

「再不然吶，」哲郎碰的一聲拍了自己的大腿，「他們是去過當鋪之後才來我這裡呢？兩人在當鋪換到了現金，想說好吧！吃個燒烤振奮一下精神！之類的。雖然一般來說燒烤是沒錢的時候吃的廉價東西啦。」

「這也不無可能哦。」時生看向拓實，「他們來這裡是晚餐時段，不太可能吃完後再去當鋪。」

「這倒是。」

「請問這附近有當鋪嗎？」時生問哲郎。

「當然有啦，那種店，要幾間有幾間呀。」說著哲郎走進店後方，一邊攤開一張地圖一邊走了回來，那是全町的區域地圖。「我們附近嘛……就這間『荒川屋』吧。咦？比我想像的要少呢。」

「他們找上的又不一定是這附近的當鋪。」拓實質疑道。

「不，我想千鶴小姐和那位先生應該對大阪都不熟，所以千鶴小姐才會問竹美小姐有沒有推薦的當鋪，可是因爲沒得到答案，他們只好自己碰運氣試試看。在這種時候，與其亂闖完全陌生的地點，通常會選擇在多少能掌握狀況的地區找找看吧？」

「是嗎？」

「總而言之，我們只能賭賭看了。」時生向哲郎道謝，順便向他商借這張地圖。

「沒問題啊，你拿去吧。」

「謝謝您。」時生低頭行了一禮，小心翼翼地摺起地圖，卻突然停下了手，「對了，請問，這裡是生野區嗎？」

「是啊，怎麼了？」

「請問您知不知道『高江』這個地方？生野區高江。」

「高江？好像聽過……又好像沒聽過。等等哦。」說著哲郎又走進店後方。

「喂，你還有心情問那檔事啊！」

「順便嘛，有什麼關係，我還不是乖乖陪著你找千鶴小姐。」

哲郎回來了，攤開一份公路地圖，腋下還挾了另一本，「好像沒有這個地名耶。」

「看吧，那是亂取的，找也是白找。」

「等等，小哥你還眞是急性子呢。」哲郎說著翻開另一本公路地圖，這本看來相當舊，泛黃的頁緣都翹起來了。「喔，有啦！生野區高江。」

「咦！眞的嗎！」時生整張臉都亮了起來。

「我們這一帶幾年前曾改過地名，這個高江大概是那時候消失的吧。」

「原來是這樣，難怪我們一直找不到。」這時時生一臉歉疚地望著哲郎說：「呃……有件事很難啓齒，這本地圖啊……」

「喔喔，沒問題沒問題，你就拿走吧，反正是舊地圖了，我也用不到。不過交換條件是，下次你們來的時候，麻煩點些什麼吃吧。」

「非常謝謝您。」時生深深一鞠躬。

兩人走出「百龍」，朝「荒川屋」走去。途中經過一間小菸鋪，旁邊有座公共電話，一個男人正在講電話。走過對方身旁之後，時生突然偏起頭咕噥：「怪了……」

「怎麼了？」

「剛才啊，那間菸鋪旁邊不是有個男人在講公共電話嗎？我總覺得好像在哪見過他。」

「菸鋪？」拓實回頭一看，公共電話前方已空無一人。「是你多心了吧？這裡怎麼可能有你認識的人出沒。」

「嗯，所以我才覺得奇怪。」時生好一會都是若有所思的模樣。

當鋪「荒川屋」並不大，店門口兩側各有一座玻璃展示櫃，裡頭的陳列品從寶石、貴金屬、鐘表類，到全新的家電用品，一字排開，甚至連生活雜貨和樂器都有。

兩人推開店門，迎面就是櫃檯，後方有一名白髮老伯正在撥算盤。直到兩人湊到櫃檯前，老伯才終於抬起頭來，看樣子應該有六十歲了。

「當東西嗎？」他細聲含糊地問道。

24

拓實將竹美借他的照片放到白髮老闆面前，老闆抬起臉直直盯著拓實說：「幹麼？這什麼？」

「這位小姐有沒有來過你店裡？這邊這個。」拓實指著照片上的千鶴。

然而老闆看都不看照片一眼，只是滿臉狐疑地交互望著拓實與時生。「兩位這是怎麼著？我看你們不是警察大人吧。」

「我們在找人，這女人可能來過你店裡，快點看照片認一下啦。」

但當鋪老闆只是一副事不關己的態度，將照片直接推回拓實身前。

「敝店不沾這種麻煩事的，兩位請回吧。」

「看一眼會死啊，不過是問你這人有沒有來過你店裡啊！」拓實的語氣粗暴了起來。

可是老闆只是搖了搖頭，「上我們店的顧客，都是不希望身分曝光的。要是我大嘴巴到處講，我們店還有信用可言嗎？你要找的人要是和什麼案件有關，麻煩你們先去報警，只要帶警察大人一道來，我什麼都告訴你。」

他說的合情合理，但拓實當然不會輕易退縮。

「是沒錯，這女人可能真的牽扯上什麼案件了，可是警方都是那樣啊，非等到事情真的發生，他們是不會採取任何行動的，所以我們只能自力救濟想辦法找人呀！」

「那很好啊，兩位就自己想辦法吧，別把我們店拖下水，你們這樣只會妨礙我做生意。請回吧！」

拓實拿起照片，亮到老闆眼前。「看一下啦！這個女人，前天來過吧？」

「不曉得。」老闆別開臉，將照片推回給拓實，「沒別的事的話，兩位請回。你再怎麼問，我也不會回答這種問題的。」

就在這時，老闆桌上的電話響了，只見他迅速接起話筒，「荒川屋您好……啊啊，您好您好，承蒙照顧啊。」老闆那張皺巴巴的臉整個笑了開來，先前臭到不行的臉色早已不見蹤影，「您又挖到什麼寶了嗎？……真的嗎？吉川英治的？……好的好的，您就拿來我這裡吧，我幫您處理，我有認識的古書鑑定家。啊，不好意思，請您稍待一會兒好嗎？」

老闆掩住話筒，望向拓實兩人，皺臉上又不見一絲笑意。

「你們要杵在那裡到什麼時候？又不是顧客，別站在那擋路，快走啦。」接著揮了揮手趕人，耳朵再度貼上話筒，「啊，不好意思……不不，不是顧客，進來逛大街的啦。」說著呵呵地笑了。

拓實看著老闆那副嘴臉，登時血衝腦門，「誰跟你逛大街來著！臭老頭！」說完狠狠地踹了櫃檯下方一腳。

老闆頓時吊著眼大喊：「你幹什麼！我叫警察了哦！」但他並沒忘記牢牢掩著話筒。

「誰怕誰！有種你叫啊！」拓實正打算伸長身子越過櫃檯抓住老闆的衣襟，身後卻有人緊緊抱住他的腰，是時生。

「不可以這樣！拓實先生！」

「放手！」

「不可以啦！」

拓實被時生往後使勁一拖，兩人就這麼拉扯著出了店門。

「放手啦！臭小子！」

來到店外，由於拓實奮力掙扎，兩人一沒站穩，雙雙倒在路上。行人滿臉訝異地望著他們倆，兩人幾乎同時站了起來。

「你鬧夠了沒！」時生放聲大罵，「你爲什麼每次都這樣！那麼沒耐性，動不動就發飆！當鋪老闆是絕對不可能透露消息了！你爲什麼都沒察覺，根本就是你自己擋了自己的路呢？」

「被人家講成那樣還不還擊，算什麼好漢！」拓實說著邁出步子，但他其實不曉得自己要走去哪裡。

「你要去哪？」時生跟了上來。

「我哪知道！」

「這一帶只有那一間當鋪，你也很清楚吧。」

「知道啦！囉哩囉嗦的有完沒完啊。」拓實刻意嚷嚷，好掩飾內心的難爲情，但接下來到底該何去何從，他完全沒個底，到頭來還是不得不停下腳步。

他嘆了口氣，說道：「沒辦法了，回去找那傢伙吧。」

「那傢伙……？」時生皺起眉，「你是說回去找竹美小姐？」

「千鶴能投靠的只有那傢伙了，她也說會主動聯絡人家，不是嗎？」

「我看不見得吧，千鶴小姐要是真的有心聯絡竹美小姐，早就有消息了。竹美小姐也是這麼說的啊。」

「那你說你想到什麼辦法！」說到這，拓實的視線停在不遠處的一座電話亭，他突然靈光一閃，走過去打開門，拿起裡頭供查詢用的工商電話簿。

「你想幹什麼？」

「少囉嗦。」拓實翻到當鋪類，一看到起始頁，下巴差點沒掉下來，「要命，怎麼這麼多家啊！」他望著成列的當鋪電話號碼，忿忿地說道。

「你打算問遍全大阪的當鋪？」

「要你管。我當然會找可能性比較高的啊。」

「你怎麼分辨可能性高或不高？我們手邊又沒有任何線索。」

「就叫你別管我嘛！先從這附近的找起不就行了。呃……我看看，這裡是生野區吧，那勝山南是在哪一帶呢……」拓實隨便念出頁面上的某個當鋪地點。

「咦？提袋呢？」

「提袋？」拓實看向時生的兩手，空空如也，然後他這才察覺自己也是空著手，「放到哪兒去了？」

「我不知道哦，一直都是你提著的啊。」

拓實嘖了一聲闔上電話簿，衝出電話亭，粗魯地甩上門。他馬上想起提袋給忘在哪裡了，滿心不痛快地沿著來時路折回去。

等下肯定少不了一頓辱罵，他做好心理準備之後，推開了「荒川屋」的門。他決定不管老闆罵什麼，他閉嘴拿了提袋就走。

白髮老闆依舊在講電話。在拓實的想像，老闆一定會一臉嫌惡地瞪他吧，沒想到老闆一抬頭看到他，只是稍稍睜大了眼。

「啊，那我再撥電話過去給您……是，就麻煩您多關照了。」老闆掛上電話，筆直地盯著拓實說：「來拿包包，是吧？」

拓實沒吭聲，點了個頭。熟悉的運動提袋正擺在櫃檯最旁邊，他印象中自己不曾把提袋放上那裡，所以是老闆把提袋擺過去的吧。

他仍閉著嘴，抓起提袋轉身就要走出店門，身後卻傳來老闆的聲音：「等一等。」

拓實回過頭。老闆拿起桌上的眼鏡戴上，坐了下來，臉上不見狡詐的神情。

「剛才的照片給我看一下。」

「你要幹麼？」

「別問那麼多，拿出來我看就是了。本來就是你要我看的，不是嗎？」

拓實搞不清楚老闆葫蘆裡賣什麼藥，還是將照片掏了出來。老闆扶了扶眼鏡，細細地看著照片。

「嗯……」老闆抬起臉，碰碰地敲了後腦杓兩下，「小哥，你有沒有什麼好東西啊？」

「好東西……？什麼意思？」

「你看也曉得，我們是做當鋪生意的。客人拿抵押品來，我們拿現金借人家，或是收買。無論如何，只要拿得出值錢東西的客人，就是好客人。小哥你上我們店來，就別說那麼外行的話呀。」

拓實一時聽不懂老闆話中的意思，只是默不作聲。這時，身旁的時生跳出來說話了：

「照片上的小姐來過貴店，對吧？」

「這個嘛……不曉得有沒有來過呢……」老闆輕薄地笑了笑，迅速地將照片推回拓實面前。

「喂，到底是怎樣，眞的來過啊？」拓實整個人精神一振。

「我不是說了嘛。」老闆故意說得慢吞吞的，「上門來當客人，就別說那麼外行的話。如果不是客人，我也沒有義務把什麼都告訴你吧。」

果然千鶴來過了。那當然要向老闆問個清楚，換句話說，眼下只要拿得出值錢東西，這個乖僻臭老頭就會老實吐出情報了。雖然不曉得爲什麼老闆突然會提出這樣的交換條件，最好趁老闆還沒改變心意之前速戰速決才是。

「喂，有沒有什麼能拿來當的？」拓實問時生。

「你也很清楚吧，我們身上哪有什麼值錢東西。」

「呿，沒用的傢伙。」拓實於是脫下外套，放到櫃檯上，「這個行不行？買的時候還頗貴的。」

但當鋪老闆對那件手肘部位都快磨破的外套根本不屑一顧，搔了搔後腦杓咕噥著：「看樣子交易沒辦法成立啊。」

「等等！我再找找。」

拓實將運動提袋放到櫃檯上，拉開拉鍊，將裡頭的東西一樣樣挖出來。用過的毛巾、內褲、地圖、牙刷……

老闆伸出手拿起了一樣東西，就是那本手製漫畫《空中教室》，作者是爪塚夢作男。老闆的眼神悄悄閃過一道光芒。「這是手製的漫畫嗎？看來有相當年份了。爲什麼你會有這種東西？」

「人家給的。」

「是喔。」老闆嘩啦嘩啦翻著漫畫瀏覽內容，「作者沒聽過，畫也畫得普普通通，不過還是有人專門蒐集這種東西啦，那種人一般是叫收藏家吧。好吧，這個我可以買下來。」

「那個不能賣！」時生喊道，但他這話不是對著老闆而是對著拓實說的，「那是很重要的東西！」

可是拓實只看了他一眼，視線又移回老闆身上，問道：「你能出多少？」

「拓實先生！」

「唔，大概這樣吧。」老闆拿起手邊的LED計算機快速地按著，接著將計算機的夜光面板轉向拓實，上頭顯示的數字是3000。

三千圓？就憑這本破舊的手製漫畫？——拓實腦中交錯著兩個想法，一是這下賺到了，二是看樣子搞不好這東西的價錢還可以抬得更高。

拓實對著計算機面板伸出手指，按了幾個鍵，「這樣呢？」

數字顯示著5000。老闆板起了臉。

「小哥，這東西說穿了就是本塗鴉簿、根本不曉得有沒有收藏家願意買的抵押品罷了，你覺得我有可能出到五嗎？再說小哥，你原本當東西的目的就不是錢吧。就三了，要不要一句話。」

聽著老闆那黏膩的口氣，拓實不由得煩躁了起來，只想快點把事情搞定。

「好！成交。別忘了交換條件啊，告訴我那女人的事。」

「拓實先生！不行啦！」一旁時生衝上來想搶那本漫畫，拓實擋了下來，一把揪住他的衣襟，將他整個人提了起來。

「不必跟我講大道理，反正那種東西，我本來就打算找個地方把它扔了。」

「那本書一定要在你手上才行啊！老闆，唯獨那本漫畫不能賣你，請你買其他的東西，好嗎？」時生試圖掙脫拓實的手。

「到底賣還是不賣？這位小兄弟說不能賣呢。」當鋪老闆悠哉地說道。

「拿去啊，我說賣你就賣你。小子，別來礙事。」

拓實仍抓著時生的衣襟，打開店門，猛地將他扔了出去，旋即關上店門上了鎖。時生拚命敲著玻璃門，拓實沒理會他，轉過頭對老闆說：「搞定了，繼續我們的交易吧。」

「麻煩先把這些東西收拾一下，好嗎？髒內褲就這麼大剌剌地攤在眼前，看了怪不舒服的。」

拓實將東西收回提袋時，老闆拿出了三張千圓鈔，全是新鈔。拓實簽了收據遞給老闆。

「那位小姑娘啊，」老闆摘下老花眼鏡，「是前天傍晚來的。因為是生面孔，我印象很深。」

「她一個人來嗎？」

「進店裡的只有她一個，不過外面有男人等著。就像小兄弟那樣。」老闆朝店門努了努下巴。玻璃門的另一側，時生正一臉怨懟地望著拓實。

「是怎樣的男人？是不是大概三十歲左右，一臉窮酸相？」拓實照著哲郎的描述問道。
「是啊，個子也不高，都傍晚了還戴個雷朋的太陽眼鏡呢。」
「雷朋啊……那，女人拿了什麼來當？」
「袖釦和領帶夾等等總共七樣東西，都是高檔貨哦，每個都是全新收在包裝盒裡的，還附了保證書，大概是國外帶回來的禮品吧。」
拓實心想，果然是袖釦和領帶夾。
「她是拿來抵押借貸，還是……？」
「拿來要我收購的。我出了這麼多。」老闆伸出一根指頭。
「一萬……當然不止吧。」
「你傻了不成？往上加啦。」
據哲郎說，那男人錢包裡有一整疊的萬圓鈔，看來十萬圓應該就有那分量了。
「女人說話是東京腔吧。」
「是啊，和你一樣。」
「你沒問她來大阪幹麼，或是投宿在哪裡嗎？」
「你覺得我有必要問客人那種事情嗎？」
拓實咬著脣。當鋪老闆說的沒錯。
「不過呢，」老闆意有所指地笑了，「那個女孩子啊，應該會再過來吧。」
「怎麼說？」
「她問了我們店的營業時間，還問我會收哪些東西。我跟她說原則上本當鋪什麼都收，她聽了一臉很開心呢。」

「她有沒有說什麼時候再過來？」

「這部分她倒是沒提，所以也可能不會過來吧。」

「喂，老闆，」拓實兩手往櫃檯上一撐，「有件事想請你幫忙。」

但他接下來的話還沒說出口，老闆便揮了揮手道：「要是你想請我幫你看著，等那女孩子上門來就通知你，很抱歉啊，本當鋪不是做慈善事業的，沒那閒工夫。」

內心的算盤被老闆一語道破，拓實暗自嘖了一聲。

打開玻璃門走出店外，時生正蹲在店門口的展示櫥窗前，瞪著拓實一邊站了起身。

「你到底在想什麼？你知道那本漫畫有多重要嗎？」

「要你管，把漫畫給我的那個女人也說了啊，如果我不要，隨便我丟了也無妨。」

「她是說『如果你不要』，對吧？當然要啊！要找出你的親生父親，那本漫畫絕對是需要的！」

時生又要走回當鋪，拓實一把抓住他的手臂說：「你想幹麼？」

「當然是把漫畫要回來啊。」

「別管了。那本漫畫當初是給我的，我愛怎麼處理，沒你插手的份。聽好了，以後再也不准提起那本漫畫，知道嗎？你要再提我就一腳踹飛你。」拓實說著握實了拳頭在時生眼前晃了晃。

但時生只是閃著叛逆的目光瞪向拓實，輕哼了一聲道：「這麼愛逞強，你也讓傑西看看你的拳頭呀？」

拓實一怔，拳頭頓時沒了力道。他放下手，大大地嘆了口氣，「隨便你要幹麼就幹麼吧，我不會攔你，只不過，我做的決定你也別阻撓我。」

時生聽了，露出一臉哀傷，輕輕地搖了搖頭，似乎由於怎麼都無法說服拓實，他的神情中摻雜著焦急與絕望。看到那副表情，拓實都不知道自己還能說什麼了。

於是拓實張望四下，發現附近有間小書店，便邁開步子朝那裡走去。

「你要去哪裡？」

身後傳來時生的呼喊，但拓實沒應聲，也沒停下步子。

那間書店很小，店面寬幅不到兩公尺。拓實沒走進店門，只是拿起外頭架上的雜誌翻閱，裝成是光顧書店的客人。時生來到身旁，但什麼也沒問，一副嘔著氣的模樣踢著地面。

「千鶴好像還會去那家店。」拓實視線仍沒離開雜誌，下巴朝當鋪方向微微努了努。

「所以呢？」時生粗聲粗氣地問道：「你打算在這裡埋伏堵人？埋伏一整天？每天都來直到堵到為止？書店老闆一定會起疑心吧。」

「不然你有更好的主意嗎？」

「嗯，可能沒有吧。」時生話一說完，便一個轉身快步離去。拓實見狀連忙追上。

「喂！你要去哪裡？」

「去散個步。」

「現在去散步？」

時生猛地回過身，不偏不倚地迎面凝視著拓實，眼神中明顯充滿怒意，拓實不禁有些退縮。

「不行嗎？反正你愛幹麼就幹麼，我也隨我高興去哪就去哪，這樣不是很好？是你自己說要這樣的。」

拓實無言以對，而時生似乎也不期待他的回應，自顧自快步離去。拓實對著他的背影喊道：

「當鋪開到六點，你要在打烊前回來這裡哦！」

時生依舊沒停步，只是稍微舉了舉左手示意。

25

一如時生所預見，佯裝成書店客人埋伏在當鋪外堵人，一點也不輕鬆。大概過了一小時，書店老闆也開始注意到門外這個怪客。而拓實爲了不讓老闆起疑心，手上的雜誌一本換過一本，但以店老闆的立場，當然不歡迎有人將架上要賣的雜誌從第一本看到最後一本。拓實也不禁暗忖，看樣子明天得換個埋伏的手法才行了。

要是附近有咖啡店之類的，店裝有一扇面向馬路的大玻璃窗就好了。但張望一圈，這附近的餐飲店只有一家賣大阪燒的，要是進到店內，根本看不到外頭的狀況。

過了兩個小時，拓實開始覺得累了。他離開書店，慢慢地朝當鋪方向晃去，但經過店門時，依然沒停下步子。他一邊留意著身後路人或店家的反應，就這樣繼續走了幾十公尺後，猛地一回身，再度朝當鋪方向走去，過門不入，往前幾十公尺後又折返，就這樣來來回回。走了三趟之後，開始有人對他投以懷疑的視線，而他自己也走得腳很痠，最後還是只能回到那家書店前。

接著他去自動販賣機買了飲料喝，蹲在路邊抽菸殺時間。這一路埋伏下來，他只得到一個結論，那就是當鋪的客人並沒有想像的多。這麼長一段時間，踏進「荒川屋」的只有一名中年主婦。

他坐到電線杆旁抽著echo，突然有道人影落在眼前，抬頭一看，是時生。拓實頓時有種得救的感覺。

「太顯眼了。」時生的聲音沒有抑揚頓挫。

「咦？會嗎？」

「要是千鶴小姐來到當鋪附近，肯定是她先發現你，而不是你堵到她。不信我可以和你打賭。」

「哎喲，可是我又……」拓實只能胡亂抓著頭髮，無法反駁。

「算了。走吧。」

「走？去哪裡？」

「當鋪。」

「還要進去？去幹麼？」

「去把那個拿回來。」

「你還在提那件事！夠了吧，別管了。」

但時生沒吭聲，兀自大踏步朝「荒川屋」走去。

一走進店門，當鋪老闆立刻沉下臉，「怎麼又是你們。」

「我是來買回那本漫畫的。」時生說：「要多少錢？」

「你們也太突然了吧。現在是怎麼回事？」老闆帶著職業笑容看向拓實。

拓實搖了搖頭，一副「我也搞不清楚狀況」的模樣。

「說個金額吧，要我付多少你才賣？」

「我們賣他是賣三千圓啊，你不是也在場嗎？」

但時生看都不看拓實一眼，對著老闆說：「現在絕對不止那個價錢了吧。」

老闆搔了搔他那頭白髮，撇起嘴笑了，坐下來盤起胳膊說：「看樣子被你識破啦。」

「你一開始的目的就是那本漫畫。我們忘了行李在你店裡的時候，你擅自打開提袋來看，發現了那本漫畫，對吧？」

「嘿嘿，無憑無據的，隨便你說呀。不過就算是你說的那樣，也只能怪你們自己糊塗把行李忘在這裡。」老闆臉上仍掛著奸笑。

「太狡猾了。」時生瞪著眼前的白髮老闆。

「喂，到底是怎麼回事？我怎麼完全聽不懂你在說些什麼？」

「爪塚夢作男是昭和三十年出道的漫畫家，發表作品共五本，代表作是當中一本叫做《飛行教室》的作品。」時生說到這，看向拓實，「《空中教室》，應該就是那本代表作的原型。」

「哇，調查得很清楚嘛。」老闆的語氣帶有佩服與諷刺。

「要查出這些，根本不必花什麼力氣，只要去買賣這類舊漫畫的二手書店問一問，很快就知道了。你也是這麼幹的吧？只要打個電話給認識的舊書業者，輕輕鬆鬆就能確認爪塚夢作男人原稿是不是能夠賣到好價錢。」

老闆沒應聲，伸出食指搔著臉頰。

「能賣到好價錢？到底是多好的價錢？三千圓太便宜他了嗎？」

時生眼神中帶著同情，搖了搖頭道：「完全是另一個次元了。」

「講什麼次元……」

「爪塚夢作男人作品非常少，何況還沒成名便從漫畫界銷聲匿跡，只有一小撮的狂熱漫迷在蒐藏他的作品，但即便如此，這一小群狂熱漫迷還是將價錢哄抬上來了。」時生說著走近櫃檯，「說吧，多少錢你才賣？」

然而當鋪老闆仍盤著胳膊搖了搖頭，臉上已不見一絲笑意。「很抱歉，沒辦法賣你。」

「爲什麼？」

「已經找到買主了，我和中間人也都談妥所有細節，事到如今我不可能當作什麼都沒發生讓你買回去。你就放棄那本漫畫了吧。」

「可是那本漫畫本來就是我們的。」

「不管原先是誰的東西，現在已經是本店的了，我要賣誰、賣多少錢都是我的自由。」

「可惡！你的手段太下流了吧！」時生宛如幾小時前的拓實，猛地踹向櫃檯下方，但這回店主沒嚷著叫警察。

「要抱怨的話，就對這位小哥說去。只不過，別在我店裡吵吵鬧鬧的，麻煩要打架去外頭打。」

「到底要多少錢你才肯賣？我出比對方更高的價錢。」時生說。

「不單是錢的問題，事關本店的信用，我不可能一物二賣。」

「你們店有什麼狗屁信用可言！」時生又要踢向櫃檯，被拓實擋了下來。

「好了啦，別鬧了。」

「一點也不好。你根本什麼都不明白，那本漫畫是一切的關鍵，沒有了那東西，是無法查出眞相的。」

「什麼眞相管他去死啊！」拓實大吼。時生一聽睜圓了眼，僵在當場。

拓實仍擋著時生，轉過頭問老闆，「不過話說回來，你幹了下流事是事實，我確實有上當的感覺。」

「隨你怎麼說，本店只是在商言商罷了。」

「真是大開眼界了。不過，就這麼放過你，別說我同伴不會答應，我心裡也不甚痛快。」

「那你要怎樣？」

「你賣了我那本漫畫，賺了一大筆，對吧？那至少得讓我分點紅才說得過去。我話說在前頭，我講的紅利不是金錢哦。」

「哼哼。」當鋪老闆鼓起兩頰，「照片上那個女孩子上門的話，要我通知你，是吧？」

「不准你說不啊。」

「我是很想說不啊，」接著老闆坐直身子，碰的一聲拍了大腿說：「怎麼聯絡你？」

這下反而是拓實答不上來。今晚的落腳處還沒個譜。

這時，時生從口袋拿出個東西，拓實看了一眼也明白了。

「打到這裡吧。」

他遞出的是「百龍」的傳單。

26

緊緊黏附著烤焦醬汁的大盤子，一口氣收了十個進來廚房。拓實以上臂拭去臉頰的汗水。髒盤子像是怎麼也洗不完似的，水槽中早已堆出一座髒碗盤的小山。

「動作快一點啊！接下來才要開始忙呢，才洗這麼一點就累得喘吁吁的，生意還要不要做啊！」頭上綁著布巾的哲郎在一旁叨念著。

「我這不是在努力洗了嗎！」

「又不是生孩子，只要努力就成。我們做生意的，時間就是金錢，所以不能光是埋頭努力，手腳還得夠快。只不過麻煩你洗得快還要洗得乾淨啊，本店的客人可都是氣質佳愛乾淨的哦！」

最好是氣質佳愛乾淨的客人會來你這種店——拓實忍下這句話，拿著海綿勤快地刷著髒碗盤。他曉得現在可不能惹哲郎不開心。

這一切錯就錯在，先前當鋪老闆問他聯絡方式時，不該將「百龍」的傳單遞了出去，這下拓實與時生都離不開「百龍」了。一開始，兩人向哲郎說明想借他店裡當聯絡處，希望能讓他們在這裡等當鋪老闆的來電，哲郎一口回絕了。

「電話可是我們店裡重要的生財工具，怎麼可能借你們這種來路不明的人當聯絡用。再說你們又不是客人，一直窩在店裡我怎麼做生意啊。」

哲郎說的沒錯。這時拓實突然心生一計，提出交換條件，在他們等電話的這段期間，由他們幫忙洗盤子。哲郎想了想，終於點頭了。

拓實與時生商量之後，決定兩人輪流洗盤子。這天的白天班是由時生負責，因爲兩人猜拳的結果，猜贏的時生說他想先上工，而他的選擇是正確的，因爲很少人大白天就跑來吃燒烤，直到輪到拓實晚班上工時，客人才陸續上門。

他瞥了一眼牆上的鐘，還有十五分鐘就六點了。他們洗盤子只要洗到傍晚六點即可，之後在店裡等電話也毫無意義，因爲「荒川屋」營業時間只到六點。

昨晚問過哲郎後，拓實和時生投宿於上六的商務飯店。雖然打著「飯店」的招牌，事實上不

過是客房之間有著水泥牆隔間、門附了鎖的廉價旅社。房內不附床，得自己將帶有霉味的被褥鋪上；而且當然，浴室與廁所都是公用的。如此簡陋的環境，還有所謂的「check in」、「check out」，聽起來相當滑稽，拓實甚至覺得這正是大阪人特有的幽默。

睡前，時生又提起那位漫畫家爪塚夢作男，但其實能聊的不多。

「總而言之呢，他是一位謎樣的漫畫家，只知道他是大阪出身，但沒人曉得他的本名為何，聽說得去東京的出版社調查看看，或許查得出來吧。」

「是嗎。我又沒興趣。」拓實躺到被子上應道，語氣非常冷淡，他覺得這樣時生應該明白，他並不想花時間或精力去調查那個人。

「我明天去一趟高江看看。」時生說。

「那個町早就沒了。」

「只是改了名字，又不是整座町消失了，去看看搞不好能查出什麼。」

「隨你便吧。」拓實背對著時生蒙上被子。

隔天，時生一如前一晚所預告，一洗完早班的盤子便出門去了，也不知道他要去那個高江町做什麼，那本關鍵的漫畫已經不在了，時生手上應該毫無線索。

時針一走到六點，哲郎來到廚房，「辛苦啦，收工吧。」

「看樣子當鋪沒打電話來啊。」拓實邊說邊擦乾手，放下捲高的襯衫袖子。

「沒有耶，所以明天我又有免費洗盤子大隊幫忙啦。」哲郎嘻嘻笑著。

「明天我們會和當鋪老闆換個聯絡處，隨便找間咖啡廳待著。」

「不行不行！這附近的咖啡廳絕對不可能讓客人在店裡坐到天荒地老的，你們就乖乖待在我這裡洗盤子等電話，又能免費吃燒烤吃到飽，多好。」

「這味道早就膩了。」拓實嗅了嗅身上的衣服。

「燒烤這東西啊，就是要一次吃到膩，之後就上癮啦。對了，你有客人哦。」

「客人？找我的？」

「是啊，你去看就知道了。」哲郎伸出拇指指了指前店。

拓實來到前店一看，座席約五成坐了客人，竹美與傑西正並肩坐在角落的座位。竹美一看到拓實，開心地朝他揮了揮手。

「你們在幹麼？」竹美身旁另一側的座位是空著的，拓實於是坐了下來。

「看也知道啊，我在解決上班前的一餐。」

「妳打算帶著一身燒烤臭味直接去上班？」

「要是在意那種小事，怎麼在大阪賺錢呢。」抽著菸的竹美說著呼出一口煙。她好像已經吃飽了，一旁的傑西還在繼續烤著牛肋條。

就是你們這些傢伙拚命吃，我才有那麼多盤子要洗啦！——拓實想到這，不禁滿肚子火。

「聽哲郎說，關於千鶴的下落，你好像有點眉目了？」

「嗯，好不容易才問出來的。」

「沒想到你的腦袋還滿管用的，竟然想得出借這裡當聯絡處，然後幫哲郎洗盤子做爲交換條件，相當聰明啊，佩服佩服。」

「妳是在取笑我嗎？」

竹美搖了搖頭，「我是說眞的。做任何工作都是三分鐘熱度的你，爲了千鶴這麼拚命，眞的

很感人。」

竹美身旁的傑西也豎起大拇指，露出一口白牙嘻嘻笑著。

拓實別開了頭。「幹麼講得好像妳跟我多熟似的。」

就在這時，櫃檯的電話響了，哲郎接了起來。拓實與竹美對看一眼。

「請稍等。」哲郎看向拓實，默默地點了個頭。

拓實衝上前拿過話筒，壓低嗓子說：「是我。」

「小哥嗎？我是『荒川屋』老闆啦，女孩子現在在店裡。」老闆說話很小聲又模糊，應該是怕被千鶴聽見吧。

「什麼時候到的？」

「剛到。好像是特地挑我快打烊前衝進來的。」

「男人和她一道嗎？」

「不曉得，只有她一個人進來。」

「幫我留住她一下！」

「不可能啦，你要堵人的話就快點過來吧。我掛電話了。」

「等等！」但電話啪的一聲掛斷了。

拓實放下話筒的同時，竹美與傑西雙雙站了起來，似乎想問當鋪老闆說了什麼，但拓實沒時間多做解釋，立刻衝出店門。

正要跑出大馬路時，拓實和人撞了個正著。對方似乎也相當匆忙，兩人這麼一撞，拓實差點沒摔倒，連忙站穩身子定睛一看，只見時生整個人摔出去馬路上。

「啊，拓實先生！你來剛好，我找到了！」

「你找到千鶴了？」

「不是，是老家！」

「老家？你在講什麼夢話啊！」拓實說完又衝了出去。

前往當鋪一路上有好幾處紅綠燈，拓實視若無睹，闖完一個接一個，好不容易「荒川屋」的招牌就在眼前了，拓實這才喘一口大氣，兩腿跟著沒了力。

就在這時，當鋪走出一名女子，穿著連帽運動衫搭牛仔褲，還戴了副太陽眼鏡。那如假包換正是千鶴，她似乎沒發現拓實，朝另一個方向走去。

拓實想大聲叫住她，又打消了主意。因爲他怕這個距離太遠，千鶴還有逃走的空間，於是他小跑步追在她身後。

迎面一輛黑色轎車駛來，千鶴爲了閃車子，往路邊靠過去，下意識往後方望了望，拓實連忙低下頭。

這時，他突然聽見前方傳來一聲短促的尖叫，抬頭一看，兩名男子正將千鶴押進那輛黑色轎車內，兩人都是一身黑西裝。

「你們幹什麼！」拓實又全力狂奔了起來，然而由於先前衝了好一段路，雙腿有些不聽使喚，想衝卻衝不快。

黑轎車載著後座的千鶴，駕駛猛地踩下油門，眼看就要撞上拓實。拓實連忙一個閃身，瞬間與千鶴對上了眼。不，因爲千鶴戴著太陽眼鏡，他不確定千鶴是不是看到他了，但千鶴的的確確面向他露出一臉驚愕。

轎車正要衝出大馬路，狂奔的時生與騎著腳踏車的傑西出現了，後座坐著竹美。

「擋下那輛車！」拓實對三人大吼。

傑西騎車衝向黑轎車前方。黑轎車撞上腳踏車的前輪之後，發出刺耳的輪胎磨地聲駛進大馬路揚長而去。拓實看向黑轎車的車牌，但似乎事先被貼了東西遮住，看不清上頭的字。

拓實追出大馬路時，黑轎車早已不見蹤影。被撞倒在地上的傑西與竹美撢著衣服上的塵土，竹美的手肘流血了。

「拓實先生，那些人是誰？」時生問道。

「不知道。千鶴走出當鋪沒多久，他們就衝上前把她擄走了。搞不好他們也埋伏在哪裡監視著當鋪。」

「這下糟了，得趕快搶回千鶴小姐才行！」

「我知道啊！可是要怎麼查出那些傢伙的去向……」拓實猛搔著頭髮。好不容易找到千鶴，竟然又落入更棘手的狀況。他滿心焦急與不安，但除了乾著急，接下來到底該怎麼辦，他完全沒頭緒。

傑西揮舞著粗壯手臂，不斷以英語嚷嚷著。

「他在說什麼？」拓實問竹美。

「他很生氣，說此仇不報非君子，敢傷到我最重要的斑比，我跟你們沒完沒了——我沒事啦，傑西，Don't worry.」

傑西望著竹美的傷口，眼神中滿是哀傷，又喃喃地念著什麼。

「剛才車上的駕駛，就是昨天那個男人……」時生突然吐了一句。

「昨天哪個男人？」

「我們去『荒川屋』的路上，我不是說有個在打公共電話的男人似曾相識嗎？剛剛開車的就是他，錯不了。」

「你確定嗎？」

「我很確定。不過，那個人我之前眞的見過一次，到底是在哪裡見到的呢……？」時生咬著下脣。

「那幾個傢伙是不是跟你們之前講的那幫人同一伙的？叫石原還是什麼的，不是有個男人在找千鶴嗎？」

「應該是同一伙人吧，可是他們是怎麼找到這裡來的？」拓實說著盤起胳膊。

這時時生突然喊道：「我想起來了！」他的右拳猛地捶向左掌，「是電梯裡！」

「電梯？」

「之前我們去『BOMBA』的時候，不是搭電梯上樓嗎？電梯快關上的時候，有個男人衝了進來。就是他啦！」

「對耶，好像有這麼回事。」拓實也隱約想了起來，印象中那是個瘦削的男子，但面容就記不得了。「這麼說來，那幫人也出現在『BOMBA』附近了，爲什麼他們會一直繞著我們陰魂不散呢？」

時生也是一臉不解地搖了搖頭。一旁竹美忍不住開口了：

「怎麼想都不會這麼巧吧？所以，只有一個可能了。」她指了指拓實，又指了指時生，「他們一直跟在你們後頭，而且顯然是從東京一路跟過來的。」

「跟蹤我們？怎麼可能！」

「不，很有可能。」時生說：「所以當時那個男人才會慌忙衝進電梯來，因爲如果只是埋伏在大樓外頭，無法得知我們走進大樓的哪一家店裡去。」

「你的意思是，我們離開『BOMBA』之後，那些人還一直跟在我們後頭？包括我們去咖啡廳殺時間、晚上回『BOMBA』外頭埋伏時也是，他們都躲在暗處監視著我們？」

「不止哦，我們跟蹤竹美小姐的時候，那些人也緊跟在後。」

「那種事哪有可——」拓實話沒說完，硬生生吞了回去，因爲他想起計程車司機曾忠告他——那輛車從剛剛就一直跟在我們屁股後頭，我猜那輛車裡的人也和你們一樣在跟蹤那位小姐……

「剛才那輛是皇冠嗎？」拓實問竹美。

「嗯，應該是。」

這下錯不了了。計程車司機說的沒錯，那幫人一路緊跟在拓實與時生身後，恐怕兩人借住竹美家那一夜，那幫人也守在公寓大樓外頭監視著。拓實兩人隔天前往「百龍」，一伙人也旋即跟上。

「可是，這樣的話，那些傢伙爲什麼會出現在這裡？如果要盯的是我們，他們應該待在『百龍』外頭呀？爲什麼會埋伏在當鋪這裡呢……？」拓實兀自嘟囔著。

「因爲他們已經確定千鶴小姐會出現在當鋪，就沒必要盯著我們了。」

「他們怎麼弄到消息的？是當鋪那個臭老頭說出去的嗎？」

時生搖搖頭，「只要昨天盯我們盯個一天就知道了吧。你在書店前假裝看閒書，守著那家當鋪好幾個小時，誰都猜得到千鶴小姐可能會再度出現在當鋪啊。」

太顯眼了——拓實想起昨天被時生念了這句話。當時他全心全意只顧著監視當鋪，萬萬沒想到自己也正被別人監視著。

他握緊了右拳，滿腔憤怒在胸中翻攪，好想抓個人來痛毆一頓，但身邊沒有適合的發洩對象，他只能狠狠瞪著自己落在柏油路面上的影子。

27

當鋪老闆抬頭望向突然衝進店門的四人組，嚇了好大一跳，「哎呀！你們是什麼幫派啊！本店打烊了，沒看到外面的告示牌嗎？」

拓實走上前開口了：「那女人會來店裡的事，你告訴其他人了嗎？」

「怎麼又是你。我們已經無冤無仇了吧，我不是照約定打電話通知你了嗎？」

「她被搶走了。」

「那還眞是可憐，不過和我無關哦，我只通知你一個人而已。」

看樣子老闆沒說謊，這麼說來，果眞是那幫人一直埋伏在店外了。

「千鶴……那女人有沒有提到她的聯絡方式之類的？」

「昨天我也說過，本店怎麼可能去問客人的私人聯絡方式？那樣我還要做生意嗎？」

「因爲有些小偷會來這邊銷贓吧。」竹美語帶諷刺地說道。當鋪老闆死命瞪著竹美，無意間與傑西對上了眼，當場嚇得縮起脖子。

「她今天拿了什麼來典當？又是領帶夾嗎？」時生問道。

「就各式各樣的東西啊。」老闆冷冷應道。

「給我講清楚！她到底拿了什麼來賣你！」拓實上身探過櫃檯。

老闆臭著臉瞪向拓實，接著心不甘情不願地拿出腳邊一個紙袋，「都在這裡了。」

老闆將袋裡的東西一樣一樣放到櫃檯上。有手表、皮包、太陽眼鏡、打火機等等，眞的是各式各樣。

「這手表是勞力士的耶，而且還是沒拆封全新的呢。」竹美打開包裝盒，拿出手表試戴，

「我是不清楚行情，不過看來這些全是高檔貨。老闆，今天這些你花了多少買下來？」拓實

「啊，喂喂，別亂摸啦！」老闆連忙阻止。

「這一只少說幾十萬吧。」

看過一圈後問道。

「我不能告訴你確切數字，總之比上次高就是了。」

上次老闆付了十萬圓，這麼說這次有二十萬了？

「這個皮包是LV的耶，老媽一直很想要一個，不過一般人根本買不起吧。老闆，這些全是眞品嗎？」竹美說著手又伸向皮包。

「千眞萬確的眞品。客人一次拿這麼多來，我們也會特別謹愼啊。不過我說這位大姊，妳饒了我吧，東西要是弄傷就一文不值了。」

拓實沒辦法像竹美那樣自在地伸手拿起來把玩，因爲這些物品每一件都散發出上流階層的威風、氣息與裝腔作勢。

「千鶴那傢伙，爲什麼會有這麼多這種東西……」拓實低喃道。

「所以應該是同行那位先生的東西吧，為了籌措逃跑的盤纏而拿出來典當。」時生說。

「那男人會不會是幹地下切貨的？」竹美說。

「地下切貨？」

「就是透過不法途徑進貨，再以極低價格賣出商品的那些傢伙。」

「喂喂，有些話可不能亂說啊，妳這麼說不但汙衊了商品，也傷到本店的招牌。」當鋪老闆當場板起臉，「你們已經鬧夠了吧？麻煩快點走吧。還有這位大姊，妳要抱著那只皮包到什麼時候？還是妳打算買回去？」

「看一下不行啊。哇——，不愧是LV的東西，作工眞的很細呢。」竹美毫不在意一旁的老闆擔心得要命，自顧自打開皮包檢視著內裡的狀況。

「啊。」她發現皮包裡有一張紙片，拿出來看了看，遞給拓實說：「找到線索嘍。」

那是一張收據，上頭印著「鶺鴒茶坊」，開立日期是今天。

一行人決定搭計程車前往，因為竹美說，四個人搭電車的車錢也便宜不到哪去。拓實說他和時生兩人去追這條線索就好，但竹美搖頭道：「千鶴被擄走，現在可是分秒必爭的狀態，怎麼能放心交代給你們兩個對大阪人生地不熟的外地人？」

她打了電話給清美，說今天可能沒辦法去上班。看樣子她是認眞地要蹚這渾水了。

有竹美在當然是幫了大忙，但麻煩的是還附贈個傑西同行。別的不說，他實在太醒目，託他的福，四人連續被兩輛計程車拒載；好不容易搭上車，又是另一個災難。由於竹美必須坐在副駕駛座負責帶路，三個大男生不得不擠在狹小的後座，一路上拓實和時生都是緊緊貼在車門邊上的狀態。

「麻煩往中之島方向。」竹美對司機說道，然後向司機借了地圖，想找出收據上頭印著的地址所在，查了一會兒之後說：「看來應該是在府立圖書館附近。」

司機也幫忙按地址找店，好不容易來到某個巷口，司機指著不遠的前方說：「啊，是那家嗎？」

店門口的燈照亮著鵜鶘造形的木質立式招牌，然而那道照明就在他們眼前倏地熄滅。一看計程車上的時鐘，剛好八點整。

「糟了，打烊了。快點！」竹美說著衝下副駕駛座，時生和傑西也旋即跳下車，動作最慢的拓實只得負責付車資。

店門上的「營業中」告示牌已換上「準備中」，但拓實當作沒看見，逕自拉開了店門。一進店，眼前就是收銀檯，一位繫著白圍裙的女子似乎正在算帳。她看到拓實，頓時睜圓了眼。

「呃，不好意思，我們今天已經打烊了。」

「我知道。有點事想請教一下。」

聽到拓實這麼說，女子難掩不安神情，望向店內深處。店裡空間並不大，只有四座宛如原木切片的圓咖啡桌，其他就是吧檯座位了。裝潢全是木製品，還擺了幾盆觀葉植物，似乎想營造出亞洲叢林的氣氛。拓實看向釘在牆上的菜單，得知這是一家紅茶專賣店。

一名身穿白襯衫的中年男士走了出來，鼻下蓄著的小鬍與頭髮一樣摻著花白。

「請問有什麼事嗎？」他的語氣穩重，整個人散發一股將紅茶徐徐倒入杯中的優雅氣質。看來他就是店老闆了。

「抱歉突然打擾。是這樣的，我們在找人，請問這是貴店開出的收據吧？」拓實說著遞出那張紙片。

店老闆將紙片稍微拿開了點，看了看說：「是的，這是敝店的收據。」

「請問今天這位女子是否來過貴店？」拓實接著拿出千鶴的照片。

店老闆問身旁的白圍裙女子，「妳有沒有見到這位客人？」

女子探頭仔細端詳照片，她似乎是店裡的服務生。拓實察覺這一男一女應該是父女，因爲他們溫柔的眼神如出一轍。

「這張照片……是幾年前拍的吧？」

「沒錯沒錯。」拓實答道。

女子點了點頭，「有的，今天這位小姐確實來過敝店，因爲她說話腔調不像本地人，所以我對她特別有印象，我還在想她是不是來旅行的。」

「她是一個人來的嗎？」

「不是……」

「和男人……和男性一道嗎？」

女子輕輕點了個頭。

「大概什麼時候進來的？」

「我記得是下午兩點左右，點了肉桂茶。」

「他們坐在哪裡？」

「那一桌。」女子指向靠窗的座位，窗臺上裝飾著花朵。

拓實腦中浮現一對男女在那桌相對而坐的畫面，女的正是千鶴。當時千鶴是笑著的嗎？她看

上去很幸福嗎？

「妳記得他們聊了些什麼嗎？」

「怎麼可能！我們不會偷聽客人談話內容的。」女子一臉難以置信地搖了搖頭，身旁的店老闆也不甚愉快地緊抿著嘴。

「任何細微的訊息都好，」竹美插話了，「即使只是聽到隻字片語也無妨，我們眞的很急著要找出照片上的這個人。」

女子似乎很困擾，偏著頭回想了一會兒之後，開口道：

「我不清楚他們在哪裡下榻，可是我想應該不會離這裡太遠。」

「怎麼說？」拓實問。

「因爲他們要結帳時，男方發現忘了帶錢包，我看他卻沒有多慌張，後來是女方付的錢。我想他們如果是大老遠來到這裡喝茶，應該更早就發現沒帶錢包出門了吧。」

拓實看向時生與竹美，兩人都篤定地回望拓實，輕輕點了點頭。

28

「我在找朋友，她一星期前離家出走，之後便音信全無。因爲有人說在這附近見過她，我只好沿路一家一家飯店打聽。」

竹美將她和千鶴的合照拿給櫃檯人員看，以逼眞的演技說出上述那段話。櫃檯內梳著整齊三七分頭的飯店人員似乎沒發現是謊言，一臉認眞地端詳著照片。

「唔，不好意思，這位小姐應該不是投宿敝飯店呢。」櫃檯人員語帶歉疚地說：「敝飯店的住客幾乎都是由於商務出差入住，像這樣的年輕小姐很少會……」

「她很可能和男人一道，對方大概三十多歲。」

「如果是情侶一起光臨，我應該會特別留意到，但我實在沒有印象呢。」櫃檯人員偏起頭說道。

竹美道過謝後，走出了飯店。這家商務飯店位於淀屋橋車站附近，已經是他們上門詢問的第四家飯店了，全都說沒見過千鶴。

「那人說的對，要是情侶投宿商務飯店反而顯眼。千鶴他們也曉得後有追兵，應該會盡量低調才是。」

「妳的意思是他們去住賓館？」拓實說。

「如果只住一晚還有可能，但是那兩人應該這兩、三天都下榻在同一個地點，要是投宿賓館，我想不大可能連住三天吧。」

竹美的推測很合理。

「既不是住商務飯店又不是住賓館……到底是住哪裡！」

四人沿著堂島川畔的步道走著。兩側有許多花圃妝點，儼然是一條適合慢跑的步道；而實際上，即使在過了夜間十點的現在，仍不時有一身慢跑服的民眾與他們擦身而過。

「拓實先生，我們報警吧。」時生開口了，「千鶴小姐被那樣強行帶走，很明顯是綁架，那是很嚴重的犯罪耶！我們把看到的一切都告訴警察吧，我覺得還是交給專家處理比較好。」

「還輪不到你出主意。閉嘴啦。」

「為什麼你要為她做到這種地步呢？說穿了她可是甩了你和別的男人跑掉的女人耶，不是

嗎？」

拓實登時停下腳步，一把抓住時生的衣襟。但時生臉上完全不見退縮之意，反而是嚴肅地回瞪著拓實。拓實的另一手握緊了拳頭。

「別鬧了，好嗎？」竹美一副厭煩不已的語氣，朝傑西使了個眼色。傑西立刻介入兩人之間，拓實不得不鬆手。

「斑比小姐，妳也勸勸這個人啊！被甩了還一直死纏爛打，好難看。」時生撫著頸子說道。「嗯，的確滿難看的，又沒骨氣。可是我現在是站在他那邊的，因爲眼下最重要的是救出千鶴。」

「所以我才說要通知警察啊！」

「警察能相信嗎？」竹美揚起一邊眉毛，「就算我們去報案，警察一聽到被擄走的是歡場女子，事情當場便被擱在一旁，他們只會認定又是一起黑道把逃走的女人帶回去的案子罷了。等警方開始有所行動，千鶴都成了一具屍體浮出大阪灣了。」

聽到屍體兩字，拓實猛地看向竹美，但她似乎不是在說笑，以銳利的眼神看著拓實點了點頭。

「而且啊，」竹美繼續說：「一旦扯上警方，要是沒處理好，事情只會變得更棘手。所以在沒搞清楚千鶴跑來大阪的目的之前，我不想報警，因爲難保她不會被逮捕。」

「如果千鶴小姐犯了罪，被警方逮捕也是她自作自受吧？雖然斑比小姐妳是她的朋友，也不應該罩她啊！」

「那種大道理，你留著在小學公民與道德的課堂上講吧。」竹美說著別開臉，旋即踏出步子，傑西也隨後跟上。

「小子，你不想跟我們一起行動就滾吧。」拓實對時生說。

「我不是那個意思！我是不希望你冒這種無謂的險，反正你和她是不可能結合的，你的妻子會是別的——」

時生話沒說完，拓實的右手已經揮了過來，只不過，他並沒有握著拳頭，而是伸掌輕輕拍了一下時生的臉頰，然而竹美還是聽到了聲響，回頭罵道：「我不是叫你們別鬧了嗎!?」

「小子你懂什麼？你以爲你是誰？諾斯特拉達姆士(*1)嗎？」

「我……我眞的知道嘛。」

「你愛胡言亂語就隨你吧。」拓實轉身跟上竹美與傑西。

時生小跑步追了上來。

「好，我知道了。我也幫忙找千鶴小姐，可是我希望你能答應我一件事—等千鶴小姐的事告一段落，我要你陪我去一個地方。我今天找到那棟房子了，就是那本漫畫的場景所在，景色一模一樣，而那個家就是拓實先生你誕生的地方！」

聽到這，拓實也不禁停下腳步，「你怎麼確定那就是我出生的家？」

*1 諾斯特拉達姆士（Nostradamus, 1503-1566）法國籍猶太裔預言家，精通希伯來文和希臘文，留下以四行體詩寫成的預言集《百詩集》（Les Propheties）一部。有研究者從這些短詩中「看到」對不少歷史事件（如法國大革命、希特勒之崛起）及重要發明（如飛機、原子彈）的預言。

「因爲有證人在。」
「證人？哪位啊？」
「就是……我現在不能說，我希望你們能直接見個面，當面說清楚。」
「無聊透頂。」拓實又踏出步子。
「這事關你的未來！就聽我這一次好嗎？求求你！」
「好啦好啦，煩死了。等我把千鶴搶回來，要我去哪都隨你。不過交換條件是，接下來不管我做什麼，你都不准有意見，不願意的話就別跟著我了。」
「OK，成交。我也不是想對千鶴小姐見死不救，我只是不希望看到你涉險。」
「自己的女人被擄走了，還顧得了什麼危險不危險！」拓實忿忿地將話說出口，才發現「自己的女人」這說法不甚貼切，但時生並沒有反駁他，看樣子他已經開始履行兩人之間的約定了。
一行四人沉默地走了好一會兒，步道左側出現一棟仿歐風的建築物，招牌寫著「CROWN HOTEL OSAKA」。
第一個停下步子的是竹美，「對喔……」
拓實知道她在想什麼，輕哼了一聲，「那應該是超高級飯店吧？千鶴他們三天兩頭跑當鋪，不可能住在這種地方。」
「不，我覺得就是這裡。」竹美望向堂島川，指著河對岸說：「你看，這裡離剛才那家『鶺鴒茶坊』並不遠，過個橋就到了。」
「妳的根據只有這一點？」
「還有一個根據，就是LV。」

「那個皮包怎麼了?」

「那張『鵜鶘茶坊』的收據是在LV皮包裡發現的，對吧?也就是說，千鶴拎了那個皮包外出。她拿去典當的勞力士表什麼的都是全新未拆封，為什麼唯獨使用了LV皮包呢?原因只有一個——為了撐面子;換句話說，千鶴投宿的地點是她不得不留意穿著打扮的地方。」

「所以妳覺得會是高級飯店……」

很合理。拓實不得不認同這個推理。

「你可能不知道，像這種高級飯店裡面還附設了高級餐廳，出入那種店時，女性不僅要留意服裝穿著，連首飾、皮包都得稱頭才行。」

「我明白妳說的，可是千鶴應該曉得有人想盡辦法要找出他們，住進這麼高級的飯店不會太危險了嗎?」

「就是要利用盲點啊，追兵一定也想不到千鶴他們竟然敢住進大阪市中心的高級大飯店裡。這一定是千鶴的點子吧，她膽子其實很大的。」

「講得好像千鶴眞的住在這裡一樣，又還沒確定吧。」

四人朝飯店走近，這時一輛計程車駛到飯店正門前停下，車門一開，走出一名福態男士，一身的灰西裝一看就是作工精細的高級品;緊接著下車的是身穿淺粉紅連身洋裝的婦人，也是胖嘟嘟的，感覺應該是過著餐餐山珍海味的日子吧。一身誇張制服的行李員恭恭敬敬地拿了兩人的行李，領著他們進入飯店大廳。

「那些提行李的小弟看都不看我們一眼呢。」拓實說。除了方才那一名帶客人進大廳去，大門旁還有兩位行李員在。

「他們一定覺得，會光顧他們飯店的客人不可能徒步過來；何況我們這身打扮也很有問題。」

「這倒是。」拓實看向玻璃上映著自己的裝束，不由得同意竹美的話。

四人穿過飯店入口的雙重自動門，來到大廳。天花板垂吊著一盞巨大的水晶吊燈，照著光可鑑人的地板，整個空間明亮得宛如白晝，氣質高尚的男女在大廳談笑著。四人繼續往櫃檯走去，方才那對福態男女正在櫃檯前辦理入住登記，負責接待兩人的櫃檯人員一看就是訓練有素，一舉一動宛如機器人般俐落而得人信賴，而事實上飯店人員應該也很少出錯吧。櫃檯一隅擺著標示匯率表的看板。

「看那樣子，我們在商務飯店那一套顯然是行不通了。」拓實悄聲說道。

「是啊，應該會被他們以『不好意思，我們飯店明文規定不得透露住客的隱私。』一句話就堵回來吧，畢竟這種等級的飯店賣的就是信用。」

「所以現在怎麼辦？」

「嗯……」竹美緊抿著脣好一會兒之後，不知怎的忽然抬頭看向傑西。傑西似乎也不清楚竹美在打什麼主意，只見他連眨了幾次眼。

「不知道行不行得通，要不要試試看？」

「妳想到好法子了？」

「就說不知道成不成啊，不過，值得一試。」

四人移動至大柱子的暗處，竹美開始說明她的計畫，但大部分是以英語講給傑西聽，因爲這個計畫的成功與否，關鍵似乎落在傑西身上。

「明白了嗎？傑西。」竹美以日語向傑西做最後確認。

「OK！交給我唄。」傑西拍了拍胸膛。

拓實與時生分別護在傑西的左右側，三人朝櫃檯走去；竹美則是繼續躲在柱子後方，因爲在這個計畫中，她是不能露臉的。

不知是否因爲時間不早了，櫃檯前空無一人。三人走近印著「Reception」的桌牌，櫃檯內的接待人員旋即迎了上來。這位戴著眼鏡的接待員神情警戒地看了看拓實與時生，不知是否因爲中間還夾著一名黑人，接待員的眼神浮現一絲緊張。

「請問三位要辦理入住嗎？」這名長得像鼬鼠的接待員對著拓實問道。

「不，不是的。這位先生從美國來日本旅行，他說他的朋友住在貴飯店，我是帶他過來找人的。」

「這樣啊……」接待員抬眼瞄了傑西一眼，視線又回到拓實身上。「那不知是否方便由我爲三位聯絡該位貴客呢？」

「如果能幫我們聯絡是最好的，可是這位先生說他忘了他朋友的名字了。」

「不記得名字？」

「是啊。」因爲千鶴他們很可能是化名入住，「不過他有那個人的照片。Hey, picture. please.」只是說完這三個英語單字，拓實便緊張得腋下冒汗，他打從高中畢業就再也沒講過英語了。

傑西拿出照片，指著上頭的千鶴說了些什麼，大概是「就是這個女子」的意思吧。爲了這段演出成功，竹美不能現身，因爲照片上千鶴身旁的女子就是她，按理不可能不知道千鶴的名字。

接待員拿過照片，但只看了一眼便放到櫃檯上。

「不好意思，只憑照片我們無法得知是哪一位貴客，畢竟我們的住客人數相當多……」

預料中的回答。於是拓實照著方才的演練開口了：

「那麻煩你幫我轉告這位先生好嗎？我英語不太好。」

「喔，好的。」

接待員轉向傑西開始解釋。不愧是一流大飯店的員工，說得一口流利的英語，拓實完全有聽沒有懂。

傑西回了些話，語氣有些粗暴，接待員顯然有些退縮。

「怎麼了？他說了什麼？」拓實問接待員。

「呃……這位先生說，他大老遠從美國來，難道我要趕他回去嗎……」

「你和他說要趕他回美國？」

「不不不，怎麼可能！我很客氣地向他解釋我們可能幫不上忙……」

但一旁的傑西仍揮舞著粗壯的手臂，不斷嚷嚷著。接待員神色凝重地拚命向他解釋。

「他又說了什麼？」拓實問道。

「他說，是不是因爲他是黑人所以我們不願意告訴他，我正在向他說明絕對沒有那回事。」

「眞的沒辦法幫他找找看照片上這位女子嗎？」時生開口了。

「不是我們不願意幫忙，是因爲只有一張照片，再加上敝飯店女客多於男客……請問這位女客是單獨住進來的嗎？還是有男客同行呢？」

「應該還有個男人一起。」時生答道：「對方大概三十多歲。」

「這樣的話，就更難找出是哪位貴客了。因爲入住登記大多由男方出面辦理，我們櫃檯這邊很少與女客打到照面的。」

「這話麻煩對他說吧。」拓實以拇指指了指傑西。

接待員連忙以英語加上比手畫腳和傑西解釋了起來，但傑西不但沒平靜下來，反而愈吼愈大聲，大廳和沙發區的客人開始頻頻望向櫃檯這邊。

「這……要怎麼解釋他才能明白呢？」接待員顯得很慌張。

「你到底跟他說了什麼？」拓實問。

「就如同我方才和您說的一樣，這位女客如果是和男客一同入住，我們櫃檯不大可能見到女方的長相……」

「可是看來他相當生氣耶，我怎麼覺得他的火氣比剛才更大了？」

「……是啊，不曉得什麼事不合他的意……」

傑西還在大喊，激動地揮舞著雙臂。就是現在了吧。——拓實看準了時機，牙一咬，往傑西走近了一步。按照竹美的腳本，這時傑西的手肘會不小心撞上拓實的臉，拓實則乘勢假裝往後摔倒在地，在櫃檯前製造一起騷動。然而不知道是拓實時機沒抓準，還是傑西和他沒默契，撞上拓實臉孔的，竟是傑西那又黑又結實的拳頭。拓實瞬間失去了意識，醒來時，發現自己以大字形躺在地板上，有人正以手掌拍著他的臉頰，仔細一看，是時生。櫃檯前多了一群人圍觀，鼬鼠臉接待員則是哭喪著一張臉。

數名行李員趕了過來，幫忙抬起拓實。傑西還在大聲嚷嚷，這時一名飯店人員上前對傑西說了些什麼，他立刻安靜了下來，乖乖跟在拓實一行人後頭。

三人被帶到櫃檯後方的工作人員辦公室裡，招呼他們的，便是先前主動上前安撫傑西的那位飯店人員，他一頭斑白頭髮，顯然是相當資深的領班。

「您的傷勢還好嗎？」他一開口先慰問拓實。

「嗯，我沒事。謝謝你。」拓實以溼毛巾按著右眼回道。

「聽說是敝飯店員工的說明不夠清楚，惹得國外來的貴客不開心，眞是非常抱歉。聽說你們在找一位女士，是嗎？」

「就是這位。」時生拿出照片，「不過這張照片好像是兩、三年前拍的。」

「我明白了。請問關於這位女士，你們是否還曉得什麼特徵？或是她同行男士的相關訊息也可以？」

「聽說那個男人三十出頭，瘦瘦小小的。」拓實試著說出「百龍」哲郎的描述。

領班露出一臉納悶，「只有這些訊息，還是很難找出人來……」

「還有，聽說他們不只訂了今天一晚，昨天、甚至前天應該也是住你們這裡。」

「也就是說，是連住三天的客人吧？這樣可能範圍就縮小了。」

「他們搞不好訂了更多天。」

「我明白了，請稍候一會兒。」

幾分鐘後，領班拿著一張文件回來了。

「連續入住三天以上的男女同行客人共有兩對。」

「方便借我看一下嗎？」拓實說著，伸手就要拿那張文件，但領班迅速縮回手。

「非常抱歉，由於這上頭有客人的個人資料，請恕敝飯店無法對外透露。」

「這位先生說，」時生瞥了傑西一眼之後說道：「他的朋友是從東京過來的。」

「是。」領班望向手上的文件，回道：「這兩對客人塡寫的居住地資料都是東京呢。」

眞是好死不死。——拓實忍住想咂嘴的衝動。

「只不過，」領班繼續說：「當中一對夫妻檔，應該不是各位在找的人，因爲這位男客已經六十五歲了。」

「另一位男客幾歲？」時生不禁湊身向前。

一頭斑白頭髮的領班猶豫了一下，回道：「資料上塡的是三十三歲。」

年齡吻合。——拓實與時生對看一眼。

「請問資料上頭沒有登記女方的名字嗎？」時生問道。

「是的，他們只留了男客的姓名，塡的是宮本先生。」

「宮本？」拓實站了起來，一把搶走領班手上的文件，領班根本來不及制止。

那是一張住客資料的影本，姓名欄內寫著「宮本鶴男」，字跡很眼熟，拓實一看就曉得是千鶴的字，這麼看來，當初是由千鶴辦理入住登記的了。

拓實背下房間號碼，向時生使了個眼色之後，將文件還給領班。

「不好意思，看樣子我們要找的人並不是住在貴飯店。」

「這樣啊。」領班很明顯鬆了口氣，「那麼，不曉得這位先生是否也能明白呢？」說著望向傑西。

「我們會解釋給他聽的。不好意思，給貴飯店添麻煩了。」

拓實拍了拍傑西的肩膀之後立刻站起來，時生也跟著起身，接著傑西才慢吞吞地離開椅子，操著關西腔說了句：「多謝啦。」

拋下身後瞠目結舌的領班，三人走出了工作人員辦公室。

29

一回到大廳，竹美立刻湊了過來。

「看你的表情，顯然有好消息嘍？」

「答對了。1215號房。錯不了，千鶴果然住在這裡。妳的推理很準呢。」

「喔？你也會稱讚人吶？」竹美一臉意外地睜圓了眼說道。

「都是傑西的功勞哦，他真的好會演！」時生讚不絕口，「都可以拿奧斯卡金像獎了。」

「傑西，幹得好！」

傑西呵呵地笑著回道：「頒給我。奧斯卡金像獎。」

四人搭上電梯來到十二樓，整道走廊地面都鋪著厚重的褐色地毯。他們看著一間間的客房編號一邊前進，多虧了地毯，腳步聲全被吸收了。

來到1215號房門前，接下來就輪到竹美大顯身手了。三個男生分別站到房門兩側，身子緊緊貼著牆面。

竹美敲了敲門，沒回應。才在想岡部不會出門去了吧，隨著喀嚓一聲開鎖的聲響，門打開了。

「哪位？」應聲的是男性。門鏈仍鉤著，房門只打開十公分左右的縫隙。

竹美站到那道縫隙前。

「晚安。不好意思突然打擾，我是坂田竹美。」

「坂田小姐？」

「是的，我是千鶴的朋友，不曉得你有沒有聽千鶴提起過？她到大阪那天曾經去找過我。」

「是在宗右衛門町開酒吧的那位？」

「是的，就是我。」

「喔喔。」男人的語氣中沒了警戒，「是千鶴告訴妳這裡的嗎？」

「嗯，這過程有點曲折。」竹美答得模糊，「其實我有話想和你說。千鶴還沒回來，對吧？我想她應該……」

「啊……請等一下。」

門又關上了，傳出解開門鏈的聲響，竹美很快地瞥了拓實三人一眼。拓實點點頭，上前緊緊握住了門把。

門再度推開的同時，拓實使勁將門把往外一扯，隨著「啊！」的一聲驚呼，男人踉蹌跌了出來。拓實旋即將男人押進房裡，竹美、時生與傑西也立刻跟了進去。

「哇！你們要幹麼！」男人尖著嗓子喊道。他身形瘦小，蒼白的臉頰感覺有些凹陷，但他金邊眼鏡下的雙眼仍虛張聲勢地狠狠瞪著四人。

「你是岡部先生嗎？」拓實問道。

「你們是誰？想幹什麼？」男人望向竹美。

「放心吧，我們不是你的敵人。」竹美回道。

「我再問一次。你是岡部先生嗎？」

男人看著拓實，僵硬地點了點頭，蒼白的雙頰逐漸泛紅。

拓實有股衝動想衝上前揍他。就是這個男人搶走了千鶴，這個一臉窮酸的矮個兒，在這張雙人床上抱著千鶴……

「拓實，」竹美似乎看穿了他的心思，「別動手。現在不是對這人發脾氣的時候。」

拓實看向竹美，她仍以眼神告誡著他「別動手」。拓實咬緊牙根，將力氣集中至右手，朝岡部的胸口捶了一拳。

岡部「唔！」地呻吟了一聲，倒向床上。「你幹什麼！」

「不幹什麼。我是不知道發生了什麼事，但是你爲什麼把千鶴拖下水！」

岡部一臉莫名其妙，抬頭望向竹美，露出求救的眼神。

「千鶴今晚不會回這裡了，她被那些傢伙帶走了。」竹美說。

「什麼!?」岡部睜大了眼，「那些人找到她了？」

「她一走出當鋪就被擄走，我們試圖救她，還是晚了一步。」拓實說。

「可是爲什麼他們會知道那裡……」岡部還是一頭霧水。

拓實說不出是因爲自己被那幫人跟蹤了。

「妳剛剛說妳是千鶴的朋友，是騙我的嗎？」岡部問竹美。

「沒騙你。我叫坂田竹美，千眞萬確是千鶴的朋友。」

「那麼這位是？」

「他啊，我也不是很熟，聽說之前是千鶴的男朋友。」

岡部怯生生地看向拓實，「這麼說，你就是住在淺草的……」

「看樣子千鶴和你提過嘍？」

「她提過前男友住在淺草，可是她說已經分手了……」

「我可不覺得我們分手了啊。」拓實說完，才察覺這句話只是暴露他的處境有多難堪，心裡更是受傷，不禁低下了頭。

「拓實先生，你看這個。」時生喊道。他蹲在牆邊一個大型行李箱旁，正打開來翻看。行李箱裡裝了大大小小各種包裝盒，「這些都是鐘表和首飾，應該都是全新的哦。」

「那些東西是怎麼回事？」拓實問岡部：「擄走千鶴的那幫人又是什麼來路？」

「那是我的事。和你們無關。」岡部說著別開臉。

「你這傢伙很跩嘛！這麼有種的話，爲什麼把千鶴拖下水！」拓實一把揪住岡部馬球衫的衣領。

「冷靜點。」竹美湊上來拉開兩人，「岡部先生，那幫人還沒找上你嗎？」

「沒有。」

「也就是說，千鶴還沒說出這個藏身處了。岡部先生，你知道這代表什麼意思嗎？」竹美看著沉默不語的岡部，繼續說：「千鶴被那幫人帶走到現在已經超過四個小時了，這段時間，他們一定是緊抓著千鶴千方百計想問出你的下落。對方至今沒有動靜，就表示千鶴一直忍耐著沒鬆口，她一直在努力保護著你啊！這樣你還打算擺出一副事不關己的態度嗎？你還算是男人嗎？」

聽著竹美這番話，鐵青著臉的岡部別開了頭。

然而，比岡部更難受的或許是拓實。一想到千鶴不知正受到什麼樣的暴力逼問，他便不由得全身顫抖；而且最令他最受打擊的是，千鶴竟然是爲了這個小頭銳面的男人，承受著那般凌虐。

30

拓實在狹小的飯店房內踱著步，時而喃喃自語，時而低吼。時生在牆邊抱膝而坐，前方端坐著岡部龍夫，竹美則是在床上盤起腿，傑西躺在一旁。已經過子夜十二點了，但沒人打算走出這間客房，當然也沒人打盹。

「你煩不煩吶，拜託不要像動物園裡的熊一直走來走去，好嗎？」竹美仍挾著菸說道。她的視線停留在電視螢幕上，這時正在播放深夜電影，似乎是一部早期的黑白片。

「了不起，這種時候妳還有心情悠哉地看電視。」

「像你那樣繞來繞去也繞不出個好法子吧？還是你想出辦法了？沒有吧？所以我們只能等待對方有所行動，不是嗎？」

「只要千鶴不說，那幫人是找不到這裡的。」

「千鶴會說的。再怎麼堅持，忍耐還是有限度的，她撐不到天亮就會說的。」竹美的語氣與其說是冷靜，聽起來更像帶著一絲冷酷。

拓實沒回嘴，一股氣轉而發在岡部身上，他一把抓住岡部的肩膀說：「你這傢伙，該給我講清楚了吧！你到底爲什麼要拉千鶴跟著你？那幫人的目的是什麼？爲什麼緊追著你不放？」

「我說過很多次了，整件事一開始和千鶴一點關係也沒有，是我工作上有了麻煩，必須在大阪躲一陣子，所以把她一起帶來，如此而已。」

據岡部說，他是「紫羅蘭」的常客，與千鶴愈走愈近之後，兩人一起出去吃過幾次飯。他深深被千鶴吸引，開始認眞考慮和她交往，而就在那時，他的公司出了這次的事。

他邀千鶴和他一起前往大阪，千鶴說讓她考慮一下。兩、三天後，千鶴有了回覆，她說她願意一起走。在前往大阪的新幹線上，她向岡部坦承她有個男友，但她已經決定和對方分手了，至於分手原因她並沒有多說，而岡部也沒追問。

「我就是問你究竟是惹了什麼麻煩啊！你這傢伙到底是幹什麼的？」

只要被問到這件事，岡部便沉默以對，連姓名都不肯吐露。是拓實他們搜了他的隨身物品，才終於翻出駕照，但是透過駕照得知的只有他的全名叫岡部龍夫，以及住址、籍貫、出生年月日和取得駕照的日期。其他證件似乎都被他銷毀了，翻遍所有行李也找不到半張名片。

「你知道千鶴現在正受到什麼樣的對待嗎！」拓實大聲怒罵。

「我當然知道，我也很難受，可是我又能怎樣？我也不曉得她被帶去哪裡了啊。」

「你給我講清楚！把千鶴擄走的那幫人到底是什麼來路？只要知道底細，就能循線找出他們的大本營了啊！」

岡部搖了搖頭，他的額頭泛著油光。

「知道那些人的背景，對你們毫無好處。他們不是三腳貓，並沒有固定的大本營，這和黑道電影是不一樣的。」

「聽你在悠哉地放屁！」拓實揪住岡部的衣領一把將他提起來，岡部皺起眉頭。

「拓實先生！」時生從身後抓住他的兩肩，「你打這傢伙也沒用，就算打死他，千鶴小姐也不會回來啊。」

「這口氣不出不爽快，至少讓我揍他一頓！」

「別這樣。」時生站到拓實面前，「太難看了。千鶴小姐是自願和這人走的，不是嗎？」

「話都是這傢伙在說，鬼才相信。」

「千鶴小姐不是留了字條嗎？上頭寫的和這人說的都吻合吧？」

拓實狠狠瞪了時生一眼，手離開了岡部的領口，接著環視房內所有人，說道：「好，既然這傢伙什麼都不說，我自有法子。」

「你想幹麼？」竹美眼神銳利地望向拓實。

拓實掏了掏外套口袋，拿出一張便條紙，上頭寫著電話號碼。時生一看到便說：「是石原裕次郎的電話！」說著睜大了眼，「你要打去找他!?」

「不是找他，是談交易。」

「對方可是道上的，我們主動上門不會有好事。再說那幫人還不曉得我們找到了岡部，他們一定是打算從千鶴口中問出這個地點，再利用千鶴拐岡部現身，那時就是我們搶人的時機了。」

「我管他們是道上還是皇上，這樣拖拖拉拉乾著急不是我的作風。我有我的作法，別攔著我。誰有種要攔我，就說出個馬上救得出千鶴的辦法來！」拓實依序指著竹美、時生、傑西說道，最後指向岡部。

「好吧，主動聯絡對方也是個方法，我跟了。不過打電話之前，我們還是先沙盤推演一下比較好。」竹美的語氣像是在對拓實曉以大義。

「少囉嗦，妳同意聽我的了，不是嗎？那就別多嘴。」拓實走近床頭櫃，拿起電話話筒。

「拓實先生！」時生正想阻止他。

「沒關係。」竹美攔下時生，「反正那幫人遲早會查出這個藏身處，隨他搞吧，我們就賭這一把。」

拓實聽著竹美這番話，一邊按下電話按鍵。

電話接通了。「喂？」對方語氣粗魯，接電話的是年輕男子，顯然不是石原。

「石原先生在嗎？」

對方聽出拓實也是年輕人，立刻以威嚇的口氣回道：「你哪位？」

「我是誰不重要，我有話要和石原先生說。」

「無名氏啊。上頭交代過不接無名氏的電話的，再會。」

「等等！」對方似乎眞的打算掛電話，拓實連忙說道：「我姓宮本。」

「哪位宮本啊？姓宮本的多得跟蒼蠅一樣。」

「住淺草的宮本，宮本拓實。你這麼說他就知道了。」

「宮本是吧，好，我再轉告他。你那邊電話幾號？」

「我現在就要和他講話。」

「開什麼玩笑，你以爲現在幾點了？我們再打過去找你，電話號碼先給我。」

「我這事非常緊急，是石原先生自己給我這個電話號碼，交代說這事一旦有消息，要我隨時聯絡他的。你廢話少說，快點把電話轉給石原先生。還是怎麼？你想睡了？要是不照石原先生交代的做，我可不知道他會怎麼處置你。」

對方頓了一頓。

「你說的事是哪樁？給我個名目吧。」

「是關於岡部的事。你這麼說，石原先生一定聽得懂。」

對方又沉默了一會兒，似乎正在思索「岡部」這個名字。

「別掛斷。」對方終於說出這句話。

拓實掩住話筒，做了個深呼吸，腋下直冒汗。時生一臉緊張地望著他，竹美則是拿起飯店的便條紙，似乎開始盤算著什麼。

電話那頭有了動靜。

「幫你聯絡上了，我現在接過去。」對方說完，傳出一聲什麼物體輕輕撞擊的聲響，接著傳來一句：「好了，可以說了。」

「喂？」拓實試著出聲。

「宮本先生嗎？好久不見了。」熟悉的聲音傳來，但有點小聲。

「是石原先生吧？」

「是的。不好意思，你方便講大聲一點嗎？因爲我人不在東京，現在是將兩個話筒兜在一起的狀態啊。」

「我曉得，」拓實回道：「你在大阪吧。」

石原咯咯笑了。

「有意思，明明我們都在大阪，卻要撥電話回東京，讓話筒擺出69姿勢才能對話啊。」

「跟蹤我們很辛苦吧，還莫名其妙跑了一趟名古屋。」

「是啊，我聽下面的人抱怨過了，誰想得到你還跑去和菓子鋪呢。」

「那間和菓子鋪和千鶴毫無關係，和岡部也八竿子打不著。」

「我知道。好了，你說要和我講岡部的事，是吧？」

「你們把千鶴抓走了吧？」

「我們現在在談岡部的事。」

「是同一件事。你先告訴我千鶴現在平不平安，否則岡部的事就不必談了。」

石原沒有馬上回應，拓實還以爲對方沒出聲，貼近話筒一聽，發現石原正低聲笑著。

「小哥，你這麼關心那位小姐也太奇怪了吧，她可是背叛你去投靠別的男人哦，是生是死，都和你無關吧？」

「回答我！你們沒有傷害千鶴吧？」

「那麼小哥，你先告訴我岡部的事。」

拓實嘆了口氣。他很想讓對方先交代千鶴的現況，但看樣子是問不出來了。

「我找到岡部了。他現在就在我旁邊，在我的掌控之中，哪都去不成。」

「哦——」電話那頭又沒了聲音，這次石原是眞的沒出聲，似乎正思考著什麼。沉默了好一會兒，石原終於開口了：「果然是很夠力的情報。眞的是岡部本人嗎？」

「千眞萬確。身高大約一百六十公分，又瘦又乾，膚色慘白，戴著金邊眼鏡像個書呆子。我念駕照上的資料給你聽：地址是……」拓實整個資料念完一遍後，說道：「如何？你還覺得是假的嗎？」

「聽來是眞的岡部呢。」

「換你回答我了。你們沒對千鶴施暴吧？」

「不曉得呢，詳情還沒人回報給我，那個女人我全權交給下面的人處理了。」

拓實心頭一緊，眼前浮現千鶴忍受著痛苦的表情。

「麻煩你跟你下面的人說一聲，再怎麼折磨千鶴也沒用的，因爲等一下我們就會帶著岡部離

開這裡。就算你們從千鶴口中問出這個地點，等你們趕到，我們早就不在了。」

「哦？所以呢？」

「我想和你談交易，拿岡部換千鶴。你們的目的應該是岡部這傢伙吧？這個交易對你來說應該是好消息。」

「這樣啊……」石原呼了口氣，「聽起來的確不錯。」

「成交嗎？」

「成啊，就這麼辦吧。我現在把女人帶過去你那邊。」

「那可不行。要是我告訴你這個地點，你們的人馬上圍過來搶人還得了。我們約在別的地方。」

「這麼不相信我啊？好吧。你要約哪裡？」

「嗯，那就約在……」

拓實思量著，一旁的竹美往便條紙上寫了什麼，遞到他眼前。他一看上頭寫著「道頓堀的橋上」，頓時皺起了眉。道頓堀？要約在那麼多人的地方？然而看到竹美自信滿滿地朝他點點頭，他當下決定了。

「我們約道頓堀，在那個固力果大廣告看板旁邊的橋上，把千鶴帶去那裡，我也會帶岡部過去，我們在橋上一人換一人。」

「道頓堀啊，原來如此。」石原似乎苦笑了一下，「好，時間呢？」

「時間……」拓實望向身旁的竹美，她在便條紙上寫下「明天早上九點」。

但拓實只是看著便條紙沒吭聲。

「喂？怎麼了？」石原催促著，「約幾點碰頭啊？喂，小哥，聽得見嗎？」

「我在。」

「怎麼了？到底約幾點？」

「一個小時後。」拓實答道。他曉得一旁的竹美驚訝地張大了嘴。

「一小時後道頓堀。我知道了，那待會見嘍。」

拓實聽到對方掛上電話後才掛回話筒。

「等等！你給我講清楚，現在是怎樣？」不出所料，竹美旋即嗆了上來。

「什麼怎樣。」

「你以為我為什麼要約在戎橋上？只要身邊人潮擁擠，那幫人絕對不可能出手，我們就是要藉著這一點得手，你卻約在三更半夜裡做什麼!?」

「哪還等得了九個小時！妳站在千鶴的立場想想，好嗎！」

「我也很擔心千鶴呀！可是正因為這樣，這個交易只許成功不許失敗，不是嗎？所以當然要挑在最保險的時間帶啊。再說那幫人已經曉得可以拿千鶴換岡部，理論上不會再對千鶴動刑了。」

「不用妳多嘴！我不是說過了，我有我的作法！」拓實從壓得扁扁的echo菸盒裡抽出一根啣上，拿起飯店的火柴想點火，卻一直擦不出火，直到第三次才成功。

「你以為那幫人會乾脆地放千鶴回來嗎？」岡部開口了。

拓實沒應聲，只是露出「你有什麼意見？」的凶狠視線，瞪向戴著金邊眼鏡的瘦小岡部。

「那幫人沒那麼單純。」

「他們想要你，非得拿千鶴來換不可。」

岡部搖了搖頭，「當然他們很想逮住我，但是這並不代表他們想還回千鶴。他們可能認爲千鶴知道了祕密吧，對他們而言，千鶴是脫不了關係的。」

「你在那邊碎碎念個什麼勁兒啊！」拓實一腳踹向岡部的胸口，「把千鶴拖下水的是你吧！我不管你幹了什麼蠢勾當弄得自己非躲躲藏藏的不可，自己沒搞定之前，憑什麼叫女人跟著你！」

被踹倒的岡部撫著胸口直起上半身，扶正眼鏡說道：「的確是我有欠考量，可是，我需要心靈的支柱。」

「放屁！什麼心靈支柱！話是隨你講了算嗎！」

拓實又要踢出第二腳，時生過來擋在岡部前面。拓實急躁地往菸灰缸摁熄菸，旋即走向房門。

「你要去哪？」竹美問道。

「出去外頭一下。馬上回來。」

「十分鐘內回來哦。」

拓實沒答腔，走出客房，穿過走廊來到電梯前，按了上樓的按鈕。沒多久，時生追了上來，拓實暗自嘀咕了一聲：「怎麼又是這傢伙。」

「你要去哪裡？」

「我不是說了去外頭嗎？」

「那得按下樓的按鈕才行。」時生說著按了按鈕。

「誰要去樓下？我要去屋頂啦。」

「屋頂？不可能，這種飯店的屋頂都不能上去的。」

「爲什麼不行？」

「能上屋頂的，只有很了不起的人。」

下樓的電梯先到了。時生走進電梯，朝拓實招著手。拓實一臉不甘願地走了進去。

「眞是的，愈想愈不爽。」

「什麼事不爽？」

「憑什麼連這種地方都要把人分階級？窮人只配往下走，唯獨有錢人能夠上到最高處，是吧。」

拓實邊說邊以拇指指了指地板和天花板。

但時生只是聳了聳肩，沒應聲。

出了飯店大門，越過道路就是堂島川了，左右各有一座大橋，風中帶著溼氣。

「喂，你怎麼看？千鶴爲什麼會選擇和那個傢伙走？那種一臉倒楣相的混帳到底哪一點好？」

拓實問時生。

「嗯，誰曉得呢。」時生偏起了頭。

「我覺得啊，千鶴搞不好還是很世俗，看男人的時候，只看和這個人生活是否安定、未來是否有發展吧。你看看岡部那身行頭，西裝什麼的全是高檔貨，怎麼看都是個菁英。千鶴一定是經過一番盤算，覺得還是跟著那樣的男人比較有利啦。反正這世界，說到底還不是看學歷、看出身？出身好人家的少爺就是幹什麼都吃香。」

聽到這話，時生大大地嘆了口氣，「你還在講這種話？竹美小姐不是和你說過了嗎？拓實先生你被分配到的牌並不算差啊。」

「她根本不了解我的狀況。」

「你也該放下那些無謂的糾結了吧？要是眞那麼在意，就去查出自己究竟是什麼出身啊。我們剛才約好的哦，等這邊的事告一段落，你要和我一起去你的出生地一趟。」

「又提那件事，你眞的很纏人耶。」

「約好的哦！」時生以前所未見的嚴厲眼神凝視著拓實。

拓實搔了搔後腦杓，輕輕點了個頭。說實在的，他現在根本沒心思顧到那件事。可是眼前這個來路不明的青年的話語裡，有著撼動拓實內心的某樣東西。

「差不多該回去了吧。」時生說著轉身往飯店方向走去。

「喂。」拓實朝著他的背影喊道：「你也該對我說實話了吧？」

時生停下腳步，回頭問道：「說實話？什麼事？」

「你到底是什麼來頭？你說是我的遠親，是騙我的吧？」

聽到拓實的質問，有那麼一瞬間，時生彷彿望著遠處，臉上不見平日的溫柔神情。他直勾勾地望向拓實回道：「被你看穿了呢，我的確不是你的遠親。」

「果然。那你到底是——」

「我啊，」時生依舊眞摯地凝視著拓實，「是你的兒子哦，拓實先生。我是從未來來的。」

31

「再過幾年，你會結婚，生了個兒子，你爲他取名時生——『與時同生』的時生。那孩子十七歲時，將會因爲某個契機回到過去，而那就是我。」

對著一臉愕然的拓實，時生淡然地繼續說：

「其實，你現在看到我的形體是借來的。我借了現在這個年代的某個人的肉體，至於爲什麼會變成這樣，我也不知道，而且很可能想破頭也想不出個所以然吧。反正重要的是，我有非做不可的事，那就是前來見你，而我手上唯一的線索就是『花屋敷』。不過這條線索已經很足夠了，因爲我眞的找到你了，命運眞的很微妙。」

時生說完這一大段，才終於露出微笑，似乎很期待看到拓實的反應。

但拓實一時間只是愣在當場。要是在平常，他絕對不會認眞聽進這種天方夜譚般的蠢話，但現在他卻不知不覺被時生的話語牽著走，不，不止這段話的內容，他深深地被時生敘述時的神情吸引著。

好不容易回過神來，拓實響亮地嘖了一聲。

「現在什麼節骨眼，你還有心情開這種無聊玩笑？誰教你講夢話來著。」

時生邊笑邊搔著頭，「也對，聽起來很像是胡扯。」

「廢話，連現在的小學生都不會被你這段夢話唬住了。」

「那就沒辦法嘍，你還是當我是遠房親戚就好了。」時生說完指著飯店，「好了，我們回去吧。」

看到兩人一回到客房，竹美登時歇斯底里地嚷嚷說，像這種交易，應該提早到現場檢視周遭狀況才是最萬全的作法，你們還在磨咕什麼！

「不用妳講我也知道，不要一直嘮嘮叨叨的，好嗎？」

「我話先說在前頭，這次交易要是失敗了，我們很可能再也救不回千鶴耶！」

「就說我知道了！念什麼念。」拓一把扯住岡部的手臂，「好了好了出發了，快點站起來！」

岡部在四人的包圍下走出了飯店，拓實與竹美分挾著岡部坐進計程車後座，車子朝道頓堀駛去；時生與傑西則是搭下一輛計程車。

「我先提醒你們，即使交易一切順利，你們還是千萬小心爲上，那幫人搞不好也懷疑你們從我這裡聽說了機密。」岡部開口了。

「什麼機密？就是你說你在工作上惹的麻煩嗎？」

「嗯，差不多意思。」

「我們幹麼探聽你的機密，又不值一文錢。」

「這個世上，多得是一般老百姓不想知道的機密。」

「怎麼？你不是一般老百姓？」

「我啊，」岡部以食指推正眼鏡，「我們都是棋子，將棋的棋子；而你們即將見到的那幫人也是棋子，連一般民眾都稱不上。」他說到這，臉色又更慘白了。

計程車沿著御堂筋大道南下，竹美請司機停車的地點是在心齋橋一帶。

「還要再過去才是道頓堀，不是嗎？」

「聽我的就是了，下車吧。」

三人下車站在路邊，後面跟車的計程車也停了下來，時生與傑西下了車。

「他說的沒錯。」竹美看了岡部一眼，「那幫人不會那麼輕易放千鶴回來，至少不可能直接把她帶到橋上。」

「那我們該怎麼做？」

「我們也依樣畫葫蘆。一開始出現在約定地點的，只有我和你。時生和傑西！你們兩個帶著岡部在別的地方等我們通知。」

「別的地方？妳們店裡嗎？」

竹美搖搖頭，「對方知道我們店在哪。我有朋友在這附近的酒吧上班，你們先去那裡等著。」

「OK，就這麼辦！」

拓實不禁再度慶幸，能認識竹美眞是太好了。要是沒有她，自己一定想不出任何作戰策略。但當然，拓實還是不會將感謝說出口的。

竹美以英語對傑西說了些什麼，大概是交代他在酒吧待命吧。傑西與時生相視點了個頭，帶著岡部離開了。

「那個男孩子滿特別的。」竹美低喃著，她指的似乎是時生。

「會嗎？」

「剛剛啊，你離開客房時，他不是追了上去嗎？你曉得他追出去時說了什麼？」

「我哪知道。」

「他說，『看著那人血氣方剛的模樣還眞難受』。他口中的『那人』應該就是指你吧？我總覺得他這說法很怪，你們之間有過什麼事嗎？」

「沒有吧。」拓實說著偏起了頭。

竹美說，在深夜行人稀少的心齋橋路上晃蕩不是個好主意，因爲那幫人肯定正埋伏在暗處。橫豎被監視著，不如走出去寬廣許多的御堂筋大道上，要是有個什麼狀況，馬上就能跳上計程車撤退。拓實雖然不想對竹美言聽計從，但她說的沒錯，於是也點頭同意了。

即使接近深夜兩點，御堂筋兩側步道上仍有許多往來行人，也有不少醉漢，計程車司機一臉百無聊賴地站在路旁等待乘客上門。身旁人多的確比較安心，但一想到當中可能藏了敵方的人，拓實不禁繃緊了神經。

兩人順利抵達道頓堀。畢竟是這個時間，橋上幾乎不見人影，亮著的霓虹燈也剩沒幾盞，流浪漢在欄杆旁鋪了席子隨意躺臥。

「敵軍差不多要現身了吧。」

「照妳的說法，那幫人應該老早就到了，只是躲起來監視著我們。」

「或許吧。」

拓實張望四下。有些神色可疑的男性走動，但很快便消失在狹窄的小巷內，果然在這個時間帶出沒的都是些牛鬼蛇神，拓實有些後悔自己沒聽竹美的話，自作主張約在這麼大半夜裡進行交易。要是現在身邊這些人全是敵方的人手，自己根本一點勝算也沒有。

「啊，是不是那個？」竹美朝河對岸努了努下巴。

拓實轉頭一看，那裡站著兩名一身黑西裝的男人，當中一人正是石原，帶著輕薄的笑容直盯著拓實。

32

拓實也回瞪石原，然而稍微掃視石原身邊，不見千鶴的身影，果然被竹美料中。

拓實朝橋的另一頭一步步走去，竹美也默默跟上。拓實心想，眞是個有膽識的女人，他腦海突地浮現竹美肩胛上那塊刺青。

另一名黑西裝男子個頭高大，眉間有著深深的皺紋，眼神非常銳利，不過似乎年紀比石原小很多。拓實在兩人面前停下腳步。

「千鶴在哪裡？你沒帶她來嗎？」

石原撇著嘴笑了，看了看拓實，又看了看竹美。

「你們不也是空著手來嗎？」

「說好你們把千鶴還來，我們也會交出岡部。」

石原臉上仍帶著笑，但眼神已透露他似乎另有黑暗的計謀。

「小哥，有什麼證據能證明岡部眞的在你們手上呢？」

「我這人不說謊的。」

「我是很想相信江戶男兒說的話，不過很遺憾，這裡是大阪，入境就要隨俗，談交易當然少不了討價還價，何況你們還有位看來相當不簡單的大姊。」石原說完衝著竹美一笑。

「我才想看你們的證據呢，你們眞的帶千鶴過來了嗎？」

「小哥你眞是心急，我不是說了嗎？我們的目標不是你的女朋友。啊……」石原突然掩著嘴角，「現在不是你女朋友了，應該叫『前女友』才對。」

他一臉幸災樂禍地望著拓實緊咬下脣的模樣，說了句：「跟我來。」便踏出步子。

一走出來御堂筋大道上，石原停下來，以下巴比了比對向車道，說：「在那裡。」

那裡停著一輛黑色皇冠，司機是一名年輕男子，後座車窗旁則出現一張熟悉的側臉。先察覺石原一行人的是司機，只見他朝後座說了些什麼，千鶴登時轉頭看向拓實他們，一臉驚訝地張著嘴。

拓實想衝過去對街，卻被石原手下抓住手臂，硬是攔了下來。不過這裡本來就是路幅寬闊且車流龐大的御堂筋大道，要無視於紅綠燈隨意穿越馬路是不可能的。

「好啦，我已經亮出牌了，接下來換小哥你們嘍。」石原說道。

「把千鶴帶過來這邊。」

拓實這麼一說，石原臉上的笑容頓時消失，「小哥，別得寸進尺。我已經忍你很久了。」

拓實大大吐了口氣，回頭望著竹美說：「妳聯絡時生，叫他們把岡部帶過來吧。」

「我知道了。」竹美瞥了石原一眼之後便快步離去，應該是去打公共電話了。

「這個女人不是好得多了嗎？」石原望著離去竹美的背影說道：「讓她當你新女友如何？這麼一來你就不用面對這種麻煩事了。我之前也說過，你只要願意幫我忙，我會好好答謝你的。」

「她有男人了，是個又高又壯的美國人。」

「對喔，聽說了。我下面的人說過那人不大好惹。」

「等一下就是由他帶岡部過來，所以你們別打如意算盤想留著千鶴又搶走岡部。」

「放心吧，我們不會耍詐的。不過話說回來，還眞虧你找得到岡部啊。」

「因爲我跟你手下的這裡差很多呀。」拓實指著自己的太陽穴一帶，高個手下倏地雙眼充血朝拓實走近一步。

「好了好了。」石原笑著安撫手下，「這位小哥說的是事實，他的確幫我們揪出人了，不是嗎？我們沒有立場抱怨。」

瞪著拓實的高個男臭著一張臉移開了視線。

拓實望向對街，看見千鶴臉上寫滿了不安。「沒事的，」他在心中呼喊：「我馬上過去救妳！」

載著千鶴的車旁邊，又停了一輛黑色Skyline，石原朝司機點點頭。看樣子他們準備了這輛車是來載岡部的，至於他們要把岡部載去哪裡，拓實一點也不在乎。

「很慢耶，在幹麼啊？」石原看了一眼手表。

拓實也看向竹美方才離去的方向，就在這時，高個男突然喊道：「啊！那些傢伙！」對街有數名男子扭打了起來，仔細一看，當中一人竟是傑西。似乎是他試圖打開皇冠車門救出千鶴，埋伏在附近的石原手下登時一擁而上，但畢竟是傑西出馬，和他正面衝突的石原手下旋即被毆飛了出去。

皇冠一直停在原地沒駛離，是因爲竹美正探進前車窗與司機拉扯著，而她的身後還有另一名石原手下正朝她衝去。

石原轉頭瞪著拓實，凶狠地說道：「你敢騙我！」

「我也不知道發生了什麼事啊！」

看來竹美與傑西打算偷襲皇冠救出千鶴，可是計畫爲什麼會變成這樣？拓實完全一頭霧水。

他們爲什麼沒把岡部帶過來？時生又跑去哪了？

「撤了！把這傢伙帶著。」石原話聲剛落，高個男立刻餵了拓實的胃部一拳，拓實痛得拱起身子。他的注意力都在竹美他們身上，才會讓高個男有機可乘。他硬撐著不讓自己蹲下，一邊心想——這傢伙出拳好快，顯然也是練過的。

回過神時，他已經被押進車裡了，雙臂被扭至身後，手腕被固定住，好像是手銬，緊接著是臉被壓到座椅上，他才想喊叫，車子旋即開動，司機狠狠地踩下油門。

「你們膽子很大嘛，啊⁉想騙我們嗎？」前座傳來聲音，石原似乎坐在副駕駛座上。

「就說我不知道發生什麼事了啊！我自己也嚇了一大跳。」拓實邊呻吟邊說道。

石原沒吭聲，大概是在判斷拓實這話的眞假。

「你眞的找到岡部了？」

「找到了啊，那傢伙和千鶴下榻在高級飯店，一家叫CROWN　HOTEL的飯店。」

「中之島那家？」

「是啊。」

「哼，躲到那種地方去啊……」

石原說完便沒再出聲，也沒向手下下任何指示。

拓實完全不知道自己被車子載著在哪裡行駛了多久，終於車子停了下來，車門打開，石原與手下都下了車。「好了，下車！」高個男揪著拓實的衣襟。

這裡似乎是某個工廠或倉庫的腹地，感覺死氣沉沉的，而且非常昏暗，連腳邊都看不清楚。他們押著拓實往前走，拓實隱隱約約看得到圍牆，不知怎的總覺得圍牆的另一面似乎是海。

一行人走進一棟建築內，爬上階梯。這地方好像荒廢了好一陣子，到處都積了灰塵。

走上階梯，便來到一間小小的辦公室。但說是辦公室，其實只有一張會議桌和幾張椅子罷了。會議桌上擺著電話和類似錄音機的器材，以及三個菸灰缸，每一個都塞滿了菸蒂。

拓實雙手仍上著銬，被押到摺疊鐵椅坐下。石原也坐了下來，高個男與方才負責駕駛Skyline的無眉男子則是站在一旁。

電話響了，無眉男接了起來，講了幾句後，將話筒遞給石原。

「是我。女的怎麼了？……這樣啊。那些傢伙呢？……好，你們先回來吧……嗯，無所謂。」掛上電話後，石原看著拓實說：「小哥，你朋友的突襲好像失敗了，眞是遺憾。」

「千鶴呢？」

「別擔心，你們很快就能見面了。」

看來竹美他們沒能搶走千鶴。

電話再度響起，這回石原親自接起話筒。

「是我……嗯，聽說了。你們那邊如何？……這樣啊，那也沒辦法了，先去那些傢伙的公寓看一下吧，雖然我想應該不會在那裡……嗯，好啊，交給你們了。」

掛回話筒後，石原拿出菸來，無眉男旋即湊上來要幫他點火，石原一手揮開，拿了自己的打火機點上火。

「讓竹美和傑西逃掉了啊？」拓實開口了。

「逃不逃都無所謂吧，沒了聯絡，他們自己也不好辦事。再說我手上可是多了一張牌。」

無眉男低聲笑了，石原嚴厲地瞪了他一眼。

「我會把岡部交給你的。雖然不曉得剛才出了什麼狀況，我來說服他們。」

「我當然是希望小哥能幫我處理好呀！」石原說著抬眼看向無眉男，「打電話去宗右衛門町那間小酒吧，記得是叫『BOMBA』吧。」

電話一接通，無眉男便將話筒遞給石原。

「啊，喂？你們還沒打烊眞是太好了，不好意思，這麼晚來打擾，您是竹美小姐的媽媽，是吧？我叫石原。對，石原裕次郎的石原。」他邊說邊頻頻瞟著拓實，「如果您女兒和您聯絡的話，方便請她撥這個電話號碼給我嗎？……您這麼轉告她，她就知道了。」接著他念出七位數的電話號碼，道過謝後，掛了電話。「接下來就靜候佳音了。」

「竹美又不一定會回你電話，搞不好她直接去報警呢？」

「那位大阪大姊不會幹那種事的，她一看就是很清楚世事法則的人。不過呢……」石原大大地呼出一口煙，「萬一警方眞的有動作，對我們而言也無傷，反正我們只要把你和你女朋友還回去就好了，反而是岡部會被逼出來，而他對警察絕對會三緘其口，最後整件事不足以構成任何案件，和平落幕，警方也會抽手，等到那時我們再接手岡部就好。就是這麼回事。」

「要是警方會那麼輕易抽手就好了。」

「一定會抽手的，這就是所謂世事的法則。」石原意味深長地笑了。

拓實也感覺得到，這整件事似乎有股很大的力量在背後推動著。

「那個岡部到底是幹什麼的？」

「你沒聽他說嗎？」

「那傢伙死不肯說啊。我知道的只有他搶走了我的女人。」

拓實不是在說笑，但石原三人同時咯咯笑了起來，這回石原並沒有教訓手下。

「有意思。小哥，我很中意你哦。有骨氣，又頑強。像你這樣的男子漢居然成天遊手好閒，眞是國家的損失啊。」

「幹麼突然講這個。」

「我是有感而發。聽我一句勸，小哥，等這次事情落幕，你好好地去找份工作吧。人啊，踏踏實實地過日子是最好的。」

「用不著你操心。」

「嗯，不過這事兒也得等那位大阪大姊乾脆地交出岡部之後才有下文吧。只是我醜話說在前，這回要是你們再耍什麼小動作，我們可不會忍氣吞聲。」石原眼中再度浮現冷酷的光芒，「就讓我們各自祈禱這件事順利畫下句點吧。」

「放心吧，事情這樣不清不楚，我是不會收手的。都幹了當然是幹到底。」

「小哥總是這麼強勢呢。」石原苦笑道：「不清不楚有什麼關係，那樣對你比較好。混混沌沌的人才會長壽，這世上最強的其實是什麼都不清不楚的蠢蛋呢。」

拓實一聽，氣得就要站起身，高個男旋即近身擋下。

「被說是蠢蛋很火大吧。好吧，那我就好心透露一個消息給你。」石原直接將菸蒂摁在桌面上弄熄，靠上椅背蹺起腿，「即使是我，對這次的事情也只知道冰山一角；至於身邊這兩個，幾乎什麼都不曉得，我們只是被交代了工作就做，但完全不覺得有什麼好抱怨的。人吶，只要抓住一、兩個重要的東西，以外的事情，當個蠢蛋就好了。」

拓實瞪著石原，想起了岡部也說過類似的話。

樓下似乎有了動靜，高個男立刻走出辦公室。

「你女朋友好像回來了。」石原說：「這女孩兒也很倔，一般的威嚇還沒辦法讓她開口呢。」

「你們對她做了什麼？」

「也沒做什麼大不了的事，你剛才也看到了，臉沒傷到。不過你應該還是不放心，我就直說了，我們沒對那裡下手。嗯，不過現在對小哥來說可能也沒差，她都被岡部上過好幾次了。」

「我可以相信你說的吧？」

「不過要不是小哥你打了電話來，現在是什麼下場就很難說了。女人嘴再怎麼硬，我們都有辦法讓她吐實，用那招就行了，你曉得嗎？就是用日光燈管呀。」

「日光燈管？」

「把燈管戳進那裡呀，然後狠狠地踹她的下腹部，這麼一來日光燈管不是會在裡頭碎掉嗎？聽說那真的是生不如死啊，我們男人是無法體會那種痛的。」

拓實不禁發出呻吟，滿腔的憤怒到了極點，反而一個字也說不出。

傳來有人走上階梯的聲響，辦公室門打開來，進來的是高個男。

「怎麼處理那個女人？」

「關到隔壁房間去吧，看緊一點啊。」

「知道了。」

「等一下！讓我和千鶴說話。」拓實開口了。

石原一臉不耐煩地皺起眉頭，「小哥，別這麼不乾不脆的，好嗎？等正事結束，你們要講多少話都隨你。」

「有些話只有現在能對她說！何況等事情告一段落，她和我可能不會再見面了。」

「喔？小哥你終於願意放掉這女人了啊？」

拓實緊咬下脣忍受對方的揶揄，而於此同時他也察覺到，一如石原所言，他內心已經打算放棄與千鶴的這段感情了。不，或許自己在更早之前便隱約察覺到了吧，只是一直不願正視。

石原思量了一會兒，慢慢地點了頭，「好吧，不過只有十分鐘。可以吧？」看到拓實點頭，石原要高個男附耳過來，說了些什麼。

高個男將拓實帶到隔壁房間，空間約三坪大，裡頭空蕩蕩的，連扇窗戶都沒有，只有一個小小換氣孔，以及從天花板垂下的一盞電燈泡。地上滿是灰塵，有著擦過或拖行的痕跡，一想到搞不好是千鶴痛苦得在地上打滾留下的，拓實胸中的憎恨與悲憤更是強烈。

等了一會兒，似乎有人來到門外。不久門打了開來，千鶴像是被猛推一把似地踉蹌進了房裡，她交疊於身前的雙手也被銬著手銬，一身連帽運動衫搭牛仔褲，正是她在當鋪前被擄走時的同一套裝扮。

「千鶴……」拓實喊了她。

千鶴一靠上牆，便沿著牆面滑下身子。她蜷坐起來，完全沒抬臉看拓實一眼。

「千鶴，還好嗎？」

她舔了舔脣，但什麼也沒說，只是微微地點了個頭。

「看著我啊。妳倒是說話呀，只有十分鐘呢。」

於是千鶴像是調勻呼吸似地，胸口起伏數次之後，終於囁嚅著開了口，但是聲音傳不到拓實的耳裡。

「嗯？妳說什麼？」拓實站到千鶴身旁彎下腰。

「對不起……」千鶴低喃著。

「幹麼向我對不起！」拓實踹了牆一腳，「到底是怎麼回事，妳講清楚啊！爲什麼要跟著那種混帳走？爲什麼妳會攪進這種麻煩裡？」

千鶴顫抖著，縮起身子抱著膝，又說了一遍對不起，「我不想給阿拓你添麻煩，可是我眞的沒想到事情會變成現在這樣……」

「我叫妳不要向我道歉啊！妳把事情講清楚，好嗎？我眞的是一頭霧水，到底發生了什麼事嘛！」狹小的房間裡迴蕩著拓實的聲音，「那個岡部到底是什麼來頭？爲什麼有人要揪出他？爲什麼明知他有狀況，妳還是要跟著他？」

然而千鶴沒回答，將臉埋進膝頭間，似乎不想讓拓實的聲音進入耳裡。

「千鶴，爲什麼不說話？就算妳眞的移情別戀好了，也不該一聲不吭吧，至少講個理由出來說服我啊！」

無論拓實在她耳邊再怎麼大吼大罵，她只是低著頭沒回應。拓實踹著牆、氣得跺腳，卻沒得到任何答案。

不久房門打開了，無眉男探出頭說：「十分鐘到了。」

拓實嘆了口氣，再度低頭望著千鶴囁嚅道：「到底是怎麼回事……」

無眉男扯著拓實的手臂，就在這時，千鶴突然悄聲說道：「放心吧，阿拓。我絕對會救你的。」

「千鶴……」

「好了，到此爲止了。」無眉男將拓實拉出小房間。

回到隔壁辦公室，拓實又被押回先前那張鐵椅上。

「如何？聽到你要的答案了嗎？看你那副樣子，似乎談得不甚愉快啊。」石原說道：「別那麼沮喪，女人多得是呀。」

拓實抬起臉正想回嘴，辦公桌上的電話響了。

無眉男拿起話筒，低聲說了聲「喂」之後，神情逐漸轉為嚴肅。「是和黑人一道的女人。」他掩住話筒，向石原報告。

「看來我們在等的人上門啦。」石原撇著嘴笑了，伸手拿過話筒。

33

「我是石原。我說大姊呀，妳相當有膽識嘛。妳的黑人男友是打幾級的？……次重量級啊！他眞的很強，可以麻煩他下手輕一點嗎？我們家淨是些身子弱的小傢伙呀。好吧，接下來你們有什麼打算？……嗯？……我知道了……放心啦，淺草的小哥老實得很。」石原語氣和藹地聊了一段，接著笑嘻嘻地將話筒遞給拓實，「麻煩你好好地勸他們一下吧，我們也不想動粗呀。」

石原要手下鬆開拓實的手銬。拓實一湊上話筒，劈頭就破口大罵：「喂！你們搞什麼鬼啊！小聲一點啦！——一旁的石原頓時皺起眉頭，因爲他正戴著耳機監聽，耳機線另一端連向話機，錄音設備也同時啓動。

「沒辦法啊！我無論如何都想搶回千鶴嘛！」

「妳把岡部那個混帳帶過來不就成了？」

「就是人不見了啊！」

「不見了？妳說岡部嗎？」
「聽說是趁傑西去上廁所的時候溜掉了。」
「溜掉了？那時生呢？」
「時生也不見了。」
「什麼？怎麼回事？爲什麼那小子也一併失蹤了？」
「你問我我問誰啊？反正沒了岡部，他們一定不肯放千鶴回來，所以我和傑西討論的結果就是先搶回來再說了。」
「爲什麼不和我說一聲！」
「根本沒機會和你說吧？那時候你不是和那個叫石原的老頭在一塊？」
或許是聽到竹美叫他老頭，一旁的石原露出了苦笑。
「妳太亂來了！要是眞的搶回千鶴我也沒話說，可是妳看妳，到頭來還不是空手而回？」
「誰想得到對方埋伏了那麼多人。我只是直覺他們根本不打算把千鶴放回來，一旦我們把岡部交出去，他們一定會把千鶴一起帶走的，那幫人的手法就是這麼骯髒。」
「喂，妳少講兩句。」
「他們一定在監聽這通電話吧？我清楚得很，既然有人竊聽我更要講！那幫人根本就是下三濫！」
石原張大了嘴，沒出聲地呵呵笑著。
「妳也是見過大風大浪的，應該很清楚這幫人不好惹，幹麼淨做些蠢事！」
「誰幹蠢事來著？蠢到爆的是你吧！什麼前拳擊手，兩三下就被擄走，講出去只會笑掉人大牙！」

拓實沒回嘴，一逕緊握著話筒，這時石原突然從旁搶走話筒。

「這位大姊，是我，下三濫的石原。我已經深深領教到大姊妳的潑辣了，能否麻煩你們聊一些有建設性的話？我們時間也很緊迫的。」石原說完，旋即將話筒還給拓實。

「喂，接下來打算怎麼辦？」拓實問。

「不能怎麼辦啊，誰曉得他們跑哪裡去了。」

「妳現在在哪裡？」

「你是白痴嗎？我能把我的下落在電話裡告訴你嗎？」

也對，竹美和傑西現在也得避開石原的追捕。

「總之，現在只能賭賭看時生可能會去的地方了吧？」

「那傢伙根本不知道該去哪裡，我和他都對大阪人生地不熟的。」

「這倒是……」

而且拓實就算心裡有數，也不可能現在告訴竹美，否則一定會被石原他們搶在前頭跑去抓走岡部的。

「竹美，妳十分鐘之後再打來好嗎？我和他們先談好下一步。」

「下一步？你打算怎麼做？」

「別問那麼多，照我說的做就是了，明白嗎？」

「好吧……」聽完竹美應了聲，拓實掛上電話。

石原拿下耳機，「你想到什麼好法子了嗎？」

「沒有好法子。」

「那你打算幹什麼？」

「我想你剛剛都聽到了吧，我的伙伴似乎帶著岡部跑掉了，原因我也不清楚，但是，我們眞的沒打算騙你，希望你能相信這一點。」

「相信你們又怎樣？根本不値一文吧。」

「我會把人找出來的。我一定找出岡部，把他帶來這裡交給你。這樣可以吧？」

「你不是說不曉得他們會跑哪裡去嗎？」

「我是不曉得，但是最了解我伙伴的就是我，要找出他，只有我辦得到。」

「這樣啊……」石原搔了搔鼻翼，「如果沒找到人呢？」

「我不是說我一定會找出來交給你嗎！」

「小哥，我問的是如果你沒找到人要怎麼辦？」石原坐到椅子上，兩腿擱上辦公桌，接著身子不停晃啊晃的，椅子傳出咿咿軋軋的聲響。「喂，現在幾點了？」石原開口問無眉男。

「現在……呃，大約凌晨四點。」

「四點啊。」時原點了點頭，看向拓實說：「小哥，你聽過《跑吧！美樂斯》嗎？」

「聽過啊。」

「我是很想給你二十四小時，但我們沒辦法等那麼久。給你二十個小時，換句話說，今晚的十二點整是最後期限，麻煩你找出岡部吧。要是找不到人，你就別再想這個女人了。嗯，搞不好你對她早已死心了，不過我說的是徹徹底底死心。我們也不可能一直待在這裡磨咕，十二點一到，我們就會撤離這裡，女人也一併帶走，我想那麼一來，小哥你應該是一輩子都不會再見到她了。明白了吧？」

「我會在十二點之前揪出岡部的。」拓實說得斬釘截鐵。

「那是最好，只不過，我是屬於不相信美樂斯的那一派，所以不可能放你獨自一人去辦事。喂，」石原對高個男說：「你負責看著這位小哥，無論發生什麼事，都不准離開他。」

「知道了。」

「現在幾點幾分了？」石原再度問無眉男。

「四點。」

石原發現無眉男看都不看時鐘便回答，一腳踹開椅子罵道：「你是沒長耳朵嗎？我問你幾點幾分！」

「呃……是。現在是四點八分。啊，變成九分了。」

「所以還剩十九個小時又五十一分了。」石原對拓實說：「你最好動作快一點。大阪大姊好像還會打電話來吧？我幫你向她解釋吧。」

「別對他們動手，這事情和他們無關。」

「我曉得。只要小哥你好好幹，什麼都好說。」石原邪邪地笑了。

離開這棟建築時，拓實是被蒙著眼的，顯然他們不想讓他記住這個地點所在。高個男押著他往前走，不知何處飄來很香的餅乾味道，拓實突然覺得餓，這才想起自己好一段時間都沒進食了。

拓實被押進車裡。車子行駛間，高個男坐在他身邊，開車的是無眉男，兩人都一逕沉默著。

「我餓了。」拓實試著開口：「好想吃點什麼再上工啊。」

那兩人依舊沒吭聲。

車子停了下來。眼罩一摘掉，拓實發現此處並不陌生，正是先前他被擄上車的御堂筋大道。

「那，我先回去等你聯絡了。」無眉男說道。

「嗯，我每兩個小時會打電話回報。」高個男回答。

一下車，拓實大大地伸了個懶腰。空氣中有著汽車廢氣的味道，明明天都快亮了，路上仍然可見許多醉漢的身影。

「好了，你接下來要怎麼走？」

「對喔，來想一想。」拓實摩挲著下巴長出的鬍碴，「不過，可以先請教你的大名嗎？沒個稱呼很麻煩的。」

「我叫什麼都無所謂吧。」

「就是因爲無所謂，告訴我也沒關係啊。還是你希望我一直叫你無名氏？」

高個男低頭盯著拓實好一會之後，回道：「日吉。」

「日吉？有慶應的那個日吉(*1)？」

「嗯。」

「是喔。」拓實心想反正一定是化名，可能高個男有朋友住那裡吧。

日吉看了看手表說：「動作快一點吧。沒多少時間了。」他的語氣毫無抑揚頓挫。

「我知道啦。」拓實說著朝馬路舉起一手，馬上有輛計程車停到兩人身旁來。

他的目的地是上本町的商務飯店，因爲對現在的他與時生來說，只有那個地方稱得上是落腳處，雖然他不覺得時生會回飯店，去看看或許會有什麼線索。

遺憾的是，一如他所預測，客房內並沒有時生回來過的跡象。時生本來就沒帶行李在身上，當然沒必要回來這裡。

「怎麼?已經玩完了嗎?」看到拓實走出飯店，日吉冷冷地問道。

「囉嗦。讓我安靜一下好嗎?」拓實一屁股坐上路邊護欄，掏了掏口袋，才想起裡頭原本就空空如也，不禁抬頭望向日吉，「喂，你有菸嗎?」

日吉默默地遞出一盒七星，拓實比了個手勢道謝，抽出一根叼到嘴上，日吉立刻伸手過來幫他點火，拓實向他輕輕點了個頭。

日吉看向手表，看樣子他一直惦著定時向石原回報一事。

「你從前也是打拳擊的吧?」拓實試著問他。

但日吉只是直直盯著拓實看，什麼也沒說，或許他早已養成非必要不開口的習慣。

「你個頭那麼高，應該不是中量級就是次中量級的吧?」

「你應該沒時間閒聊吧?」

「我只是想多了解你們一點啊。你也站在我的立場想想，我可是莫名其妙地被逼上梁山。」

日吉只是別開臉，擺明一副不感興趣的模樣。拓實連同嘆息呼出一口煙。

時生為什麼會突然帶著岡部消失無蹤?不可能是岡部逃走而時生追了上去，要是那樣，時生應該會試圖聯絡拓實。既然傑西去上廁所時並沒察覺任何異狀，代表只有一個可能——是時生主動帶走岡部的。

*1 慶應義塾大學，本部位在東京都港區的「三田校區」，此指位於神奈川縣橫濱市港北區的「日吉校區」。

先不論原因何在，時生帶著岡部離開能幹麼？時生一定很清楚，少了岡部，對拓實與竹美他們會造成多大的困擾。還是他決定先把人帶走再找機會向他們解釋？那時生打算怎麼聯絡上他們？打電話去竹美家？還是宗右衛門町的「BOMBA」？可是那些地方一定都有石原的手下在監視，連鶴橋的燒肉店想必也無法倖免，時生不可能沒有這種程度的危機意識。

菸變短了，拓實踏熄菸蒂的同時，日吉以一副「你抽夠了沒？該行動了吧」的眼神瞪過來，顯然不是開口向他再要一根菸的時機。

「有結論了嗎？」日吉依舊面無表情地問道。

「正在苦思呢。」

「你不是一直和那小鬼混在一起嗎？應該有什麼地點是只有你和他曉得的吧？」

「才沒有那種地點呢。說來你可能不相信，我和那小子認識還沒幾天。」

日吉一聽，皺起了眉頭，一臉質疑地瞪著拓實說：「眞的嗎？」

「眞的啊。說實話，我根本不曉得那小子到底是哪裡冒出來的誰。」

「少來。」

「我沒騙你啊，我只知道他的名字，而且也和你們的名字一樣，天曉得是眞名還是編出來的。」

「可是看不出來啊，我一直以爲他是你的親戚還是家人。」

這下換拓實瞪著日吉瞧，「爲什麼這麼說？」

「不爲什麼，只是一直在暗中盯著你們，不知怎的就有這種感覺。本來我以爲你們是朋友關係，可是跟到後來就覺得應該不是了。」日吉說到這，突然板起臉別過了頭，似乎是察覺自己太多話了。

「喂。我說啊……」

「怎麼？」

「再擋一根好吧？」拓實擺出挾菸的手勢。

日吉一臉不耐煩地將七星菸盒和廉價打火機一併遞給拓實。拓實嘿嘿地竊笑著打開了菸盒，發現裡面只剩三根。

「你都抽伸手牌的啊。」日吉說。

「偶爾吧。」

「不，你一定都是抽要來的，觀察一陣子就曉得了，你很習慣賴著別人，跟個富貴人家出身的大少爺一樣飯來張口。」

聽到這，拓實頓時一把火起，扔掉菸便站了起來。然而日吉依舊是冷冷的一張臉，只有嘴角微微地揚了揚，顯然對幹架有相當的自信。

拓實死命瞪著日吉，正要揮起拳頭，突然間怒氣全消，因爲他腦中倏地閃過一個詞。

——富貴人家出身的大少爺……

莫非……時生在那裡!?

拓實的腦海裡浮現那本《空中教室》的某一格畫面，時生先前便是憑著那格畫面尋找爪塚夢作男人住處。他似乎深信爪塚就是拓實的親生父親，而且在千鶴被擄走那一天，他說他找到拓實出生的老家了，甚至和拓實約好等千鶴平安回來，要和他一起去那個地點一趟，還說那裡有證人在。

錯不了。拓實非常肯定，時生一定是想逼他去那個地點。時生並不曉得他被石原抓走一事，

時生賭的是，拓實一旦發現岡部被帶走，一定會想盡辦法找出時生，而最終就會找到那個地點

去。拓實不明白爲什麼他明明和時生約定好等找到千鶴再一起過去，時生卻還是使出這麼強硬的手段。

「想起什麼線索了嗎？」日吉似乎看出拓實神情有異。

現在的問題是這個男人。時生一定以爲拓實會獨自前往找他吧，雖然不確定他是怎麼扣住岡部，但兩人應該是一道。拓實盤算著，要是帶著日吉去找時生，搞不好岡部當場就會被日吉搶走，可是沒時間拖拖拉拉想法子甩開日吉，只能孤注一擲了。

「我要回剛才那間飯店。」拓實說。

「那家商務飯店？那裡不是什麼都沒有？」

「回去小睡一下啦。反正現在這個時間又不能幹麼，醒著只是讓肚子愈來愈餓。」

「睡醒以後呢？你應該是想到什麼了吧？」

「現在還不能告訴你，要是被你們搶先就完了。」

「勸你不要誇下海口比較好。不過，嗯，只要你有辦法找出岡部就無所謂。我先回報一下再讓你去飯店。」

日吉打電話給石原的這段時間，拓實就被銬在電話亭外頭交通標誌牌的桿子旁。拓實暗自嘀咕著我又不是狗，一方面慶幸這時間路上還沒什麼行人。

一回到商務飯店客房裡，拓實在床上躺成大字形，日吉則是倚著牆坐在地上。

「你不躺著嗎？多少睡一下比較好哦。」

「你還有空擔心別人嗎？」

「好吧，不睡就算了。」

拓實轉過身背對日吉。說實在的，他非常睏，但當然不能眞的睡著。

然而他還是在不知不覺間逐漸意識朦朧，卻突地有人抓住了他的右手，他嚇了一大跳回頭一看，日吉正拿手銬銬上他的手。

「幹麼？我還在睡啊。」

「預防萬一。」

日吉將拓實的手銬在身後，雙腳也以繩子綁住，再拿布條堵住他的嘴，大功告成後，日吉才離開房間，看樣子是去上廁所了。

被綁縛得像隻青蟲的拓實掙扎著下床，往自己的提袋裡探著，因爲只能憑觸覺在背後摸索，難度尤其高，但拓實仍拚命地想找出一樣東西。

那就是「百龍」的哲郎給他們的那本舊地圖。

記得那地方位在生野區，可是是生野區的哪裡來著？好像叫高……高什麼的……

拓實怎麼也想不起來，倒是翻到了生野區那一頁。他奮力地將頁面撕下，把剩下的地圖收回提袋，撕下的那頁則是摺一摺藏進褲子裡。

他連忙躺回先前的位置，就在這時門打開來，日吉回來了，他眼神銳利地瞪了拓實一眼之後，解開拓實的手銬與腳踝的繩子，又回到牆邊坐著。

「喂，你不餓嗎？」拓實開口了，「你也好一段時間沒吃東西了吧？」

日吉沒回答，一逕盤著胳膊望著牆壁。

「你聽過《龍虎群英》(*1)那部電影嗎?三船敏郎、查理士·布朗遜和亞蘭·德倫合演的西部片,亞蘭·德倫是火車大盜,偷走了日本大使的寶物,那是一把準備獻給美國總統的武士刀。老查是亞蘭·德倫的同伙,被隨行的日本武士逮住,武士要老查帶他去找亞蘭·德倫。飾演武士的就是三船敏郎嘍。如何,像不像我們現在的狀況?」拓實繼續說:「旅途中,老查問武士:『喂,你都不會餓嗎?』你知道武士怎麼回他嗎?」

「武士叼根牙籤就飽了(*2)。」

「啊?」

「武士即使肚子餓了,也不會顯露在臉上。——他應該是這麼回答吧。」

「什麼嘛,你看過這部片啊。」

「沒看過,但不難想像。」日吉看了看時間,「你也該起床了,今天之內得找出岡部吧。」

「嗯,也對,差不多要出發了。」拓實起身後,伸了個懶腰,「不過啊,我也想先上個廁所再走。」

當然日吉一路跟到廁所。

「我要上大號哦。」拓實在廁所門口對他說:「我的屎很臭,你還是別進來吧。」

「快點解決。」

拓實走進大號間,一脫下褲子,立刻攤開那張地圖,仔細端詳著上頭的小文字,這時他看見了一個熟悉的地名。找到了,那地方叫做高江。

這麼蹲了一會,還眞的想上大號了。拓實慢條斯理地上完,走出廁所,日吉依舊站在門口。

「不好意思,很臭喔。」

「快走吧！」日吉皺起眉催促。

來到街頭，往來車輛變多了，世間已逐漸甦醒。

日吉又去打電話回報，拓實還是老規矩被銬在交通標誌牌的桿子旁，他忍不住想抱怨，爲什麼每個公共電話旁一定都立著根標誌牌啊？何況這時間行人變多了，還得想辦法藏住手銬。

「眞虧你有辦法這麼頻繁地打電話，應該沒什麼好報告的吧？」拓實對走出電話亭的日吉說道。

「如果我沒定時聯絡，頭子就會研判是出了狀況，到時候傷腦筋的是你們吧。」

「也對。」

兩人朝車站方向走去，拓實苦思著怎樣才能甩開日吉，卻想不出任何好方法。出拳打他一定打不中，趁隙逃跑又沒把握跑得過他，畢竟跑步也是拳擊手的重點訓練之一，很有可能最後跑不動的是自己。再者，就算順利甩開他的監視，只會害千鶴落入更險惡的境地。

拓實在售票處前停下腳步。

「不搭計程車嗎？」

*1 《Red Sun》，一九七一年法國出品的西部動作片，又譯《大太陽》，由日本知名演員三船敏郎（1920-1997）、美國性格演員查理士・布朗遜（Charles Bronson, 1921-2003）、法國小生演員亞蘭・德倫（Alain Delon, 1935- ）攜手演出。

*2 日本諺語，原文作「武士は食わねど高楊枝」。日本武士精神強調，武士必須耐得住飢餓，即使飢腸轆轆，仍得裝出剛用完膳、飽到以牙籤剔牙的模樣。

「我當然很想搭計程車啊，只是不巧，我不曉得怎麼告訴司機我的目的地，那地方有點難解釋。」

這是事實，高江這個地名早已不存在，還得要運氣好遇上經驗老道的計程車司機才有可能曉得高江，否則實在不知道要怎麼說明。至於車站一帶的地圖，拓實剛才在廁所裡已經深深記在腦子裡了。

「你的目的地是哪裡？」

「現在還不能說。」

他買了到今里車站的車票，離上本町這裡只有兩站的距離。

拓實和日吉坐上普通車，在今里車站下車。剛好是上班上學的時間，站內非常擁擠。兩人走過站前商店街，一出來大馬路便往左轉。拓實很想拿地圖出來看，又不想讓日吉看到。

東拐西彎走了大概十分鐘，拓實停下來看了看四周，他對公車站的站名有印象，根據那本舊地圖記載，這一帶應該就是從前的高江町。

而這附近的某處，正是《空中教室》所描繪的場景；而且據時生所言，拓實誕生的老家依然在原處。如果拓實的推理沒錯，時生現在應該正帶著岡部躲在那裡。

「喂，怎麼？幹麼站著不走？」日吉焦躁地問道。

「好戲才要開始呢。」拓實說：「接下來的路，只能憑我的直覺找找看了。」

「什麼意思？」

「只能邊走邊找的意思。通往目的地的路標只有我知道。」

拓實正要邁開步子，日吉一把抓住他的肩膀，「把路標告訴我，叫人來一起找比較快吧？」

拓實揮開日吉的手，「要是被你們搶先找到那個地方還得了？何況那個路標又是嘴上講不清楚的，我自己也只有個模糊的印象啊。」

日吉蹙起眉。拓實轉身背對他，再度踏出腳步。

事實上，拓實對那個地點眞的只有模糊的印象，唯一的依據就是漫畫上那一頁的場景，而他當初也只是一瞥而過，要說印象最深的，大概只有圖上那根電線杆了吧，但那種東西根本到處都是。

接下來好一段時間，拓實只是默默地走著，似乎不管怎麼走，四下都是大同小異的街景。拓實不禁心想，要是手邊有那本漫畫就好了，那麼一來，就能夠抓住這一帶的居民，指著圖詢問他們正確地點。他再次體認到爲什麼他將那本漫畫賣掉時，時生會發那麼大的脾氣了。

時間眨眼就過去，當中日吉聯絡了石原好幾次。看著日吉通電話的模樣，不難想像石原那邊也相當焦慮。

「你到底要在這地方晃蕩到什麼時候？」日吉終於忍不住開口了，「從剛剛就一直在町內打轉，來回不下幾十次了吧，你眞的有心在找嗎？」

「我也是拚了命在找啊，可是就沒看到路標，我也沒辦法呀。」

拓實自己也沒想到會這麼難找，先前一直覺得反正先來了再說，只要來到這裡，總有辦法找到。然而仔細想想，單憑自己對一張圖的模糊記憶，要找出某個地點，難度其實相當高。

爲什麼自己會覺得很容易就找得到？

因爲時生已經找到了。他比自己還熱中地讀著那本漫畫，對那幅場景一定有著更鮮明的記憶，但顯然不止這個原因。

已經不覺得餓了。原本感覺非常充裕的時間正一分一秒地流逝，拓實頻頻冒汗，一方面是因為四處奔走，但更大的原因是內心的焦急。

「該打電話了。」日吉說著又往公共電話亭走去。他已經不再銬住拓實了，而拓實自己事到如今也不想逃走了。

日吉打著電話的這段時間，拓實便一屁股坐在地上等待，兩腿又痠又疼。

這時，他的視線停留在一處，那是貼在町內公告板上的住戶配置一覽圖，各戶姓氏都標示在上頭。

他才想著，找到這種東西也沒啥用啊——

「麻岡」二字躍入他的眼簾。

34

日吉打完電話走回來，旋即察覺拓實神情有異，當場抖擻地直視拓實問道：「喂，發現什麼了？」

拓實連忙搖著頭，「沒有啊，老樣子。」

但他的演技騙不過日吉。日吉銳利的視線掃向四周，不消多久便發現了公告板上的那張町內住戶一覽圖。

「是這個嗎？」日吉點點頭，冷笑了一聲，「你的路標也太陽春了吧，這算哪一國的發現新大陸？也稱不上遠在天邊、近在眼前，這東西只要看一下地圖就找得到了啊。」他語帶嘲諷地回頭看向拓實。

「又還沒確定找到了。」

「有個譜就夠了。說吧，哪一戶？」

「你覺得我會現在告訴你嗎？」

「不說也行，那你就快點帶我過去！」日吉抓住拓實的肩膀。

「很痛耶！讓我再仔細看一下啦！」

拓實一邊看著住戶一覽圖，一邊思考著有什麼辦法能甩開這個男人，但是比力氣贏不過他，比腳力也沒勝算。

「我話說在前頭，你可別動歪腦筋。要是讓你逃了，我的下場會很慘，所以我賭上性命也會抓到你的。」身後的日吉說話了，簡直像是看穿了拓實的內心。

「誰有空想那種事啊。」拓實腋下冒著汗。

放棄甩開日吉的念頭，拓實踏出步子，腦中開始想的是另一件事。麻岡——好久沒想起這個姓氏了，自己眞正的名字，應該是麻岡拓實……

拓實知道時生爲什麼沒有那本漫畫也找得到那個地點了——他想必也看到這張住戶一覽圖了吧。拓實赫然察覺，先前時生一直嚷嚷說他找到拓實誕生的老家，還有證人在，表示時生早已掌握了狀況，反而是拓實自己作夢也沒想到，「麻岡」這個姓氏還存留在這個町上。

時生說的證人到底是誰？離目的地愈近，拓實不知怎的愈是害怕了起來。

他倏地停步不前。目的地就在不遠處所帶來的恐懼也是原因之一，但令他不得不停下來的，其實是眼前深深震撼他內心的景象。

「怎麼了？就在這附近嗎？」日吉問道。

然而拓實沒應聲，一逕凝視著前方。角落矗立的舊電線杆，深處成排的老舊矮房子，都是似曾相識的景物。這裡正是那格漫畫所描繪的場景，即使之前只瞥過一眼，此刻卻鮮明地在他腦中甦醒，與眼前的景象完美重合。而於此同時，他的胸口有股強烈的激動情緒翻攪著。這樣的心情究竟是什麼呢？揉合了悲傷、帶著些許無奈、以及隱隱約約的懷念……

我在想什麼啊——拓實試圖甩開奇妙的思緒。自己待過此處的那段短短時日，不過是個懵懂的小嬰兒，什麼也沒看進眼裡，什麼也沒記在心上，現在這股情緒不過是錯覺罷了。他這麼告訴自己。然而這個小鎮的空氣卻彷彿強行將他拉回過去，那個連他自己也不知道的過去……

「喂。」

「閉嘴啦！」拓實對日吉吼了回去，連他自己也很訝異爲什麼會口氣這麼衝。

日吉似乎想回嗆，但和拓實一對上眼，話又吞了回去。

拓實逐漸平靜了下來，小鎮的氣息彷彿滲入他的五臟六腑，而且，這感覺並不會不舒服。

「就在前面。」拓實說完便往前走去。

低矮屋簷的房子一間接一間，每間的正面寬幅都超乎想像地窄，外牆木板腐朽，每戶人家門前都宛如約定好了似地，擺著斑駁的洗衣機，好幾臺都破舊到令人不禁懷疑還能不能使用。

但即使是如此貧窮的住家，每戶門前還是掛出了標示屋主姓氏的名牌，寫著「麻岡」的名牌很明顯是拿魚板的木板來權充，而鄰近的住屋也全是破破爛爛的木板屋。

「這戶嗎？」

「我不確定我的伙伴是不是在這裡哦。」

「他有可能來的就是這一戶吧？」

「……嗯，是吧。」

日吉一把推開拓實，衝上前試圖打開那扇三夾板般的薄門，但門上了鎖，日吉喀嚓喀嚓地轉弄門把好一會兒，還是打不開，於是他開始使勁敲門，薄薄的門板都快被他敲壞了。

「看來我猜錯了啊……」拓實嘟囔著。如果不是這裡，他真的不曉得時生還會跑去哪兒了。

「等等。」猛敲著門的日吉突然後退了一步。

傳出開門鎖的聲響。在拓實與日吉的注視下，門慢慢地打開了，一名瘦小的老婆婆探出頭來，先是抬頭看了日吉一眼，接著看向拓實，露出一臉疑惑，以粗啞的嗓子問道：「請問有什麼事嗎？」

「婆婆，屋裡只有妳在嗎？」

「嗯，是啊。」

「眞的嗎？住這屋裡的可能只有妳，但現在應該還有人躲在裡頭吧？」

「你在說什麼？屋裡沒半個人啊。」

「是嗎？那讓我進去確認一下吧。」日吉話聲剛落，便使力一拉門。老婆婆仍抓著門把，經他這麼一扯，整個人往門外一個踉蹌，拓實連忙扶住差點跌倒的老婆婆。

「喂！你不要亂來啦！」

但日吉沒理會拓實，直接闖進屋內。

「婆婆，妳沒事吧？」拓實問老婆婆。

這時，老婆婆微微張口低喃道：「來了哦。」

「啊？」

「躲在最裡面的壁櫥裡。」

聽到這句，拓實立刻明白了老婆婆想告訴他什麼——時生果然在這裡。

他輕輕點了個頭，追上日吉。穿過玄關一走進屋內便是一間約四張半榻榻米大的和室，中央擺了張矮桌。只見日吉正要拉開隔間的紙門。

拓實迅速環視四下，看到一個醬油空瓶，立刻抄到右手上，朝日吉身後逼近。

拓實屏住呼吸，將瓶子高高舉起，集中力氣就要朝日吉的後腦杓揮下去，日吉卻突地往旁邊靈巧地一閃。拓實剛驚覺失手，日吉已經轉身面朝他，依舊是那副面無表情的模樣，身手極爲敏捷地衝了上來。

拓實迎面吃了一拳，身子當場往後飛去，頭與背部重重撞上什麼東西，回過神才發現自己摔在玄關。

「啊！拓實！拓實！振作點！」老婆婆連忙過來扶起他，他不禁狐疑這位婆婆爲什麼會知道自己的名字。

但現在無暇細究這些。日吉稍微教訓過拓實之後，伸手打開了深處的壁櫥。

有人怪叫著朝日吉撞上去，是時生。但他當然不是日吉的對手，下一秒就被扔去撞牆，最後癱坐在榻榻米上。

而岡部也躲在壁櫥裡。日吉一把拖出他，看他兩手仍被繩子綁著，應該是時生綁的吧。

「鬼捉人遊戲之後是躲貓貓啊？岡部先生，你該玩夠了吧。」日吉冷冷地俯視倒在榻榻米上的岡部。

「等等，別動粗……」

「我沒有要動粗，只要你老老實實地聽話就不會有事。」日吉揪住岡部的衣襟拉他起來，接著望向拓實三人。「婆婆，電話在哪？」

「我家沒有電話。」

「沒電話？」日吉蹙起眉頭，一副不相信的眼神掃視著屋內，但很快便明白老婆婆並沒有說謊。

日吉嘖了一聲，仍揪著岡部的衣襟便朝玄關走去，穿了鞋就要踏出門時，拓實從身後扯住他的手臂，「等一下，說好拿岡部換千鶴的吧？」

日吉瞇細了眼瞪向拓實，「先把這男人帶回去，女人之後再說吧。」

「喂！你們說話不算話呀！」

日吉輕薄地笑了笑，一甩開拓實的手，旋即賞了他的胃部一拳，見拓實疼得彎起身子，又朝下巴一拳揮去。拓實痛得蹲了下來，完全發不出聲音，血的味道迅速在嘴裡擴散，混著湧上的胃液。

日吉拖著岡部打開了門，拓實才在想萬事休矣，突然傳來一聲鈍響，日吉整個人應聲飛進屋內。拓實當場愣住，不知道發生了什麼事。

抬眼一看門口，一名高大的黑人正低下頭鑽進門內，身後跟著的是竹美。

「你們爲什麼會在這裡……」拓實問道。

但傑西沒空回答他，因爲日吉很快便站了起來，脫去上衣，擺出備戰姿勢。傑西也迎面對峙，眼神中燃燒著拓實前所未見的拳擊手鬥志。

所有人屏息望著兩人。日吉先有了動作，展開連續刺拳攻擊；傑西輕巧地扭轉上半身一一閃過。

日吉左右連擊，第二拳擦過傑西的下顎，緊接著將攻擊目標由上方轉至下方。或許是對自己的直拳命中率相當有信心，日吉一個直拳便往傑西的胸口揮去。

然而就在這一瞬間，傑西使出右勾拳，日吉立刻伸出左臂來擋，強力的衝擊讓他身子微微一晃，而這處破綻並沒有逃過前次重量級職業拳擊手的目光，伴隨「咚」的一聲，傑西的一記左直拳穩穩擊中了日吉的臉。

35

「眞是的，只有挨打的份，丟不丟臉啊。」看著拓實以手帕拭著嘴裡流出來的血，竹美不耐煩地說道。

「有什麼辦法，對手那麼強。話說回來，到底是怎麼回事？爲什麼你們會在這裡？」

「嗯，這就說來話長嘍。」說著竹美看向時生。

「對喔，小子，都怪你自作主張把岡部帶走，事情才會演變成現在這個局面啦。你究竟想怎樣？把話講清楚來！」拓實扯住時生的衣袖。

「我當時別無選擇，只能帶著他走啊。」

「我就是問你爲什麼要帶他走呀！」

「不應該責怪時生吧。」身後有人出聲了。拓實回頭一看，一個男人站在門口，「多虧了時生，事情才能在無可挽回之前緊急煞住。」

男人走了進來。迎著光線一看，面容看得清清楚楚，拓實還記得這個人。

「啊，是你！」

「看來你還記得我呀。」

這個人是高倉，也就是拓實與時生離開東京前，在錦糸町的「紫羅蘭」遇上的酒客。

「我們那時不是約好了嗎？我希望你們一找到岡部，立刻聯絡我。我還特地留了電話號碼給你的。」

「誰和你約好來著，話都是你在講。」

「可是你要是肯聽我的話，事情不會變成今天這樣吧。」

「你的意思是你有辦法搶回千鶴？」

「我是說我有辦法與對方交涉，談到對你們更有利的條件。對於來龍去脈毫不知情的你們，突然跳進來攪和，實在太有勇無謀了，那幫人不是你們處理得來的。」

「哼，你以爲我會相信你的話嗎？」拓實將視線從男人身上移開，緊接著看向時生，「原來如此，你打電話給這個人啊。」

時生只是噘起嘴，垂下了眼。

「爲什麼不和我商量就做這種事？」

「因爲看樣子你的策略很可能會失敗嘛。」

「什麼策略？」

「拿岡部換回千鶴小姐。我總覺得他們會搶走岡部，但不會放千鶴小姐回來的；何況我也很擔心你。」

「你在說什麼？我這邊本來進行得順得不得了，是你突然打亂了計畫，好嗎！」

「是嗎……」時生微微偏起頭低喃著。看他這副模樣，拓實更是火大，正要破口大罵，旁傳來竊笑聲，是高倉發出來的。

「果然就像時生所描述，憑著一股沒來由的自信便莽莽撞撞地往前衝。」

「你說什麼！」拓實瞪了高倉一眼，接著看向時生問道：「喂！你眞的這麼講我嗎？」

「我不是說了嗎？是他救了你。要我說幾遍你才聽得懂？」高倉的臉上沒了笑容，「他打電話給我的當時，你們正處在非常危險的狀況卻毫不自知。如他剛才所說，下場就是你們只能眼睜睜看著岡部被搶走，根本不可能救回千鶴小姐。所以我指示他立刻帶著岡部躲起來，等我搭天亮第一班新幹線趕來大阪再說。」

沒試過怎麼知道救不救得回千鶴！——拓實正想這麼反駁，竹美先插嘴了：

「我在那通電話裡也跟你說過了，那幫人派了一缸子手下埋伏，要是我們帶了岡部現身，他們肯定會集中火力把人搶走的。那幫人根本打從一開始就沒打算把千鶴還回來。」

拓實一聽，話也吞了回去。

「不過眞虧你能找來這裡呢。我當時問時生，有沒有哪個地點是只有你和他曉得的，於是他告訴了我這戶人家。那幫人爲了找出岡部，勢必得放你出來找時生，我們就賭在你身上了。」或許是覺得拓實一味挨轟還滿可憐的，高倉稍微稱讚了他一下。

「哼，要推理出這個地點又沒多難。」拓實鬧著彆扭地回道，接著看向竹美與傑西說：「你們又是怎麼知道這裡的？」

「傑西的外套口袋裡有一張紙條，應該是時生趁傑西上廁所時放進去的，上面寫了這個地點。我們是在搶千鶴的行動失敗之後才發現紙條的。」

「這麼說，妳和我通電話時，早就知道時生在這裡了？」

「嗯，知道啊。」

那妳爲什麼不告訴我！——拓實正要吼出口，又立刻閉上了嘴，因爲他想起那通電話從頭到尾都有石原那幫人在竊聽。

拓實嘆了一大口氣，環視屋內一圈，最後視線落在高倉身上。

「你到底是什麼來路？麻煩解釋一下，好嗎？還是說你和石原一樣對內情一無所知，只是聽命行事？」

「不，我應該算是相當了解內情的哦，包括檯面上與檯面下的。」高倉這才進到屋裡，盤腿坐了下來，接著從上衣口袋拿出名片，「先說明一下我的身分吧。」

拓實接過名片，上面印著「國際通訊公司　第二企畫室　高倉昌文」，原來「高倉」不是化名。

「國際通訊公司？是幹什麼的？」

「敝公司乃是政府出資的特殊法人，專門處理國際通訊，包括國際電話等業務。由於是獨占企業，每年的營收相當驚人。」

「我是問你們公司的人都在幹些什麼事……」說到這，拓實想起來了，之前「紫羅蘭」的媽媽桑描述岡部時，曾提到他從事電話相關工作。

「這傢伙也是你們公司的人嗎？」拓實指著坐在隔壁房間的岡部問道。岡部只是稍稍抬起臉，很快又低下頭去。他的身旁躺著還沒恢復意識的日吉，預防萬一，日吉的雙手雙腳都以繩子綁了起來。

「是的，他是我們公司的員工……不，應該說是前員工。」

「這傢伙幹了什麼好事？」

「我先從一個月前成田機場的東京海關破獲走私一案說起吧。那起案子，敝社的社長室有兩名員工被捕，這兩人四處收購昂貴的美術品與首飾。由於他們身爲政府出資特殊法人的公司員工，警方不禁懷疑他們走私的動機。當然這兩人堅稱是個人行爲，與公司無關，然而他們買進貨品的總額折算現金高達幾千萬圓，警方合理懷疑這起走私的主導其實是敝公司高層，於是展開調查。另一方面，這起案子也在敝公司內部引起軒然大波，員工私下紛紛揣測是否眞是我們公司幹的。我本來也被蒙在鼓裡，後來，副社長告訴了我眞相。」

「副社長……」

「敝公司有兩名副社長，簡單講就是一位主流派、一位反主流派。而把實情告訴我的是反主流派的副社長，也就是在公司內部權力較弱的那一位。」

有些部分，拓實當然是有聽沒有懂，但他仍點了點頭催促道：「然後呢？」

「問題在於，確實是由敝公司高層出錢走私那些高價品進來，而且帶頭的，正是社長。看你的表情就曉得，你一定很想問社長爲什麼要幹這種事吧？答案很簡單，因爲他要拿那些走私品當禮物送給政治人物呀。」高倉說到這，眨起一隻眼。

「這不就是賄賂了嗎？」竹美問道。

「不折不扣的賄賂。」高倉點點頭，「只要警方一往這方向調查，事情就大條了。」

「那你怎麼處理？」拓實問道。

「目前敝公司內部正極機密地暗中展開湮滅證據的行動，因爲必須搶在警方搜查之前；而我的任務則是設法保護證據完整，換句話說，就是助警方一臂之力吧。」

「你這樣不是背叛公司嗎？」

「我是出於愛護公司才這麼做的，敝公司必須清理門戶。副社長的想法是，趁這個機會將公司內部的毒瘤一舉清除。」

「是那位非主流派的副社長說的吧？」

「是的。」

「切除毒瘤、將社長革職，然後自己坐上社長寶座，這才是他打的算盤吧。」

聽到拓實這麼說，高倉只是聳了聳肩說道：

「說到底，副社長也是只個上班族，我們這種領人家薪水的，誰不想出人頭地？何況他採取的又不是非法手段。」

「或許是吧，可是我說啊，岡部那混帳的名字怎麼還沒出現？」

「接下來才要講到重點，剛剛說的都只是開場白。嗯，站在警方的立場，好不容易抓到政治賄賂的把柄，當然不想以違反關稅法或奢侈稅法把案子大事化小地結束掉，他們想循著這些禮物的去向繼續追查下去，但是警方又不可能突然把社長抓去偵訊，想也知道只會得到『我不清楚公司交際費的使用狀況』的回答，所以警方將偵查對象鎖定在社長室的室長，然而……」高倉聲音一沉，「那位室長在被警方傳喚的當天，跳樓身亡了。」

拓實吞了一口口水。本來只是漫不經心地聽著，沒想到話題突然扯上了人命。

「那眞的是自殺嗎？」竹美問。

高倉搖了搖頭，「根據警方的報告，似乎判定是跳樓自殺。因爲沒有目擊者，本來就很難判斷究竟是他自己跳樓還是被人推下去的。」

「我就知道……」竹美說著，不安地望向每個人。

「那位室長的自殺，重挫了警方的查緝，因爲他正是敝公司與政界聯絡的窗口，走私進來的高價品極可能就是由他經手處理。不過幸好證據並沒有隨著他的死而沒入黑暗。這位室長有一名左右手，由於隸屬另一部門，警方尚未察覺到這號人物。至於我方，當然想立刻逮住這個男人，然而不曉得他是否嗅到了什麼危險氣息，有一天突然失蹤了。」

「我知道了，那個人就是……」

「沒錯，就是坐在那邊那位一臉窩囊的男人。」高倉冷冷一笑，看向岡部。

「所以你們要把這傢伙扭送警方嗎？」

「是啊，如果再早一點抓到他，這麼做是最好的。」

拓實聽出高倉話中有話，「什麼意思？」

「社長室的室長自殺後，警方也相對地謹愼。加上這段時間裡，又有另一股暗潮開始流動——敝公司不僅拿走私高價品當禮物，還開始公開地發送政治資金籌集會的餐會券以拉攏政客，警方承受的壓力又更大了。」

「搞什麼!?事情就這樣被壓下去了嗎？」

「不，我方與警方都不希望這起醜聞不了了之。繼續追查的話，敝公司或許有部分員工會遭逮捕，很可能有些政府官員也逃不掉，問題在於，這次一舉能夠肅清政界到多深入。」

「你們根本只打算推幾個替死鬼出去，就把事情壓下來吧。」

高倉撇著嘴嘆了口氣，「我們雖然掌握了一定程度的證據，但以目前的狀況來看，很可能沒辦法揪出所有幕後黑手；加上缺乏決定性的證據，檢警也無法正式展開查緝。」

「換句話說，你們不會逮捕那些黑金政客了？」

「嗯，力有未逮啊。」

拓實嘖了一聲，「哼，一群骯髒的傢伙。呃……你們大阪把這叫什麼來著？」他看向竹美問道。

「下三濫。」

「對，一群下三濫！可惡透了。」

高倉搖了搖頭，「的確很可悲，這個國家不曉得會變成什麼樣子，但我們當然不能沉默地坐視不管；要是證據不足，找出充足的證據不就得了？而關鍵就在這個男人身上。」他指著岡部說道。

「原來如此，這傢伙是證人啊，難怪他要亡命天涯躲警方了。」

「不，他在躲的不是警方，而是敝公司主流派的人馬。他一得知那位室長的死訊，反應顯然與這位小姐一樣─他也懷疑可能不是自殺。」

「哦，他也曉得自己要是被抓到，鐵定小命不保啊。」

聽到拓實這句話，岡部瞬間抬起頭，臉色鐵青地眨了眨眼，旋即又低下頭。

「所以石原是你們死對頭的人馬？」

「那個男人只是受僱於人罷了。總之對主流派來說，最怕的就是岡部這顆定時炸彈，因此他們也是拚了命要搶在我方之前揪出岡部。」

「偏偏被我搶先一步找到人，難怪他們會那麼焦慮。」

「可是呢，把這男人交給警方，對我方也沒有好處。就像我剛才說的，警方很可能會選擇性地採用他的證言，就看接下來他們從別處還能取得多少證據，再決定如何利用這個男人。」

「你意思是說，萬一得不到決定性證據，警方偵訊這傢伙時也只能睜一隻眼閉一隻眼？」

「嗯，可能不會追究到最源頭吧。」

「那你們非主流派的打算怎麼處置這傢伙？」

「總之先監護起來，然後看準警方硬起來的時機，讓他去自首，屆時還可利用媒體的力量嘍。」

「原來如此。」拓實先是點了點頭，又突然想起似地瞪向高倉說：「不對啊，不能交給你！要是沒了岡部，千鶴也換不回來了！」

「問題就在這裡。站在我方的立場，當然不能把岡部交給那幫人。雖然他們應該不至於殺了他，但極有可能把他藏在警方永遠找不到的地方。」

「我不管你們公司內部要怎麼搶人，我要的是千鶴平安回──」

「我知道，所以我正在想辦法。」高倉說著撫了撫下巴。

拓實朝岡部走去。岡部察覺有人走近，反射性地抬起臉來，拓實當場輕輕賞了他一個巴掌。

「你這傢伙，要逃自己逃就好，幹麼把千鶴捲進來！」

「我也覺得……很對不起她。」

「覺得抱歉就行了嗎？還有個問題，你爲什麼要大老遠逃到大阪來？」

岡部沒回答，代他開口的是身後的高倉。

「那個死掉的室長是大阪出身，謠傳還有許多走私品藏在大阪。岡部應該是曉得藏寶地點，才會逃來這裡吧。」

岡部登時別開了臉。拓實見他這副模樣，更覺不爽，又朝他臉頰打了一巴掌，這回比剛才稍微加重了力道，岡部忿忿地回瞪拓實一眼。

「怎麼？那是什麼眼神？你要是被石原逮到，很可能現在早就一命歸西了，你應該感謝我才對吧？」

但岡部依舊不吭聲，鬧著彆扭似地再度別開臉。

「對他發脾氣也沒用，我們應該趕快想個作戰計畫救回千鶴才是。」竹美開口了。

「可是我不知道那幫人的大本營在哪裡！被帶過去的路上，我的眼睛被蒙起來了。」

「把那個男人五花大綁逼他說出來吧！」竹美指了指日吉。

「他不會說的，就算被傑西整到半死不活他也不會說的。」說到這，拓實突然想起一件重要的事，「對了，得讓這傢伙定時打電話向石原回報才行，否則他們就會察覺出事了。」

「宮本先生，你和他們約定最晚什麼時候要找出岡部？」高倉問道。

「他說時限是今晚十二點。」

「十二點啊。」高倉看了看手表，嘆了口氣說：「只剩五個小時了……」

36

「呃……我可以說句話嗎？」時生看著拓實說道。

「幹麼？」

「雖然現在講這事兒有點怪，我想向你介紹一個人。」

「啊？」

拓實順著時生的視線看去，不由得皺起眉頭。屋主婆婆正瑟縮著身子窩在牆邊，抬頭看了拓實一眼，馬上又低下頭去。

「我想，你都能找到這裡來，一定也曉得這戶人家和你的淵源了吧，換句話說，這位婆婆是誰，你也很……」

拓實聽到這，倏地將目光從婆婆身上移開，伸長下巴搔了搔頸子。

「我們先回避一下比較好吧。」竹美說著就要起身。

「不用啦，待著就好，又沒有要講什麼祕密。」

聽到拓實這麼說，竹美和傑西都是一臉爲難，他們應該已經從時生那裡聽說事情的來龍去脈了。

「拓實先生，你們難得見上一面，打個招呼也好吧，何況這次還讓婆婆幫了這麼多忙。」

拓實啐了一聲，「你這小子，要不是你跑來這種地方躲起來，我才不會踏進這扇門呢！」

「可是我們除了這個地點，換成別的地方都碰不到頭了吧？也就是說，這裡正是拓實先生你命中注定要前來的地點啊！」

「你在講什麼噁心的結論！要是嫌我們在這裡太打擾，馬上離開就得了吧？高倉先生，我們的作戰會議到外面開吧。」

突然被拓實點名，高倉也是面有難色，不知所措地看向時生。

「拓實先生，你這樣很遜哦。」時生開口了。

「怎樣？」拓實瞪著他，「你也太奸詐！竟然安排這樣的局騙我跳進來，現在弄得像是我在耍性子，你是存心要我當壞人嗎？」

「你不是壞人啊，是長不大的小鬼頭。」竹美說。

「妳說什麼！」拓實回頭瞪向竹美。

「打個招呼又不會少一塊肉。你們不是有血緣關係嗎？」

「我是被拋棄的，好嗎？還講什麼血緣！」

「不是拋棄吧，應該是爲你好才把你託付給有經濟能力的家庭，不是嗎？」竹美說。

「沒能力養，一開始就不該把我生下來。不是這樣嗎？我說錯了嗎？」

「當初沒生下你，就表示現在的這個你並不存在，這樣也無所謂嗎？」

「反正沒被生下來，哪來什麼有所謂無所謂的。」

竹美搖搖頭嘆了口氣，「算了，我跟你講不通。時生，你也別替這傻蛋操心了。」

「難道你從來不曾慶幸自己被生下來嗎？」時生開口了，「現在的你很喜歡千鶴小姐，對吧？而今後的你也將喜歡上各式各樣的人，這些美好的事情，都是因爲你被生到這世上才能遇上的呀！」

「我能活到現在，都要歸功於養育我的雙親，也就是宮本家的兩老。不過是把我生下來，生完就丟一邊的人，和我一點關係也沒有！貓狗都不會幹出這種事吧？在幼貓幼犬能夠獨立求生之前，牠們絕對不會棄之不顧的，不是嗎？」

聽著拓實的怒吼，所有人都沉默了下來。幾乎令人窒息的寂靜中，傳出宛如風聲的咻咻聲響，拓實過了好一會兒才察覺那竟是自己的喘息聲。

他緊緊咬住下脣。

就在這時，老婆婆微弱的話聲傳進他的耳裡。「聽說你去過東條家了？」所有視線集中到老婆婆身上。

老婆婆坐得端端正正的，抬眼瞅著拓實。

「謝謝你。這樣須美子就了無遺憾了。眞的很謝謝你。」老婆婆對著拓實雙手合十，行了一禮。

「拓實先生！」時生催促著拓實。

「……煩不煩吶！」拓實猛地站了起來，迅速穿過大家面前衝到玄關，一套上鞋子便走出大門。

他斜眼瞟著道路兩側的破舊民宅，漫無目的地走著。明明沒刻意去想起，那本《空中教室》中描繪的風景卻栩栩如生地映上眼簾。他邊走邊嘟囔——這些傢伙搞什麼嘛！根本不了解我，每個人都把我當傻子……

回過神時，他來到了一處小公園，孤伶伶的長椅上空無一人。他走過去坐了下來，掏了掏口袋，發現沒有菸，「可惡！」他朝地面吐了口唾沫。

這時，地面落下一道人影，拓實抬頭一看，時生正站在面前。

「你是來數落我的嗎？」拓實問他。

「我想要你跟我去一個地方。」

「又來了。這次是哪裡？北海道嗎？沖繩嗎？」

「就在附近。」時生話一說完便邁出步子。

拓實並沒有立刻起身，他想反正只要時生察覺自己沒跟上，自然會停下來。然而時生卻頭也不回地一逕往前走，背影彷彿告誡著拓實「你要是不跟來，我們的交情就到此爲止了」。

拓實嘖了一聲，屁股終於離開長椅，不甚情願地朝時生的背影趕上去。而時生似乎也察覺到拓實跟了上來，有意無意地放慢腳步。拓實沒多久便追上他。

「你一直走是要走到哪裡去？」

「跟我走就對了。」

兩人終於來到寬闊的大馬路，路上車流不斷。號誌燈轉綠後，時生領頭過了馬路，這一側有

許多高樓大廈林立，還有完善的人行步道。時生在行道樹旁停了下來。

「你看，只是過了一條馬路，這一側的街景就完全不一樣了吧。」

「是啊。」

「你覺得爲什麼會這樣呢？」

「我哪知道啊，又沒住過這一帶。」

「聽婆婆說，從前這附近的土地都屬於某位大地主，只有極少數的居民是住在自己的地皮上。可是由於某起事件，那位大地主把連同這一側的整片土地全部脫手，之後這邊才重新規畫蓋起了高樓大廈。」

「什麼事件？」

「火災。」時生說：「從前這一帶是小型民宅的密集地區，然而一場大火，將全區燒成焦土，由於那些老舊民宅幾乎全是木造建築，火勢一發不可收拾，據說死亡人數高達幾十人呢。」

「眞是悲慘，但這跟我有什麼關係？」

時生沒回答，默默地從牛仔褲口袋拿出一只白色信封，遞到拓實面前。

信封正面寫的收件人爲宮本邦夫，也就是拓實的養父；收件地址則是他相當熟悉、孕育他長大成人的東京老家。

「幹麼？這是什麼？」

「別問那麼多，你打開來看嘛。」

「很麻煩耶。」拓實推回時生的手，「你看過信了吧，講給我聽就好了。」

時生嘆了口氣，「這是東條須美子女士寫給你的信哦。寫信當時，她還沒結婚，所以寄件人姓名仍是麻岡須美子。她本來想把信交給你，後來似乎改變了心意。聽婆婆說，這封信一直被收在壁櫥抽屜的深處。我也是剛剛才看完信的，要我轉述也不是不行，只不過我沒辦法完整地傳達內容，你還是自己看比較清楚。拿去！」時生將信封壓上拓實的胸前。

「沒必要看吧，反正一定沒什麼內容，想也知道都是一些要我原諒她的藉口。」

「你在害怕什麼？」

「你再說一次，誰在害怕？」

「你啊。你一定很怕信上寫了什麼你不知道的眞相吧？只要不看、不去知道，你就可以繼續擺出一副全世界都虧欠你的態度；但一旦曉得了事實，搞不好就不能像現在說話這麼大聲了，不是嗎？」

「誰跟你害怕來著，我只是不想看那女人寫的無聊東西罷了。」

「內容無不無聊，你先看過再說吧。現在這樣，我只覺得你是不敢讀信。」

拓實交互瞪著信封與時生，時生也正面迎著他的視線，顯然並不打算收手。沒辦法，拓實只好接下了信封。

打開一看，裡面是厚厚一疊共十張信紙，微微泛黃，青色的墨水字寫滿信紙。拓實避開時生的目光，暗暗做了個深呼吸。第一張信紙上寫著：

「這是我寫給拓實的信，如果有適當的時機，麻煩幫我轉交給他。或是您覺得沒必要的話，燒掉也無所謂。」

接著開始了第二張信紙，全是密密麻麻的文字。

「拓實，一切都好嗎？我是你的親生母親，但我應該沒資格讓你喊我一聲媽媽吧，因爲，生下你沒多久，我就將你託給別人撫養。我眞的很對不起你。如果你因此怨恨我，我也無話可說，我知道無論我再怎麼道歉，你都不可能原諒我的。

但是，唯有一件事我希望你能知道，所以提筆寫了這封信。那就是關於你的父親。他叫做柿澤巧，沒錯，名字念法和你的一模一樣，我爲你和你父親取了同樣發音的名字。(*1)

柿澤巧先生和我住在同一個鎭上，他是個漫畫家，不過你可能沒看過你父親畫的漫畫吧。他的筆名是『爪塚夢作男』，我想這名字你搞不好連聽都沒聽過。這是取自手塚治蟲先生的名字(*2)，當然也取其含有『織夢男』的意義在。遺憾的是，他的漫畫銷售連手塚先生的百分之一都不到，聽過他這個漫畫家的人數也是寥寥可數，不過，他眞的畫得很好。

我就是那寥寥可數的讀者當中的一人，不過不是什麼值得誇耀的事，因爲我並沒有掏錢出來買過他的作品，一直都是向朋友借漫畫雜誌來看他的連載。

有一天我看著他的漫畫，突然發現一件意想不到的事——畫作中的背景與我所住的小鎭街景一模一樣。那本漫畫叫做《飛行教室》，我猜想，爪塚夢作男搞不好就住在我家附近，於是寫了信投到編輯部詢問，沒多久，他親自寫了回信，上頭的地址正是我所居住的小鎭，信上還寫著隨時歡迎來玩。

我鼓起勇氣，決定循著信上寫的地址去看看。爪塚夢作男人住處和我家房子一樣老舊，同樣是位於雜亂民宅密集區的一戶，門前名牌上寫的是『柿澤』，括弧寫著『爪塚夢作男』，於是我得知了他的眞實姓氏。

柿澤巧先生當時二十三歲，非常熱情地歡迎我，據他說，我是第一個去他家拜訪的讀者。另一方面，我雖見到他本人，卻受到了不小的衝擊，因爲他無法同常人一般行動自如。他說，他出生沒多久便罹患重病，後遺症就是他的雙腿失去了行動能力。他的兩腿細得如竹竿，腳踝以下仍是小孩子的小腳丫。由於他家裡太窮，生了病也沒辦法立刻送醫治療，才會拖延到後來造成無法挽回的肢體缺憾。奇妙的是，述說著這段往事的他，臉上並沒有絲毫怨天尤人的神情。

雖然行動不便，他卻靠著臂力非常俐落地在屋內移動，還端了茶和點心出來招待我。他說他也能夠自行如廁，看得出來他日常生活都沒什麼大問題，唯一比較不便的是，要外出時必須坐輪椅，但他一個人很難獨力坐上去，那輛輪椅就放在玄關處。至於幫忙的人手，他說由於他無法負擔每天請看護的錢，只有每隔一段時間會有一位阿姨來幫忙打掃環境、洗衣煮飯。後來那位阿姨我也見過好幾次。

他出生在和歌山的一戶農家，本來身爲農家子弟就該幫忙家裡繁重的農事，但他因爲身子這副模樣，什麼忙都幫不上，他常說覺得自己虧欠家人太多太多。

---

*1 日語的「巧」與「拓實」發音可以同爲「たくみ」（TAKUMI）。

*2 「爪塚夢作男」日文拼音爲「つめづかむさお」（TUMEZUKA MUSAO），而「手塚治蟲」爲「てづかおさむ」（TEZUKA OSAMU）。

而這樣的他，唯一的生存意義就是畫漫畫。從他的筆名不難得知，他最崇拜的漫畫家便是手塚治蟲先生。他不斷磨練技術，有點樣子之後便開始嘗試投稿至知名漫畫雜誌，後來多次獲得入選，他於是有了個夢想——成爲職業漫畫家。

由於出版社的編輯建議他到大都市見見世面，否則會跟不上時代，他滿二十歲時，離開了家鄉前往大阪。本來要待大都市，去東京應該是第一選擇，但家人強烈希望他不要離家太遠，最後商量折衷的地點，就是大阪。一開始他並不是一人在大阪生活，還有大他三歲的姊姊照顧他，但後來姊姊嫁了人，他便一直獨居在外地。因爲當時正是他的職業漫畫家生涯剛起步的萌芽期，要是這麼回和歌山去就功虧一簣了。

見到他第一眼時，我當然很訝異他是這樣的身子，但很快地，我不再在意了；而且不僅如此，經過數度登門拜訪後，我逐漸被他吸引。他個性開朗、學識淵博，總是有無窮的話題和我聊、逗我開心，最重要的是，我深深感受到他對我那份珍惜的心意。那段日子，去他家玩就是我最大的樂趣。然而我只能偷偷摸摸地前往，因爲畢竟一個年輕女孩獨自前往男人的住處，人們只會覺得這女孩毫無羞恥心，何況他又是那樣的身子，消息要是傳出去，不曉得會被傳得多難聽。我甚至對母親也沒說實話，要是她曉得了，一定不會准我去見他的。於是，我避開所有人的耳目，三天兩頭跑去見他。現在回想起來，那是我這一生中最幸福的時光了。

但是，不幸卻在某個清晨突然降臨。母親搖醒睡夢中的我，告訴我附近發生了火災，那個時候我還不曉得是哪個地點失火，只是聽著外頭的人聲喧嘩，隱約曉得火勢正迅速蔓延。

我和母親衝出屋外，外頭天色仍矇矇亮，但許多湊熱鬧的人紛紛跑向火場，我望著他們奔去的方向，心中湧上一股不祥的預感，因爲那似乎是柿澤巧先生所住的那一區，我毫不思索便拔腿狂奔過去。

愈接近火災現場，我的不安與絕望就愈深，沒錯，火災正是發生在他居住的區域。即使滅火行動已經展開，火勢顯然完全無法控制。

我不停地跑，一心只想跑到他身邊，然而那一整排連棟長屋的正面早已被火包圍，根本不可能靠近，於是我繞到後方小巷，一路朝他家後門奔去。

穿過錯綜複雜的小巷，我好不容易來到他家後門。火苗從鄰戶紛紛竄出，煙熏得我呼吸困難，眼睛都快睜不開了。

我一邊大聲地喊他，一邊猛敲窗戶，但因爲是毛玻璃窗，看不見屋內的狀況。

過了好一會兒，窗戶終於拉開了。首先看到的是他的手，然後才是他的臉，他似乎是拚了命才攀上窗緣拉開了窗戶。

他說，妳來做什麼！快逃啊！我說我要和你一起逃。然而說著這句話，我自己心裡也很清楚，看現在這狀況，我們是絕對不可能一起逃走的了，因爲這道窗裝了防盜鐵窗，而且就算沒有這些阻礙，我也不可能拉得起一名成年男子越過窗戶。我所能做的只有一件事，那就是留在這裡與他共赴黃泉。

但窗戶那一頭的他似乎察覺了我的心思，他非常悲傷地望著我搖了搖頭說：『我求求妳，快逃吧，我不能帶著妳走。請妳連同我的份努力地活下去。因爲，只要想到妳還活得好好的，即使是現在此刻，我的心中就有了未來。』接著他遞給我一個大牛皮紙袋說道：『這是將我和妳牽繫

在一起的幸運物，妳帶著這個快走吧。』後來我看了才曉得，裡面裝的正是《飛行教室》的原稿。

我抽抽噎噎地哭喊著說我不走，但他只是非常溫柔地對我微笑，碰的一聲拉上窗戶上了鎖，那扇窗再也沒打開過。

我放聲大哭，使勁敲著窗，但火勢很快便燒了過來，我聞到頭髮燒焦的氣味，登時衝了出去。這意味我拋棄了仍活著的他，選擇獨自求生一途。

那天之後，我整個人宛如失了心，失去他的悲慟與拋下他的悔恨無時無刻不在苛責著我，我不吃不喝，眼看就要這麼死去，而當時將我從悔恨深淵救了回來的，就是你，拓實。

察覺自己懷了孕時，我下定決心無論如何都要活下去，因爲那是我的使命。再三咀嚼他最後的遺言──『即使是現在此刻，我的心中就有了未來。』我深信他的未來就在我肚裡的小生命身上。

但是我當然不能讓其他人曉得孩子的父親是誰，我始終不肯透露孩子父親的身分；身邊人們勸我墮胎，我也完全聽不進去。然後，拓實，你便誕生到這個世上了。

接下來我要說的都是爲自己開脫的藉口，可能你根本不想知道，我也沒資格勉強你讀下去，但請容我還是把這些事情寫下來。

我的夢想就是把你養育成頂天立地的好男兒，我暗自下了決心，無論如何都要完成這個使命，然而，當時的我自己也是個黃毛丫頭，有太多的事不是我能辦到的。家裡很窮，我無法讓你攝取足夠的營養，加上我又生來體弱多病，甚至沒有分泌母乳。

這樣下去，你小小的生命很可能會消逝。我想起他的成長經歷，正是由於生了重病沒能及時得到治療，造成終生難以抹滅的遺憾。我想將你養育成和你父親一樣堂堂正正的好青年，卻怎麼都不願見到你和他同樣遇上不幸的遭遇，於是我避開『巧』字，將你的名字取爲同音的『拓實』。

宮本夫妻是我們的大恩人，託他們的福，你能夠健健康康地長大，這份恩情，我永生難以回報。

你忘了我無所謂，但是我只有一個自私的請求，請你一輩子好好孝順宮本夫妻，然後，請連同柿澤先生的份一起努力地活下去，迎向未來。

麻岡須美子」

拓實坐在路旁護欄上讀著這封信，本來屁股坐得很痛，但讀著讀著，他完全忘卻了屁股的疼痛。

這是他從不曉得的雙親的過去，自己爲什麼會被生到這個世上，答案就在這封信裡頭。

「看完了嗎？」時生開口了。

「嗯。」

「如何？」

「什麼如何？」

「我在問你有什麼感想啊！不可能毫無感覺吧？」

拓實撇著嘴躍下護欄，愼重地將信紙摺好放回信封，然後遞給時生。

「沒什麼特別感想啊。」

時生的眼神頓時嚴肅了起來，「你這話是認眞的嗎？」

「幹麼，你發什麼脾氣啊？裡頭又沒寫什麼驚天動地的祕密。是啦，她是提到一些關於那個漫畫家的事，但那和我又沒關係。」

「沒關係？」

「毫無關係吧，那人已經不在這世上了，而且看樣子也沒留遺產給我。」

「爲什麼你只能用這種方式說話呢？」時生神情哀傷地搖了搖頭。

「不然你要我用哪種方式？你想聽到我說我看了好感動嗎？要是我痛哭流涕你就滿足了嗎？不好意思喔，我沒那麼天眞，說穿了結果都一樣，她信上自己也寫了，反正就是一時感情用事生了我，養不起就把我拋棄，不是嗎？」

「你……到底都看了信上的什麼啊！」時生咬著牙，一把揪住拓實的衣襟，力道相當強，「你以爲你父親是抱著什麼樣的心情要你母親趕快逃走？你看到他最後那句話了嗎？『即使是現在此刻，我的心中就有了未來。』——爲什麼你就是無法明白這句話呢？」

「那又沒什麼。人之將死，總想說出比較帥氣的話吧。」

「你這笨蛋！」

隨著時生的怒吼，拓實眼前頓時一黑，一陣強烈的衝擊襲來，他整個人往後一倒，才剛弄清楚自己挨了揍，時生已跨坐到他身上，緊緊抓著他的衣襟，劇烈地搖晃著他的上半身。

「你能明白快死的人的心情嗎？你懂嗎？火舌就在眼前步步逼近，那種時刻，你腦中會浮現

『未來』兩字嗎？你以爲那只是嘴上說說耍帥嗎？」

看到時生盈眶的淚水，拓實也無法再強詞奪理下去了。

「你父親想說的是，只要確定心愛的人還活著，自己直到嚥氣前一刻，都能夠擁有夢想；無論再短促的人生，只要有那麼電光石火的一瞬間確定自己是活著的，未來就在那裡頭。我告訴你，未來不只存在於明日，未來是存在心中的；而只要心中有未來，人就是幸福的。你母親之所以堅持生下你，就是因爲你父親告訴了她這個道理。而反觀你呢？把這話當成了什麼？總是怨天尤人，從不試著憑一己之力去努力爭取，老覺得自己沒有未來。說穿了，一切錯都在你身上！因爲你是個看不清道理的大笨蛋！」

時生激動地放聲大罵，拓實卻無法別開臉，因爲時生的每句話語宛如一道道鎖鍊，緊緊纏上他的身子，讓他完全無法動彈。

接著時生彷彿突然回過神似的，微張著嘴巴睜大眼，手終於離開了拓實的衣襟。

「對不起……」時生喃喃說著低下了頭。

「氣……消了沒？」

時生沒吭聲，站起來拍了拍牛仔褲上的灰塵。

「這話不該由我來說的。我講得再多，拓實先生你自己不會想的話也是白搭。不過拓實先生，我眞的很慶幸自己被生下來哦。」時生說完，衝著拓實笑了一笑，「反正你是生在有錢人家啊。——你很想這麼說吧？」

「沒有啊……」仍坐在地上的拓實輕輕搖了頭，「我不會那麼說的。」

「嗯，無所謂啦，我的事不重要。」時生將那封信放在拓實的膝上，「我先回去了。」

拓實盤坐在原地，望著時生穿越馬路，直到看不見背影。

37

拓實回到老婆婆的家，發現大家依舊坐在原地，時生也回先前的位置抱膝坐著。所有人都抬起頭看了他一眼，接著移開視線。

拓實乾咳了幾聲之後開口了：「呃，由於我……怎麼說呢……由於我個人的事情耽誤了大家的時間，非常抱歉。我們來計畫一下該怎麼搶回千鶴吧。」拓實在時生身旁盤腿坐下。

「可是，我們又不知道她被藏在哪裡，也無從下手吧……」竹美咕噥道。

「我覺得是在靠海地區，那邊有一整排類似倉庫的建築物。」

「只有這條線索啊……」竹美撩起長髮說道。

拓實往兩膝一拍站了起身，去到隔壁房間。日吉已經醒過來了，他手腳都被綁著，倒臥在榻榻米上，銳利的視線瞪向拓實。

「沒有定時聯絡，沒關係嗎？」

日吉只是哼了一聲。

「說啊！你們總部在哪裡？」拓實抓住日吉的領口。

「你剛剛不是才在說我應該不會吐露嗎？」

「可是這樣下去，你們也得不到岡部哦，無所謂嗎？」

「反正你們根本不想交出岡部吧。」

「現在是不曉得你們的總部，就算想交人也無處可交呀。那邊那位高倉大爺可能不想把岡部讓給你們，但我不一樣，我只要你們還回千鶴，其他都隨你們便。如何？要不要再和我做個交易？」

日吉沒應聲，充滿敵意的表情下，顯然正在衡量種種利弊。

「只要稍微想一下就知道了吧。若維持現狀，你們是無法交差的，這麼看來，不如選擇比較有可能搶走岡部的路子賭賭看，對吧？」

「那位大爺，」日吉努了努下巴指向高倉，「會讓你這麼做嗎？」

「那個人想怎麼做跟我無關，我只在乎能不能要回千鶴。你也是一樣吧？對你而言，最重要的是帶岡部回總部去，不是嗎？」

「你想怎麼做？」

「還用問嗎？就這麼做呀。」說著拓實讓日吉坐起上半身，開始幫他鬆開他身後綁住雙手的繩子。

「拓實先生！」

「喂！你在幹麼！」

「只有這條路了啊。」拓實交替望著時生與竹美，一邊鬆開日吉腳踝的縛繩。

行動重獲自由的日吉旋即站了起來，背對著牆全身防衛了起來；而傑西也宛如遙相呼應似地，當場起身擺出備戰姿勢。

「竹美，看好傑西別出手。我和這傢伙回他們的總部去，岡部就由我帶走了。」接著拓實回過頭看著日吉說：「這樣行吧？反正一開始也是這麼談定的。」

日吉舔了舔脣之後，點頭道：「行啊。不過，只准你跟來，其他人還請留步。」

「嗯，好啊。」

「拓實先生！」

「閉嘴啦，拓實先生拓實先生你是要叫幾百遍！現在只有這個方法了！」

「可是你一個人去太危險了！」

「我知道很危險啊！」拓實看向日吉，「喂，我也有條件的。第一，不准派你們的人手來接人；第二，這次我不蒙眼罩了。」

日吉想了一下，緩緩點了點頭，「好。我答應你的條件。」

「男子漢一言既出哦。」拓實扯住岡部的手，硬是拉他站起來，「我們走吧。」

日吉率先往玄關走去，竹美與傑西一臉不情願地讓出路來，拓實跟著走向門口，與高倉一對上眼便停下腳步。

「不好意思了，我不得不這麼做。」

高倉雖然苦著一張臉，還是點了點頭，「我明白，你也是逼不得已。」

「等千鶴平安回來，我會全力協助你的。」

高倉苦笑著，搔了搔頭。

三人穿上鞋子來到外頭，日吉抓住岡部的手臂邁出步子，拓實正要跟上，身後傳來匆促的腳步聲，「請等一下！」是老婆婆追了上來。

拓實停下腳步回過頭，老婆婆遞了個東西給他，「這個，你帶在身上。」

那是個紫色小錦囊，石切神社的護身符。

「這是什麼？」

「護身符啊，裡面有能救你一命的符。」

「哎喲，不用啦。」

「你帶著。」老婆婆凝視著拓實說：「帶在身上吧。」

拓實接過紫色護身符，袋口是開著的，裡頭塞著一張摺得小小的紙。拓實拿出來攤開一看，上頭以原子筆潦草地寫著：「撿到這張紙的人，請速速聯絡江崎商店，電話是：06－752－××××」

「你看，」老婆婆微微一笑，「應該幫得上忙吧。」

拓實咬著下脣，將紙片摺好放回護身符裡。「我知道了。我會帶在身上的。」

「喂！」日吉喊道：「你在磨咕什麼啊！」

「馬上過去！」拓實又看向老婆婆，「阿媽，您多保重哦。」

「拓實，」老婆婆緊緊握住拓實的手，「自己當心點。」

「嗯，我會的。」

竹美與時生一行人也來到玄關，一臉擔心地望向拓實。拓實朝他們輕輕揮了揮手，轉身跟上日吉。

一走出大路，日吉立刻招了計程車。兩人將岡部夾在中間，一併坐在後座。

「去天王寺。」日吉對司機說道。司機約五十歲上下，低聲應了一聲便發動引擎。

「天王寺？你們的總部在那裡嗎？」

日吉沒回答，一逕望著前方。

「你的口風還是一樣緊啊。」拓實嘖了一聲，「要是這裡是東京，就算你蒙上我的眼睛、塞住我的耳朵，把我帶去哪裡我都大概有個譜，可是在大阪就沒轍了。」說著他戳了戳岡部的側腹，「都怪你這傢伙，幹麼逃來這個地方。」

岡部撇著嘴輕聲呻吟。

「我猜那裡應該離海不遠吧？」拓實繼續說，一邊偷瞄日吉的反應，「而且啊，旁邊應該有糕餅店之類的。」

「糕餅店？」日吉蹙起眉頭，「那是什麼？」

「我剛剛才想起來，今天早上離開你們總部的時候，我聞到了餅乾剛出爐的香味。」

日吉頓了一頓，突然笑了出來。

「你總是看不清最重要的關鍵啊。就是因爲這樣，才會被這種小角色搶走女朋友。」

「你有種再說一次！」

「不是餅乾，是麵包。」

「麵包？」

「旁邊有間麵包工廠，專門生產廉價小麵包。再告訴你一件事，附近並沒有海，根本是位在完全相反的方向。」

「唔……這樣啊，原來是麵包啊。麵包我倒是沒什麼興趣就是了。」

計程車的速度放慢了。

「請問要在哪裡停車呢？」司機開口了，車子來到一處車流擁擠的大十字路口。

「這裡就可以了。」日吉從上衣口袋拿出現金付車資。

拓實左手緊緊握著那個護身符，得想辦法交給司機才行。高倉和時生他們一定是在那家江崎商店等他的消息。只要司機打電話過去，他們就能得知拓實是在哪裡下車的，這麼一來，就有可能找出那幫人的大本營了。

「喂，你在幹麼？快點下車啊！」日吉付完錢，推了推岡部，連帶最靠近下車門的拓實也差點被推出車外。

「哇！呃，等一下啦，我的腳卡住了。」拓實假裝要抽出卡到椅子下方的腳，順手將那個護身符落在椅子邊——萬事拜託了，司機先生，求求你趕快發現這個護身符……

計程車離去後，日吉仍站在原處。

「你在發什麼呆？不是要去你們總部嗎？」

日吉看了拓實一眼，意味深長地笑了笑，緊接著望向遠處舉起了手，另一輛計程車旋即停到三人身旁。

「好了，上車吧。」日吉說。

「搞什麼，還要搭車啊？」拓實驚訝地睜圓了眼。

「少囉嗦，時間不多了。」

三人如同方才一樣擠在後座，日吉對司機說目的地時講得很快，聽起來像是「河內松原」之類的名稱。

「坐剛才那輛直接過去不就好了？」拓實追問。

「只是預防萬一。」日吉說。

「什麼萬一？」

「我們搭上第一輛車時，你那些朋友可能看到車牌了。我不想讓他們查出我們現在要去的地方。」

「是喔，你做事還真謹慎啊……」

拓實強裝鎮定地說道，一邊轉頭看向車窗外，其實他腋下正流著冷汗。中途換了輛計程車，就表示那個護身符幫不上任何忙了。

車子似乎駛在幹線道路上，而且離市區愈來愈遠。雖然拓實對這塊土地很陌生，也感覺得出他們現在正朝郊外駛去。

這下糟了。既然沒有留下任何線索，時生他們是不可能趕來支援了。拓實暗自做好心理準備，接下來只能憑一己之力全力一搏了。

車子才剛從幹線道路彎進岔路，日吉便要司機停車。路旁有一棟像是工廠的建築，空氣中微微飄著餅乾的……不，麵包的香氣。

「走快點，就在前面了。」日吉催促著。

「你的老大會等你吧？」拓實說：「你突然沒了聯絡，他該不會想說這下一定是出了狀況，撇下你就跑了吧？」

「你要是敢小看那個人，不好過的是你自己。」

「是喔。」

由於沒有路燈，前方愈來愈昏暗，一道長長的水泥牆貼著路旁延伸。三人終於來到水泥牆盡頭，日吉走進牆內側的腹地，拓實也帶著岡部跟上，眼前正是先前看過的倉庫。

「到了。」拓實說：「就是這裡，錯不了，你們的總部就在倉庫二樓，對吧？」

「很懷念嗎？」日吉說著邁出腳步，但察覺拓實和岡部沒跟上，旋即停下來回頭道：「怎麼？快點走呀！」

「我和這傢伙在這裡等著，你去把千鶴帶來。」

「噢……？」日吉凝視著拓實好一會之後，點了點頭，「你不相信我們，是吧？」

「是你們不可信任吧。」

「那倒是。」日吉不懷好意地笑了笑，「看在你這麼有膽識的份上，告訴你一件事吧。」

「怎樣？」

「我老大沒打算把那女人還你。」

「我想也是。」

「那女人一直和這傢伙在一起，換句話說，以我們的立場，還是得當作她所有不該知道的都知道了。要是逮住這傢伙卻放走女人，不就沒意義了嗎？」

「千鶴她真的什麼都不知道！」岡部開口了。或許是太久沒出聲，他的嗓子有些啞。

「這話你留著對我老大說去吧。」日吉冷冷地回了一句之後，看向拓實說：「你要帶回那個女人，只能憑拳腳本事了。我並不討厭你這個人，但也不可能站在你那邊。你自己看著辦。」

「我知道，快把千鶴帶過來。」

日吉撇起嘴，俐落地轉身朝辦公室走去，踩著地面碎石子的聲響愈來愈遠。

「那男人說的沒錯。」岡部說：「那幫人根本不打算放走千鶴。現在怎麼辦？對方人手肯定不止一、兩個。」

「不用你提醒，我比你清楚一百倍。」說著拓實將綁著岡部雙手的繩索鬆綁，「喂，你對跑步有自信嗎？」

「跑步？」

「我在問你跑得快不快啦。」

「怎麼突然這麼問？我……嗯，普通快吧。」

「好，那你心裡先有個底，等一下可能得用逃跑這招。」

「咦？」

「等會兒一看到我打信號，你拔腿就跑，盡全力地逃，知道嗎？要是不想被那幫人抓走，就照我的話做。」

「不是要拿我換千鶴嗎？」

「我是這麼打算沒錯，但對方顯然沒這個意思。」

倉庫走出數個人，拓實頓時繃緊了神經。迎面走來的是石原、日吉，以及手下三名，沒看到千鶴的身影。

「哎呀宮本小哥，這一路發生了不少事吧，日吉都跟我說了。」石原精神奕奕地開口了：「岡部先生，終於見到你了，大家找你找了好久呢。」

「看來我的話沒帶到啊？我不是要你們帶千鶴過來嗎？」

「嘿嘿，別急嘛。喂，把岡部帶上去。」石原命令手下。

兩名手下朝拓實與岡部逼近，拓實對著岡部耳邊悄聲說：「就是現在！」

「咦？」

「快跑啦！」

「啊。」岡部輕呼一聲，旋即拔腿朝後方道路的方向衝去。

「喂！你幹什麼！」、「站住！」石原的手下邊喊邊追了上去。

石原與日吉沒料到這一招，當場一愣。拓實心想，這是唯一的機會了，下一秒立即朝倉庫狂奔而去。日吉馬上察覺，擋在他前方，拓實拱起身子全力衝撞上去，雖然自己也因此差點摔倒，他很快地直起身繼續往前衝，根本顧不到被他狠狠撞上的日吉怎麼了。

衝到倉庫前方，拓實跑上階梯，身後傳來追兵的腳步聲。階梯最上方堆放著紙箱和手推板車，拓實將那些全往階梯下方推了下去，登時傳來金屬碰撞聲響與慘叫，還有咕咚一聲重物落下的聲響。

二樓辦公室的門打了開來，出來的是無眉男，大喊一聲：「你這傢伙幹什麼！」拳頭便揮了過來。

拓實閃過這拳，緊接著賞了他一記右勾拳，正中無眉男鼻子下方，拳頭傳來重擊炸裂的觸感。無眉男放聲慘叫，按著臉當場蹲了下來，血滴滴答答地落向地面。拓實衝進辦公室，只見千鶴一副走投無路的神情呆呆站著，他立刻關門上鎖。

「阿拓……」

「把窗戶打開！」

千鶴打開身旁的窗戶，拓實探出頭往下方一看，隔壁似乎是一間中古車回收中心，倉庫的屋頂就在窗戶正下方。

「千鶴，我們跳下去！」他大叫。

「咦？」千鶴反而從窗邊退了開來，滿臉恐懼。

「混帳！怕什麼啊！沒時間了啦！」

「可是……那裡……從這麼高……」千鶴拚命搖著頭。

門外傳來「砰磅、砰磅」的聲響，看樣子他先前推下階梯的那些障礙物正一一被移開，不曉得是誰大喊：「你這傢伙蹲在這裡幹什麼！」被罵的應該是無眉男。

「快點！」

拓實拉著千鶴的手，好不容易把她推上窗臺，但她依舊搖著頭喊道：「不要！我不要跳下去！我辦不到啦！」

傳來開門鎖的聲響，拓實朝千鶴的背推了一把，千鶴尖叫著掉了下去，滾落在倉庫屋頂。拓實確定千鶴沒事後，自己也連忙爬上窗臺，幾乎於此同時，門打開了，日吉衝了進來。

「掰啦！」拓實丟下這句話，便朝窗外一躍而下。倉庫的屋頂成了最佳的緩衝。

「阿拓！你沒事吧？」

「快逃！他們要追上來了！」拓實旋即站起身子，拉了千鶴的手就要跑。

「逃？逃去哪裡？」

「先跳下屋頂再說。」

「什麼！又要跳!?」

咕咚一聲，日吉也跳下窗口來到屋頂上，但看他眉頭緊蹙，可能是扭到腳了。

「快！」

拓實拉著千鶴跑到屋頂邊緣，手牽著手一起跳下去。正下方停著一輛中古Corolla（*1），兩人落到車前蓋上頭，發出響亮的巨響，車前蓋應聲凹了下去。

「快跑！」拓實緊緊拉著千鶴的手，然而千鶴或許是因爲逃亡生活所累積的疲累以及遭監禁時受了傷，加上穿的是不適合跑步的鞋子，她一直跑不快。

兩人在成排中古車的縫隙之間狂奔，追兵就在不遠的身後。拓實一味地往前跑，千鶴要是絆了跤，他便以臂力硬是將她拉起來繼續跑。

*1 TOYOTA一九六六年出品至今的系列轎車，爲豐田最長壽車種。

道路就在前方了，然而兩人還沒跑到路旁，便不得不慢下步子，因爲有一整片鐵絲圍籬橫亙在這塊地與道路之間。

「可惡！」

拓實拚命尋找圍籬出口，然而找到的唯一出入口卻被封得死死的，甚至上了鎖。

兩人茫然佇立在鐵絲圍籬前方望著道路，身後傳來踩著碎石子的腳步聲。拓實回頭一看，石原帶著手下正慢慢地朝他們逼近。

「我說宮本小哥啊，我眞的相當敬佩你的膽識與骨氣，眞想教我們家那些小傢伙多學著點。這不是客套話哦，我是打從心底佩服你的。」石原說著往前踏出一步。

「讚美就不必了，重點是，你能不能放我們走？」拓實一邊喘著氣，試著與石原交涉。

石原苦笑道：「這整件事，要是我有權作主，也不是不可能答應你的要求；遺憾的是，我並沒有那麼大的權力。好了，男子漢做事要乾脆，麻煩把那位小姑娘交給我們吧。」

「我不是把岡部交出去了嗎？我們說好以岡部換千鶴的啊！」

石原皺起眉，露出不耐煩的神情，「你怎麼還在講這麼孩子氣的話？你應該也心知肚明那個交易早就行不通了，才會像這樣耍得我們團團轉，不是嗎？小哥，你這一路下來都非常帶種，最後也瀟灑一點如何？」

「好。我明白了。」拓實讓千鶴躲在他身後，「那就讓我奮力抵抗到最後一刻吧。要帶走千鶴，先打倒我再說！」

「哎呀呀。」石原搔了搔頭，擺出一副拿你沒轍的手勢，「我是不想浪費時間在無謂的掙扎上頭啦，不過既然小哥你這麼堅持，我們也只好奉陪了。你們哪一個上去陪小哥玩玩吧！」

石原說完便退到後方，接替他上前的是日吉。日吉緊緊瞪著拓實，一邊脫去上衣，接著左右擺頭活絡頸部的筋骨。

「果然是你。」

「剛才對你手下留情，這次可不會放水了哦。」日吉蹲低身子，擺出殺手式備戰姿勢（*1）。

拓實也站穩腳步準備迎戰，心裡卻暗呼不妙，因爲日吉可是唯有傑西才制得住的對手。但拓實沒辦法就這麼將千鶴雙手奉上，於是他決定了，絕對要奮戰到被KO爲止……不，即使被KO了，他也絕不放棄！

日吉穩穩地踩踏著地面逼近，顯然有相當自信。拓實繃緊神經嚴密地防禦著。

就在這時，不知何處傳來異樣喧鬧的音樂，而且是以超大音量播放，在這深夜中顯得尤其突兀。拓實頓時分了心，日吉也滿臉訝異，稍稍退了一步，似乎想等待四下恢復先前適合對決的靜寂再行動。

但是，那音樂非但沒消失，反而逐漸朝他們靠近。拓實聽出那音樂是重搖滾，當中還混著機車的引擎聲響。

---

*1 原文做「デトロイトスタイル」（Detroit Style），又稱Hitman Style，拳擊風格之一，最大特色是不停晃動的左手和完全利用臂長的左刺拳，在出拳速度夠快、手臂夠長、出拳尾勁高的選手使用下，能讓對手完全無法靠近，是最容易達成完全封鎖對手攻擊的風格。

沒多久，幾十輛一看就是飆車族的機車出現在道路上，車群簇擁著一輛裝飾得相當花俏的改裝麵包車，車頂加裝了揚聲器，重搖滾音樂就是從那裡流洩出來。

車陣一行在拓實他們身後停下。拓實看到麵包車車身上寫著「BOMBA」字樣，心下便明白了。

音樂停止，所有機車的引擎聲也一齊靜了下來。麵包車的車門打開，竹美現身了，一身黑色皮革的貼身車衣，還拿著一串鐵鍊，一邊弄出唰喇唰喇的聲響一邊朝圍籬走來。

「久等啦——」她朝拓實眨了個眼。

「搞什麼，這群人是怎麼回事？」

「幫手呀。不過因爲是臨時出動，只能召到這麼點人了。他們都是我從前的一起混的好伙伴。」

拓實環視這群人，全都長得妖形怪狀的。

「相當驚人吶。」

接著高倉與時生也下了麵包車。高倉向拓實輕輕點頭示意後，望著石原開口了：

「我想我們就到此爲止了吧，把事情鬧太大，對彼此都沒好處。」

「你領著這群小鬼頭是想威脅我嗎？」石原冷笑應道。

「不是的。我聯絡了你的雇主，雙方已經談妥了。岡部交給你們，所以這兩位年輕人就放他們一馬吧。」

「我可沒聽說這件事。」

「剛剛才談定的。不相信的話，你聽一下這個就曉得了，這是剛才我們通電話的內容錄音。拓實，麻煩你了。」高倉拿出一臺小型錄音機，扔過圍籬。

拓實穩穩接住，交給日吉，日吉再遞給石原。石原按下錄音機的播放鍵，將耳朵貼上喇叭傾聽。

「你應該聽得出是不是你雇主的聲音吧？」高倉說。

石原按下停止鍵後，皺起眉頭撇起嘴，問手下：「岡部呢？」

「抓到了。」

「是嗎。」石原搓了搓下巴，慢慢走到拓實身邊，皺起鼻子哼了一聲，「這下算是各退一步，平局啦。你甘心嗎？」

「你覺得行就行吧。」

石原握起拳，往拓實的胸膛輕輕捶了一下，旋即一個轉身便邁步離去，他的手下紛紛跟上。最後離開的是日吉，他默默伸出食指朝拓實的臉一指之後，也回頭跟上了石原。

拓實往圍籬一靠，整個人頓時雙腿一軟，滑坐到地上，所有疲累似乎瞬間全部湧了上來。

「拓實先生！」時生在圍籬的另一側喊著他。

「喔，眞虧你找得到這裡啊。」

「是婆婆的護身符幫了大忙，等下回去時得好好謝謝她才是。」

「護身符？可是我們中途換了計程車，那東西不就沒用了嗎？」

「司機先生根據護身符裡的指示聯絡上我們，是他告訴我們說，你們在車上好像談到要去麵包工廠附近之類的。」竹美說：「結果時生一聽到麵包工廠，就很肯定地說一定是這裡。」

「時生說的？」拓實一臉不解，回頭看向時生問道：「你知道這裡啊？」

「以前來過。」時生回道：「麵包工廠旁的小公園，我曾經來過一次。」

「公園？這裡放眼望去哪來的公園？」

時生微笑著說：「現在還沒有，十年後就蓋起來了。」

「你在講什麼莫名其妙的話？只是運氣好讓你矇對了吧，麵包工廠又不是到處都有。」

拓實說著就要站起來，突然一股劇痛傳來，他不禁皺起了臉，這時他才察覺自己不知何時扭傷了腳踝。

38

醫院位在環狀線桃谷車站旁。不愧是大型綜合醫院，不但有一大片停車場，甚至規畫了空間給排班計程車使用。一穿過正面玄關的玻璃門，便來到寬廣的候診室，左手邊是很大的服務櫃檯，依照掛號、住院手續等性質區分，各有各的服務窗口。

時生在住院服務窗口詢問千鶴的病房號碼時，拓實站在候診室角落望著電視，螢幕中的南方之星正投入地唱著〈心愛的艾莉〉(*1)。

時生走了過來，「問到了，五樓的5024號室。」

兩人朝電梯間走去。

「好豪華的醫院吶，而且千鶴住的是單人病房，住院費一定很驚人吧？」

「高倉先生不是說這部分他會處理嗎？」

「是沒錯，可是難道不能住便宜一點的病房，然後把差額折現給我們嗎？」

「想也知道不可能吧，你怎麼想得出這種賤招啊。」

兩人搭電梯來到五樓，沿著長廊往深處走。5024號室是走廊盡頭倒數第二間，時生敲了敲門，門內傳來細細的應聲，是千鶴的聲音。

拓實拉開門一看，約三坪大的房間，病床位在窗邊。床上的千鶴正坐起上半身翻著雜誌看。

「啊，阿拓！」她的臉亮了起來，「還有時生！你們專程來看我的嗎？」

「本來還找了竹美，可是她說要練團什麼的。」拓實將手上的紙袋放到一旁的小桌上，「我買了冰淇淋哦。」

「哇，謝謝你！」

「身子如何？傷處還會痛嗎？」

「都沒事了。高倉先生也太小題大作了，幫我安排這麼大一間病房，不過說眞的，一個人待在這裡還滿無聊的。」

「哎喲，反正他們都說要出錢了，客氣什麼。來吃冰淇淋吧？」

＊1 「即〈いとしのエリー〉，南方之星（サザンオールスターズ／Southern All Star）樂團一九七九年代表作。歌曲描寫對一位叫「艾莉」的女性細膩的愛戀，經典歌詞爲其中反覆出現的一句「艾莉，my love, so sweet」。

「嗯。」千鶴點點頭，從紙袋拿出盒裝冰淇淋。

「千鶴，那些麻煩的程序都結束了嗎？聽說高倉先生那邊的人有很多事要問妳？」

「嗯，解決得差不多了，不過好像還不能放我出去，畢竟我對他們來說是頗重要的王牌吧。」千鶴舀了一口冰淇淋放進口中，笑咪咪地直說好吃。

「眞是的，莫名其妙把妳捲進這種事情裡。我是不曉得他們公司什麼瀆職什麼走私的，根本和我們一點關係也沒有啊。」

拓實這麼一說，本來吃著冰淇淋的千鶴頓時停手垂下了眼。

「對了，我還沒和你道謝。阿拓，謝謝你。還有時生，謝謝。給你們兩位添麻煩了。」

「不用道什麼謝啦，重點是，妳現在可以告訴我了吧？」

千鶴不禁抬起頭，「告訴你什麼？」

「我想知道妳眞正的心意。妳也眞是的，爲什麼話不說清楚就跑掉？就算妳是愛上岡部那傢伙，我也認了，可是沒聽到妳親口說一聲，教我怎麼死得了心呢？」

「嗯……關於那件事……」千鶴說著又低下了頭，拿著冰淇淋挖杓的手動也不動。

「呃，我在外面等好了。」時生說。

「無所謂啦。如果你不想待在這裡又另當別論，不過你就一起聽吧。千鶴，沒關係吧？這小子因爲妳的關係，被我拖著團團轉，他應該有權利知道事情的來龍去脈。」

千鶴點點頭，將盒裝冰淇淋放到一旁的小桌上之後，長長地吁了一口氣。

「岡部先生之前就對我提過很多次，希望我和他交往。而其實我也不討厭被他追求，或許我也隱約喜歡著他吧。」

「千鶴……」

「可是啊，我和他眞的什麼都沒發生哦，因爲我已經有阿拓你了，所以我每次都是找藉口把話題帶過。直到有一天，岡部先生向我求婚了。」

「求婚」兩個字宛如一記重拳擊上拓實的胸口，心頭頓時一緊，他不禁嚥了口口水。「他開口要妳嫁給他，妳就心動了？」

「我當然當場拒絕了，可是岡部先生不肯放棄，他說無論多久他都願意等。後來，他又提了好幾次，他說他心裡只有我一個。」

「妳沒和他提過我？」

對於拓實這個問題，千鶴淡淡地笑了，睫毛顫動著。

「我是個狡猾的女人。說到底，我還是將你們放到天平兩端比較了起來。是該選擇生活安定的上班族岡部先生，還是待業中的阿拓呢？跟著誰才能帶給我幸福的未來呢？如果我和岡部先生說我有你這個男友在，或許他就能徹底地死心了吧，但是我還是想保有這張牌。」

「……千鶴，妳不是說眞的吧？」

「我要編藉口騙你還不簡單？你也曉得我家境不好，護校讀到一半也不得不中輟；入社會當陪酒小姐賺的錢，還得寄回老家補貼家用。說實話我眞的累了，這樣下去，賺再多錢也不會得到幸福，我只覺得自己的人生一片空白。就在我對未來不抱任何希望的時候，岡部先生向我求婚了，我眞的覺得這是千載難逢的好機會。」

「我……不行嗎？」

「我當然最希望那個能給我幸福的人是你。」千鶴帶著有些僵硬的笑容看向拓實，「因爲阿拓你啊，總是說你會認眞工作賺錢，要把我娶回家，對吧？」

聽到這，換拓實低下頭了。他盯著自己腳上那雙滿是污泥的鞋子，心裡很清楚，他沒有權利指責千鶴的不專情。千鶴和他說過無數次，要他好好工作，但他從沒聽進去，也不努力找份像樣的工作，總是埋怨自己在社會角落過得渾渾噩噩的錯又不在己，都是拋棄自己的雙親的錯，還會虛張聲勢老是說些「我總有一天會做大事給妳瞧瞧」之類的空話。

「那個啊，是我最後的賭注。」千鶴說。

「哪個？」

「保全公司的工作機會。你那天去面試了吧？」

「喔……」拓實點了點頭。確實有過這回事，卻覺得像是好久以前的事。

「阿拓，其實你是騙我的吧？」

「咦？」

「你沒接受面試吧？」

「呃……不是啦……我……」

「沒關係的，我都知道。那天，我看到了。」

「啊？看到什麼？」

「我因爲很擔心面試結果，就打電話去保全公司問說，有位宮本拓實先生去參加面試，不曉得結果如何。結果對方告訴我，他只是責罵你不該遲到，你當場就氣呼呼地走人了。」

拓實緊咬著下脣，原來千鶴什麼都知道了。

「拓實先生……」身後的時生一副厭煩不已的語氣說道：「你不是說你去面試了嗎？還說對方有內定什麼的，所以沒錄用你，都是騙人的嗎？」

拓實無法反駁，只是緊緊握起了拳頭。

「可是啊，讓我下定決心的關鍵不是那件事。」千鶴說：「我掛了電話之後馬上跑去找你，想好好罵你一頓，於是我跑去你可能出沒的一些地方找人，小鋼珠店或咖啡廳之類的，果然不出我所料，你躲在仲見世巷子裡的咖啡廳打小蜜蜂吧？桌上還堆了整疊的百元硬幣。」

拓實回想起當時的狀況，原來千鶴都看到了。

「阿拓，你發現我跑去找人，還躲了起來吧？」

「我……」

「就躲在桌旁暗處，對吧？壓低身子動都不敢動……」

一切正如千鶴所說。他曉得要是被千鶴逮到，一定少不了一頓好罵，所以當場躲了起來。

「就是在那個時候吧，我下定了決心。我知道不能再這樣下去了。」

「很窩囊吧。」拓實低喃道：「不是堂堂男子漢該做的事。」

「我啊，不管阿拓你再怎麼孩子氣愛胡鬧，我其實是無所謂的，因爲我總覺得只要年紀再大一些，自然會穩重下來。可是我眞的不想見到你那個樣子。就算你只會虛張聲勢也好，暴躁易怒也好，我都希望看到你堂堂正正的模樣。」

「我讓妳失望透頂了吧。」

「嗯……那和失望不大一樣，我是因爲在那時的拓實身上看到了自己吧。老是不走運，做什麼都不順心，日復一日下來，自己也發現自己變得既卑下又怯懦。而且，阿拓你會變成那樣的個性，我要負很大的責任。所以我們兩個再繼續下去是不會有未來的，我想或許我們都該各自展開新的人生了。」

「所以妳選擇了岡部？」

「在面試那件事之前，岡部先生問我要不要和他一起去大阪，他說等他把大阪那邊的公事處理完，我們就一起生活吧。說實在話，我非常心動，所以我說那場保全公司的面試對我來說是場賭注。我賭的是，就算你沒被錄取也無所謂，只要你好好地去接受面試，我就會和岡部先生斷得一乾二淨。」

拓實嘆了口氣，「所以是我給自己抽了張爛牌……」

「在那個時候，那是最好的結局了。」千鶴說著輕輕搖了搖頭，「可是，應該是天譴吧，沒想到岡部先生幹了那種事。我們到了大阪之後，他才告訴我詳情，但已經無法回頭了。岡部先生也很痛苦，事到如今，也只能走一步算一步，這就是我把別人放上天平衡量的懲罰吧。」她抬起臉，再度露出微笑，「不過啊，我眞的作夢也沒想到阿拓你會來救我呢。」

「千鶴……」

她的視線落在桌面上，「啊，冰淇淋都融了……」

「妳接下來有什麼打算？」

「我不知道，看樣子他們應該短時間之內還不會放我走。不過也好，就當作難得有機會讓自己好好休息一下，反正我也無處可去……等事情告一段落，我可能會回老家去吧。」

望著垂著肩的千鶴，拓實拚命忍住想把一句「我們重新來過吧！」說出口的衝動，他不覺得千鶴會同意，一方面他也隱隱覺得，那並不是他們接下來該走的路。

「好，這樣我就明白了。」拓實走到床畔，伸出右手說：「那妳多保重嘍。」

千鶴凝視著他的手好一會，深深地低下頭，細瘦的雙肩微微顫抖，接著將手覆上拓實的手，說道：「阿拓你也要好好保重。」

拓實緊緊地回握千鶴的手，然而她只是伸出另一手，溫柔地拉開了他的手。千鶴抬眼望著他，紅紅的雙眼盈著淚水，卻是衝著他笑了。

「這些日子以來，眞的很謝謝你。」

拓實默默地點了個頭，轉身朝房門走去，時生旋即跟了上來。拓實要自己千萬不能回頭，就這麼走出了病房。

離開醫院後，拓實好一段時間沒說話，時生也一逕沉默著。兩人在桃谷車站買了車票，來到月臺上，拓實叼起一根菸，夜色已完全掩上天空。

「我眞是個大傻瓜……」拓實低頭看著軌道喃喃說道：「重要的事物總要等到失去以後才明白有多珍貴，但已經太遲了……」

「我還以爲你會和她說，兩人重新來過吧。」

「是嗎？」

「嗯，剛才的對話氣氛很適合說那句話啊。」

拓實呼了口煙，「我已經丟臉丟到家，沒立場說那種話了吧。」

「我倒是不覺得有什麼丟臉的。」

電車駛進月臺，拓實正要把沒抽完的菸往腳邊扔，突然改變主意，將菸蒂丟進一旁的菸灰缸內。時生見了，登時瞪大了眼，臉上寫滿訝異。

「我也是會愈來愈懂事的，好嗎？」拓實說著笑了。

電車行駛了一會後，他對時生說：「喂，去那裡看看吧。」

「那裡？」

「東條家啊，總覺得好像應該再去一趟。不過當然，要是你不想去就不勉強。」

原本一直望著窗外的時生，回頭定定地望著拓實，接著大大地點了個頭。

39

近鐵難波車站，拓實在剪票口前停下腳步，回頭看向身後的竹美與傑西，點了個頭。

「就送到這裡吧。這幾天眞的很謝謝你們。」

「隨時歡迎來玩呀。還是你已經受夠大阪了？」竹美嘻嘻笑道。

「這趟學到了很多呢。等我們安定下來再聯絡你們。」

「嗯。」竹美點點頭。

「傑西也幫了大忙哦。」拓實仰頭看著這位高大的黑人兄。

「多保重。」傑西說完這句，湊近竹美悄聲耳語，竹美忍俊不禁笑了出來。

「他說了什麼？」

「他勸你還是放棄拳擊吧，說你不是那塊料。」

「要你管啊！」拓實對著傑西做了個假揮拳的動作。

「時生，這個人就麻煩你多看著點了，要是沒顧著他，不曉得又會幹出什麼衝動事。」

「交給我吧。」時生拍了拍胸脯。

「哼，妳覺得我是管得住的嗎？」拓實故意板著臉說了這句話，接著恢復認眞的眼神，看向竹美說：「有件事，我想請教妳。」

「幹麼啊，這麼正式。」

「妳是怎麼原諒妳母親的？」

「咦？……」竹美完全沒想到他會問這件事。

「妳母親不是殺了妳父親，因爲傷害致死罪進了監獄嗎？那段時間妳所受的苦，絕對不是一般人所能想像，所以就算妳恨妳母親，也是無可厚非。但是，妳現在卻是和妳母親感情融洽地一起經營小酒吧。我想知道妳的心境轉變，妳後來是怎麼原諒她的？」

「嗯，你說那件事啊。」竹美垂下眼，有些靦腆地微微一笑，「沒什麼原諒不原諒的，因爲我們本來就是母女，這是永遠不變的事實。既然曉得對方對自己懷著歉意，就夠了吧，其他還有什麼好計較的？」

「是喔……」

「怎麼？有意見嗎？」

「不不，我又上了一課。」拓實定睛望著竹美說：「謝謝妳。」

只見竹美訝異得張著口，連連眨眼。

「拓實先生，時間差不多了。」

「喔，好。那我們走嘍！」

「保重哦。」

拓實與時生通過剪票口，走下通往月臺的階梯，途中回頭看向剪票口，竹美與傑西還在。拓實舉起右手向他們揮了揮。

「竹美那傢伙，眞的很強。」拓實邊走下階梯邊嘟囔，時生聽了也頻頻點頭。

搭近鐵特急列車從大阪到名古屋，路程大概兩小時。一路上，拓實與時生幾乎沒什麼交談。拓實一逕望著車窗外的景色，沉思著即將與東條須美子的再度面對面；時生則一直在睡覺。

這小子究竟是什麼人？——拓實看著時生的側臉不禁心想。

他是說遠親，那是怎樣遠的親戚呢？這點始終沒問出來，可是看他那副樣子，似乎又不急著找出自己與拓實的親戚關係。而且，爲什麼他一直都陪在身邊不離不棄？這一點也是個謎。

——我啊，是你的兒子哦。

時生曾這麼說過，還說自己是從未來來的。當時只覺得他在開玩笑，然而拓實內心其實也隱約覺得，這是最能解釋一切的答案。兒子回到過去拯救沒用的父親，的確是佳話一則，他甚至覺得，要是這種事是眞的該有多好。

算了，想破頭也沒用，反正總有一天時生自己會說清楚吧，何必急於一時。能確定的是，和這小子在一起，自己確實一點一點地改變了，而且是變成更穩重、更可靠的男人，這就很足夠了，不是嗎？

抵達名古屋車站後，兩人和上次一樣轉乘名鐵前往神宮前車站。一到站，四下一片昏暗，細雨開始淅淅瀝瀝落下。原來不知不覺間，日本列島已經進入了梅雨季節。兩人都沒帶傘，於是一同冒著雨，朝東條家走去。

「春庵」的藏青色門簾就在眼前了，拓實突然停下腳步，深呼吸一口氣。

「還好嗎？」時生問道。

「好緊張。」

「啊？」

「走吧。」拓實踏出了步子。

兩人鑽過布簾進到店內。或許是傍晚時分又下著小雨的關係，店裡沒有客人。東條淳子和上次一樣，一身和服在店內深處打理店務，一看到兩人，便默默起身迎面走來。

「沒想到你們真的來了。」

「妳知道我們會過來？」

「今天上午麻岡外婆打電話通知我們的。」

「喔……」

拓實想也知道是竹美幹的好事。他沒和婆婆說今天會前往東條家，所以一定是竹美告訴婆婆

的。

「能請您去看一看母親嗎？」

拓實頓了一頓，答道：「好的。」

東條淳子領著兩人前往上次那間茶室。

「請兩位先在這裡稍待一下，我馬上端茶過來。」東條淳子說著就要走向門口。

「請等一下。」拓實開口了，「在見那個人之前，有件事，我得向妳鄭重道歉才行。」

淳子一臉不解地偏起了頭。

拓實坐直身子，兩手抵著榻榻米，深深低頭行了一禮。

「真的非常對不起，我把那個弄丟了。」

「『那個』……是？」

「就是妳……上次給我的那本漫畫。那麼重要的東西，卻被我弄丟了。不，不是弄丟，是我拿去當掉了。當時我還不曉得那本漫畫這麼重要，我真的很蠢，什麼都不懂。真的非常非常抱歉，妳打我或踹我都無所謂，總而言之，我這個人實在很糟糕，真的……很對不起。」拓實說到後來，額頭都貼到榻榻米上了。

東條淳子沒吭聲，拓實當然看不到她現在是什麼表情，但他已經有所覺悟了，無論對方再怎麼出言侮辱，他全都承受。

拓實聽到東條淳子吁了口氣，應該是要破口大罵吧？然而他接下來聽到的，卻是東條淳子相當溫和的聲音：

「請您稍等一下。」緊接著傳來她走出茶室、拉上紙門的聲響。

拓實抬起頭看向時生。

「她一定很生氣吧？因爲太生氣了，反而一句話都說不出來，是吧？」

「是嗎？我倒是看不出來啊。」時生歪著頭說道。

「她該不會是去拿剁魚刀來砍我吧？」

「怎麼可能。」

「好吧，要是眞的想砍我，那也沒辦法了，我就乖乖地受她一刀吧。」

「就跟你說不可能拿刀來嘛。」

走廊傳來腳步聲，拓實連忙恢復方才低頭致歉的姿勢。門拉開來，東條淳子在他對面坐了下來。

一旁的時生「啊」了一聲，拓實不由得心頭一驚。

「請抬起頭來。」

拓實稍稍抬起臉，但雙眼緊緊閉著。

東條淳子不禁輕笑，說道：「請睜開眼睛。」

拓實先睜開一眼，再睜開另一眼，一看到放在身前的東西，不禁「哇！」地張大了嘴。

那正是那本《空中教室》，熟悉的手製質感，毫無疑問就是他賣給鶴橋那間當鋪的東西。

「呃，爲什麼這本漫畫會在這裡……？」

「是大阪那邊的舊書業者通知我們的，說找到了爪塚夢作男的手繪本。由於我們平常與那家業者一直有聯繫，母親請他們只要一發現爪塚先生的作品，立刻通知我們。而且手繪本的數量其實不多，我們接到通知時，也在想該不會就是這本吧，沒想到眞的回到我們手邊來了。」東條淳子微笑說道。

「對不起！」拓實再度低下頭，「當時因爲有些苦衷……」

「請別在意，是我請您隨意處置的。而且重要的是，您能夠明白這本作品代表的意義，就是最令人欣慰的事了。」

拓實依然無法抬起頭來。一回想起自己的所作所爲，只覺得羞愧不已。

「拓實先生，那我可以再次請您保管這本作品嗎？」

「我？眞的可以給我嗎？」

東條淳子點點頭，「只有您有資格收下這本作品。」

拓實伸手拿起那本漫畫，手掌感受到的觸感和初次拿到時的感覺，完全不一樣了，有股暖意徐徐傳進他的心裡。

「對了，我也有樣東西得讓妳看。」他打開提袋，拿出一只信封，是須美子寫給他的那封信。他將信遞給東條淳子。

東條淳子看了一眼收件人的姓名，點了點頭。

「關於這封信的事，我曾聽母親提起過，內容也大概曉得的。」

「請妳打開信來看吧。」

「不，這是母親寫給您的信。」東條淳子將信封放回拓實跟前，「母親要是曉得這封信平安送到您手上，一定非常高興。」

「請問……她的狀況還好嗎？」東條淳子微微偏起頭，「這陣子時好時壞……嗯，您是否方便再次……」

「請讓我見她！」拓實直視著東條淳子的眼睛說道。

拓實跟在東條淳子身後走在長廊上，他發現這整棟建築內瀰漫著和菓子的香氣，上次來的時候不知怎的沒察覺到。

來到位於長廊深處的和室前，東條淳子蹲低身子拉開紙門，接著抬頭看向拓實點了個頭，示意他進房裡。

拓實望了望房內，榻榻米上鋪著被褥，東條須美子就躺在被子裡，眼睛似乎是閉著的。身旁一身白衣的看護仍是上次見過的那位婦人。

「夫人。」白衣婦人輕聲喊了須美子，須美子於是緩緩地張開了眼。

「是拓實先生哦。」東條淳子接口道。然而須美子沒有任何反應。

「請進來吧。」東條淳子對拓實說。拓實這才踏進了房內，卻在離被褥還有好一段距離的地方便跪坐下來。

「您方便再靠近一點嗎……」東條淳子說。

但拓實動也不動，一逕凝視著須美子。須美子眨了幾次眼之後，又閉上了眼。

「呃……不好意思，」拓實舔了舔脣，「能不能讓我和她獨處一下？」

「可是……」白衣婦人一臉不知所措地抬眼看向東條淳子。

「好的。」東條淳子立即回道，接著對白衣婦人說：「一下子就好，應該沒關係吧？」

「嗯……，不會太久的話……」

「好，那我們先出去吧。」

白衣婦人仍有些遲疑，但她看了須美子一眼之後，也站起身來，兩位女士走出房門，接著時生也離開了房間。

房內只剩拓實與須美子兩人了。拓實一時間仍坐在原地，而須美子依舊一動也不動。

「唔……」拓實開口了，「妳睡著了嗎？」

須美子的雙眼還是沒睜開。拓實乾咳了幾下，朝被褥稍微靠過去一點點。

「呃，妳大概睡著了吧，不過我來這裡是有話想對妳說，妳就讓我說吧。雖然妳可能沒聽見，嗯，那也沒辦法了。」拓實搔了搔臉頰，又乾咳了幾聲，「那個……就是啊，上次很抱歉，那時候我很多事情都不曉得……還有，」說到這，他一臉嚴肅地抓了抓頭之後，捶了膝頭一下，再次望著須美子說了：「不是妳的錯。」

這一瞬間，須美子的睫毛似乎顫了一顫。拓實定眼一看，只見她依舊閉著雙眼，沒有任何動靜。

拓實呑了口口水，深吸一口氣。

「不是妳的錯。」他又說了一次，「雖然發生了很多事，錯不在妳。因爲是我的人生，得由我自己承擔一切責任，我不會再把自己的不順遂都怪到妳頭上了。我只是想告訴妳這個。呃……還有，我很感謝妳把我生下來。謝謝。」

拓實兩手抵著榻榻米，朝須美子行了一禮。

須美子沒回應，看樣子眞的是睡著了，但拓實覺得無所謂，因爲能夠像這樣好好地向她鞠躬道聲謝，他今天來這趟的目的就已經達到了。

他吁了口氣，直起身子正打算去叫東條淳子，無意間望了須美子的臉龐一眼，猛地心頭一驚。

他感到胸口有個什麼炸了開來，他強忍著想放聲大叫的衝動，整個人宛如石像般無法動彈。劇烈喘息了數次之後，他有種全身虛脫的感覺，手插進褲子口袋，慢慢走近被褥，然後抽出了手。

他手上緊緊捏著一條皺巴巴的手帕，顫抖的手將手帕拿近須美子的臉。

拓實輕輕拭去須美子眼角的淚水。

40

「喂！宮本，你看看你！這是『橋本多惠子』小姐吧？怎麼會弄成『多惠予』呢？」

班長這麼一罵，拓實也察覺自己出錯了。「啊，眞的。對不起，我看錯了。」

「我說你啊，用點腦筋好嗎？這世界上有哪個人叫做『多惠予』的，你告訴我啊！」

我也是記著要揀出「多惠子」三個字啊，就說弄錯了嘛——拓實很想頂回去，還是忍下來了。

「眞的很抱歉。」拓實摘下帽子行了一禮。

「眞是的！拜託你幫幫忙好嗎？」班長叨念著離開了。

拓實嘖了一聲戴回帽子。面前是成排的櫃子，上頭羅列著滿滿的活字。他的工作是對照手邊的字條指示，揀出對應的活字。這是位於向島郊區的一家小印刷廠，連同來打臨時工的拓實，整個工廠只有三名員工。由於到了盛暑互捎問候的季節，印刷廠需要臨時工應付大量的問候明信片。拓實來這裡已經一星期了，仔細揀出一個個活字的工作實在不大適合他的個性，頻頻出錯。除了揀字，他也必須幫忙將印好的成品送去給客戶。搬運成疊的紙製品雖然需要大量體力，比起來做勞力工在心情上要輕鬆多了。

「宮本，外找。」禿頭社長走出辦公室喚他。

「找我的？」

大概是時生吧。他正在機車行打短期工，負責將中古的摩托車堆疊、取下、排齊等作業，聽他說今天是最後一天工了，所以應該是提早結束來探班兼看拓實的糗樣吧。

但一走進辦公室，等著他的是意想不到的人物。

「喲，你看起來很不錯嘛。」高倉身穿敞領襯衫，披了件米白色外套，臉龐曬得黝黑。

「啊，好久不見了。」拓實行了個禮。

「方便和你聊個十五分鐘嗎？」

「應該沒問題，請稍等一下。」

拓實向社長報備了一聲。他的工作是論件計酬，所以即使暫離工作崗位，只要能如期完成，公司是不會說話的。

兩人走進印刷廠對面的咖啡廳，拓實點了冰咖啡。附有小蜜蜂的桌子全被占走了，拓實他們坐的是一般的木桌，雖然手有點癢，拓實決定不去看打著小蜜蜂的那些人，千鶴的話語至今仍緊緊揪著他的胸口。

「你找了個相當辛苦的工作呢。」高倉點了根菸，語氣中帶了點難以置信。

「因爲我想，要是和別人說我在印刷公司上班，給人感覺比較聰明吧。」拓實老實地回答。

高倉笑了笑，朝菸灰缸彈掉菸灰，然而當他抬起視線，臉上已不見笑容。「關於那起國際通訊公司的案子，快要告一段落了，所以我想應該向你說一聲。」

「這樣啊，你其實不必特地跑來告訴我的。」

「別這麼說，我們有我們做事的規矩在。你也來一根吧？」高倉說著遞出紅盒的LARK。

「謝謝。」拓實抽出一根菸。印刷廠裡因爲有許多紙張和印刷用溶劑，廠內是全面禁菸的。

「敝公司的社長因爲拿公司的交際費購入個人物品，以盜用公款罪名遭逮捕，換句話說，岡部他們在海外購得的那些東西被解釋爲公司員工中飽私囊，所以岡部也依同樣罪名被起訴了。」

「但是事實不只是中飽私囊這麼簡單吧？你不是說他們拿這些昂貴東西到處去賄賂政客嗎？」

高倉點點頭說：「郵政省(*1)丟了兩名官僚的名字出來，他們會以收賄罪名被逮捕。因爲這

*1 日本中央省廳之一，主要管理郵政金融業務。二〇〇一年再編，將總務廳、郵政省及自治省統合爲總務省。

次事件，郵政省不可能完全撇清關係，只好找了兩個代罪羔羊扛下一切吧。不過反正這兩人一定會有別的好處補償他們，也沒什麼好同情的。」

「可是那些收賄的政客呢？整件事不是還有內幕嗎？」

高倉撇起嘴，搖了搖頭，「很遺憾，警方查不到那層……應該說不被允許查到那層吧。其實，有個大人物的名字一直在案件中若隱若現，但是檯面上查得到他與公司的往來，都是透過參會券、招待、禮物等形式，這樣是無法定罪為賄賂的，警方也不得不死了這條心。嗯，當執法機關遇上政治家，都是一樣的結局。在我們伸手無法觸及的地方，有些交易談成了。就是這麼回事嘍。」

「真是骯髒。」拓實露出一臉不屑，喝下一大口冰咖啡。

「這次給你添了那麼大的麻煩，卻無以回報，真是抱歉。」

「高倉先生你沒必要向我道歉……不過我擔心的是，千鶴呢？」

「千鶴小姐的部分，我已經處理好了，她不會被問罪的，我們堅持她是被岡部騙走，所以她也是被害者。對了，聽說你和她分手了？如果是因為這次事件，真的很過意不去……」

拓實大大地揮了個手，「不不，這次的事件只是導火線，我和她遲早會走到這一步的，請你千萬別放心上。我和千鶴都涉世未深，託了這次事件的福，才好不容易有點大人的樣子。我們都想讓一切從頭，展開自己的新生活。」說到這，拓實偏起了頭，「不過……可能還是沒有正常大人的樣子吧。」

高倉笑著點了點頭。

「高倉先生你呢？接下來有什麼打算？」

「我暫時還會待在現在的公司，還有很多事得處理完才行，不過我早晚會離職的。偷偷跟你說，我正在計畫出去開公司呢。」

「哇，好厲害哦。是什麼樣的公司？」

「當然還是做通訊嘍。將來最大的商品就是資訊，所以通訊手法也勢必隨之日新月異，好比汽車電話之類的。」

「汽車電話？在車裡也能用的電話嗎？」

「嗯，這個計畫已經在動了哦。」高倉喝著熱咖啡，斂起了下巴說道：「先在各地設置訊號的中繼基地，使用者就能夠透過無線電進行通話了。」

拓實總覺得似乎聽過類似的事，沒多久，他想起來是誰說的了。

「汽車電話的概念很棒呢。」拓實說：「只要整個機制建立起來，遲早人們也能夠人手一支電話了吧？或許可以叫做攜帶式電話哦。」

高倉原本拿起咖啡杯想啜一口熱咖啡，聽到這話，手登時停了下來，滿臉驚喜地望著拓實。

「有意思。正如你所說，有朝一日一定會變成那樣的，只不過，目前要克服的就是如何將機械本體縮小成方便攜帶的尺寸。」

「很快就會研發出來的，因爲不止日本在埋頭研究，海外的製造商也會競相開發這個領域呀。」這也是從時生那裡聽來的。這陣子老是聽時生在講這些有的沒的，拓實都隨意聽聽隨口應回去，但不知怎的卻記到腦子裡了。

「這麼一來，通訊業界又會更興盛了吧。」

「高倉先生，你知道PC吧。」

「你是說個人電腦吧？我還沒用過，不過我曉得它的運作原理和功用。」

「要是將電話線接上個人電腦，不就能夠傳遞情報了嗎？」

聽到拓實這段話，高倉瞪大了眼盯著拓實看，「你很清楚嘛。沒錯，一切正如你所說。但是這消息目前應該只有極少數的人曉得，因爲是去年才剛著手研發的技術。你是聽誰說的呢？」

「呃……聽誰說的……可能是在哪個報導上看到的吧。」

「沒想到你這麼關注通訊技術的發展呢。嗯，所以接上個人電腦之後呢？」

「如果透過電話線，不同的電腦之間能夠存取彼此的資訊，擁有個人電腦的人數也很可能會逐漸增加，換句話說，全世界的電話網絡就能透過電腦相互連結起來。至今的電話只能傳遞聲音，若將聲音代換成電腦資訊，那麼無論是影像或是圖像，都能夠交流存取了，這麼一來……好像是件相當不得了的事呢。」

「你繼續說。」高倉將上半身湊近拓實。

「呃，我只是想到什麼說什麼罷了，不用太認眞聽啦。」

「無所謂，你繼續說就是了。」高倉催促著。

拓實搔了搔頭，暗自後悔著，談話主題好像愈變愈奇怪了。

「如此一來，大量資訊得以透過電話線傳遞存取，便形成了一個類似資訊網的東西，對吧？於是相對地，電話機子本身也會有相應的改變，像我剛才所說的攜帶式電話將會日漸普及，而且話機不只是單純通話用的機子，還會附加一些簡單的電腦功能，也就是說，任誰都能夠邊走在路上邊取得全世界的資訊，瞬間實踐了眞正的四海一家概念。」拓實說完搖了搖頭，他不知道自己在說什麼了，畢竟都是從時生那裡聽來現學現賣的，「不曉得那樣的時代是不是眞的會來臨呢……」

高倉凝視著拓實好一會之後，問道：「你平常在寫小說嗎？科幻小說之類的？」

「我？寫小說？怎麼可能。」

「我想也是。你剛剛說的這些事情，和很多人說過了嗎？」

「沒有啊，高倉先生你是第一個聽我說的。」

「這樣啊。」高倉不知道在思考什麼，頓了頓之後，笑咪咪地對拓實說：「你這個概念眞的非常獨特，我們目前只是在規畫移動中可使用的汽車電話，和你這比起來，眞是小巫見大巫了。宮本，你很有頭腦哦。」

「會嗎？」

「我想讓你見一個人，請務必抽空見他一面好嗎？」

「見面是無所謂啦，反正我多得是時間。不過，請問那個人是誰呢？」

「是我們新公司的社長，我想讓他聽聽你這整個概念。」

「我剛講的那些事？」

「放心吧，你那番話絕對會令人眼睛一亮的。我們就這麼說定了。」高倉指著拓實說道。

那天下班後，回到公寓，時生已經到家了，正在翻看日本地圖，一旁扔著吃完的杯麵空杯。

「打工告一段落了嗎？」拓實問他。

「嗯，薪水都拿到了。」

「明天有什麼打算？再去找工作嗎？」

「明天的事，」時生的視線沒離開地圖，「不用想也沒關係啦。」

「什麼意思？爲什麼不用想？」

「拓實先生，請教你一件事好嗎？」

「問我嗎？眞難得啊。」拓實在時生身旁盤腿坐下，叼起一根菸。

「假設時光機是存在的，然後啊，你回到了某一起重大事故的發生前夕，你會怎麼做？」

「你問這什麼怪問題？」拓實吸了一口菸，心想，echo 果然沒有 LARK 抽起來那麼順。「哪可能有什麼時光機。」

「所以我說是假設嘛。你會怎麼做？」

「嗯，既然知道會發生事故，就想辦法阻止啊。」

「可是，這樣不就等於改變歷史了嗎？搞不好由於過去沒有發生那起事故，使得現在的世界整個變了樣，甚至連你自己也不會誕生在世上了！」

「啊？你在說什麼啊？完全聽不懂。」

時生嘆了口氣，「也對，你應該是聽不懂的。」

「你在耍我嗎？」

「不是，我的意思是你聽不懂才是正常的。」時生搖搖頭，視線又回到地圖上。

「我聽不懂你剛剛講的，不過關於攜帶式電話和電腦的事，我倒是聽懂了。今天高倉大爺來找我，我把這些事告訴他，他嚇了一大跳呢。」拓實將白天與高倉的談話轉述給時生聽。

時生神情認眞地聽完後，頻頻點頭。

「你就接受高倉先生的邀約吧，一定會順利的。嗯，不過可能也不需要我多嘴吧，反正過去是無法改變的。」

「什麼啊？又扯到過去幹麼？你眞的怪怪的哦。」

這時，有人敲門了。

「宮本先生，有您的電報——」門外是一名男子。

「電報？」拓實長這麼大，還是第一次收到這種東西，一頭霧水地打開門，接過了電報。

看完上頭的文字，拓實頓時倒抽一口氣，茫然呆立原地。

「是東條家拍來的吧？」時生問。

拓實猛地看向他，「你怎麼知道？」

時生微微笑了，笑容帶著一絲悲傷，「因爲今天是七月十日。」

拓實不懂時生這話的意思，但他沒心情思考，因爲電報的內容讓他大受打擊。

上頭寫著，東條須美子過世了。

41

隔天午後，拓實與時生在東京車站坐上高速巴士。今晚是須美子的守靈夜，預計明日下葬。

拓實還無法決定是否以親人的身分出席，因爲事到如今才跳出來說自己是她兒子，總覺得太厚臉皮了。

「沒想到你會說要坐巴士。」時生說。

「新幹線太貴了啊，我也要慢慢學著節約度日了。」

「是喔……本來我還在想，要是你說要坐新幹線去，我就要堅持坐巴士的說。看來過去果然是無法改變的啊……」

「小子，你從昨天就怪怪的哦，是天氣太熱熱昏頭了還是怎樣？」

巴士準時出發了。上回搭新幹線對拓實來說是人生初體驗，而這回也是他第一次搭高速巴士，不僅如此，他根本從沒見過東名高速公路（*1）長什麼樣子。

拓實一邊眺望著車窗外與新幹線上所見截然不同的風景，一邊思考著東條須美子的事。她的過世的確令拓實受到打擊，但那並不是悲傷，眞要說，其實更接近失望的情緒。他好不容易覺得自己能夠和她多聊一些、聊得深入一些，卻再也沒機會了。唯一値得慶幸的是，最後一次見到她時，拓實好好地爲自己先前的態度道了歉，也對於她生下自己表達了感謝。雖然不曉得她感受到多少，但看到她的淚水，拓實決定相信她都聽到了。

時生則是相當沉默，上了車就閉起眼休息，但又不像是在睡覺，不時蹙起眉頭不知在煩惱什麼。即使拓實找話和他說，他也只是有一搭沒一搭地應著。

巴士上設有廁所，但這段車程中途會在足柄休息站暫停十分鐘。車子一停妥，拓實便催促著時生下車。

「小子，你在發什麼呆？哪裡不舒服嗎？」
「我沒事啊。」
「那現在是怎樣？」
「沒怎麼樣啊。」
兩人朝休息站廁所走去，時生突然停下腳步，望著一輛停在路邊的摩托車。
「就算你在機車行打過工，也不至於突然變成摩托車迷吧？」
「鑰匙還在。」
「咦？」
「那輛摩托車的鑰匙還插在上頭。」
仔細一看，時生說的沒錯。
「喔，眞是不小心，車主應該是覺得停在這種地方不可能被偷吧，不然就是他眞的快要尿褲子了。」拓實半開玩笑地說。
但時生依舊是一臉嚴肅。拓實心想，這小子眞的很怪。
「不用看了啦，反正你又不會騎車。」拓實說。

＊1 東名高速道路，簡稱「東名高速」或「東名」，與中央自動車道、名神高速道路等同爲連接東京、名古屋與大阪三地的日本公路交通大動脈。

尾。

「我在機車行旁邊的空地練過幾次。」

「練過又怎樣？走了啦，再不走可是我要尿褲子了。」

拓實才邁出步子，時生突然驚叫了一聲。拓實只好又回過頭看向他。

只見時生直盯著停在不遠處的一輛紅色Corolla，三名女子正要上車，當中一名女孩紮著馬

「三個都是美女呢！你也愛看女生呀？」

「不是啦。」

「不然是什麼？你認識的人？」

時生搖了搖頭，「還不確定……」

「啥？什麼叫還不確定？」

不久，紅色Corolla發出輕快的引擎聲，駛離了兩人的視線。

「好了好了，美麗的大姊姊已經走了，你也動作快，再拖拖拉拉的會被巴士放鴿子哦。」

但是時生仍站在原地，做了一個深呼吸之後，轉身看著拓實，眼神中有著無法忽視的認眞。

「怎樣啦？」拓實稍稍繃起了神經。

「拓實先生，」時生吞了口口水，「我先告辭了。」

「啊？」

「我們就此道別吧。雖然相處時間不長，這段時間，我過得很開心。」

「你在說什麼啊？」

「能夠待在你身邊，我真的很幸福。不，早在我們在這個世界相遇之前，我就這麼覺得了哦；在遇見現在的你之前，我也過得非常幸福，我很慶幸自己被生下來。」

「時生，你……」

時生像是強忍著什麼似地緊緊咬住下唇，接著緩緩搖了搖頭說：

「或許，改變過去是不被允許的。但是，若早知道會出意外，我沒辦法默默地看著事情發生。」時生說完便衝出去跨上方才那輛摩托車，發動引擎。

「啊……喂！你要幹麼？」

拓實連忙追上前，但時生已經騎了出去。

「喂！時生！」

聽到他的呼喊，時生只是回頭看了他一眼，然而車速絲毫沒有減緩，直直駛上了高速公路的主線道。

拓實慌忙張望四下，看到巴士司機正悠哉地漫步。

「喂！快去開車！」

司機被拓實嚇到，登時退了幾步，「你……你是哪位啊？」

「我是乘客！叫你快去開車啊！」

「還有兩分鐘……」

「早個兩分鐘有什麼關係？我趕時間啊！」

「沒辦法呀，我們規定要等全部乘客都到齊才能開車的。」

拓實緊跟在司機後頭回到車上，但還有部分乘客沒回來，拓實坐在座位上，內心焦急不已。

「請問您鄰座的乘客呢？」車掌問道。

「他搭別的車先走了，不會回來了啦，所以快點開車吧。」

車掌一臉狐疑地看著拓實。

巴士終於駛離了休息站。拓實頻頻望著前方，但顯然是追不上數分鐘前便驅車離去的時生了。

搞不懂時生究竟在幹什麼。他爲什麼要說那番話？這兩天他一直提到「改變過去」，那又是什麼意思？還有，他騎走摩托車是想幹麼？爲什麼這麼突然道再見？

拓實唯一能確定的是，無奈與悲傷的情緒正在他的胸口翻攪，是因爲再也見不到時生的關係嗎？他自己也不明白。

巴士行駛了好一會兒之後，車速突然驟減，簡直像是踩下緊急煞車似的，拓實猛地向前一倒，額頭差點撞上前座的椅背，其他乘客也紛紛發出尖叫。

拓實一看前方路況，眼見車龍宛如串珠般長長地往遠方延伸，巴士的車速愈來愈慢，終於停了下來。

「搞什麼！」拓實嘖了一聲，其他的乘客也開始抱怨。

「請各位耐心稍待，我們目前正在了解路況。」車掌試圖安撫乘客。

拓實很擔心時生，拚命察看前方車陣中是否有熟悉的身影，然而放眼只見成排車尾燈，完全無法得知發生了什麼事。

車掌拿起了麥克風。

「呃，各位乘客，根據剛才得到的消息，前方的日本坂隧道內發生了嚴重的火災，詳細情形還不是很清楚，但看樣子是無法穿過隧道了。」

全車乘客頓時一陣騷動。

「怎麼會這樣？」

「那我們怎麼辦？」

「得一直待在這裡嗎？」

車掌與司機交談了幾句後，又拿起麥克風說：「呃，本車將在最近的靜岡交流道下高速公路，接著轉行國道前往名古屋。如果各位乘客有人希望在靜岡下車，請向我們說一聲，我們會送您至靜岡車站。」

幾名乘客說要在靜岡下車，拓實也是其中一人，可是他並不是因為想早一刻抵達名古屋。

幾十分鐘後，巴士終於開車了，而抵達靜岡車站則是兩個多小時之後的事，夜色早已籠罩四下。

看了車站內的電視新聞播報，拓實終於明白發生了什麼事。日本坂隧道內發生車輛追撞，引發了火災，目前隧道內的車輛仍持續燃燒，火勢依然無法控制。(*1)

*1 此爲眞實事件「日本坂トンネル火災事故」，發生於一九七九年七月十一日傍晚六點四十分左右。

拓實撥了電話去東條家，說自己今天應該是到不了了。在電視上看到事故消息的東條淳子接到拓實的電話，得知他平安無事，鬆了一大口氣。

「您受驚了吧。拓實先生，您今晚會在靜岡那邊過夜嗎？找得到下榻的旅館嗎？」

「嗯，沒問題的。那我就明天一早搭電車過去府上打擾了。」拓實說完掛了電話。

拓實根本沒打算找旅館住，他決定整晚守在靜岡車站裡。因爲要是時生還沒騎到日本坂隧道便被堵在外頭，勢必會過來靜岡車站這邊；而要是他早早就通過了日本坂隧道，就不會被捲進事故了；至於要是他剛好在隧道裡……拓實根本不願去想。

然而拓實想起時生昨天那番話，言下之意簡直像是他預見了這起事故。而他會突然騎車衝出去，就是想去阻止事情發生嗎？

怎麼可能……

靜岡車站內，旅客逐漸聚集，應該都是沒有交通工具離開這裡又訂不到住宿處的吧。拓實拿自己那個裝著喪服的包包當椅子坐在上頭，一一望著路過的人，想找出時生的身影，卻一無所獲。

但是有另一人吸引了他的目光。他看見先前在休息站坐上紅色Corolla的三人組，當中那名紮馬尾的女生，他印象特別深。三人都是一臉疲憊，蹲坐在地上。

拓實猶豫著要不要上前聊兩句，但其實也不曉得該說什麼。

時至深夜，車站內依舊擠了滿滿的旅客。後來拓實一夜沒闔眼，就這麼迎向清晨。直到他跳上了第一班電車，時生依然沒現身。

42

結果拓實還是沒能趕上東條須美子的告別式，他抵達東條家時，連火葬儀式都已經結束了。東條淳子連忙在裡間設了個祭壇，好讓拓實能拈香。照片上的須美子年輕開朗，正是拓實幼時記憶中的臉龐。他有些後悔，那段日子要是多和她聊聊就好了。

「看來並沒有你朋友的名字哦。」拓實上完香後，東條淳子將晚報遞給他。

拓實一攤開報紙，躍入眼簾的便是標題「交通大動脈『東名』中斷」，下方是關於日本坂隧道火災事故的詳細報導——目前確認六人死亡，一百六十餘輛車燒毀，估計需要數日搶修才能恢復通車。事故起因於連環車禍，六輛車發生追撞，當中一輛滿載易燃物乙醚的貨車著火後，火勢更是一發不可收拾，一百六十餘輛車先後爆炸起火。由於火場溫度過高，無法靠近滅火，只能任其燃燒殆盡。這起隧道事故，可謂日本高速公路史上最嚴重的交通事故。拓實讀著報導，雞皮疙瘩都起來了。要是時間稍有不湊巧，自己極可能也被捲入這起事故之中。

死者的身分都已確定，當中並沒有出現時生的名字。由於死者所搭乘的車輛也都一一經過確認，就算「時生」是化名，能肯定的是，他絕對不是死者之一。

拓實的心頭大石終於卸下一半。

不過這麼一來，時生究竟跑哪去了？拓實在靜岡車站等了一整晚都沒等到人，這表示時生在隧道事故發生之前便通過隧道了？但是他也沒來東條家呀？

我們就此道別吧——他是這麼說的。爲什麼他會在那個地點決定離去？他究竟想做什麼？

不，那小子根本打從一開始就是個謎。他究竟是誰？為什麼會出現？又爲了什麼消失？

拓實試著問東條淳子，不知道須美子是否有遠親，因爲時生早先曾自稱是他的親戚。但東條淳子只是一臉狐疑地偏起頭回道：「印象中麻岡家那邊並沒有像他那個年紀的親戚呢。」

拓實聽到這個回答並不意外，他本來就覺得時生說自己是他的遠親應該是謊話，時生一定是有什麼苦衷，才會出現在拓實面前卻無法表明身分。問題是，那是什麼苦衷呢？但拓實想破了頭，也想不出合理的答案。

雖然東條淳子留拓實多待幾天，拓實還是上完香便離開了，他隱約有個預感，自己日後可能還會常來東條家玩，但是，現在他滿腦子只擔心時生的下落。

回到了東京，還是不見時生的蹤影，拓實只能繼續每天前往印刷廠上班，晚上拖著疲累的身軀回到公寓，沒有任何人在等著他。雖然時生出現之前，他也是過著這樣的生活，但如今不知爲何，心裡總覺得好空虛。

日本坂隧道火災事故發生後的第十天，經過全力搶修，隧道內部開放單線雙向通車了，但塞車狀況依舊很嚴重。就在這時，一則新聞引起了拓實的注意。

拓實從前不大看報紙的，但自從隧道事故發生後，他每天都留意著報上新聞，只不過他並不是自己掏腰包買報紙，而是趁工作休息時間，借了印刷廠訂的報紙來看。他擔心隧道事故後續是否還會冒出新的死者名單，但幸好並沒有這樣的消息出現。

就在他覺得隧道事故的相關報導似乎日漸減少時，社會版的一則報導抓住了他的視線，上頭刊著時生的大頭照，下方寫著「溺水死亡的川邊玲二」，新聞標題則是「消失兩個月的屍體回來了」。拓實仔細讀起了報導。

「靜岡縣御前崎海岸發生不可解的神祕事件。被沖上岸的溺水屍體突然失去蹤影，兩個月後，又出現在同一地點。城南大學三年級生川邊玲二（20），五月初駕駛帆船出海，研判帆船遇上暴風雨翻覆，川邊玲二被拋進海中溺斃。當時與他同行的帆船社同好山下浩太朗（20）同樣溺水身亡，兩人的屍體被沖上岸邊，附近居民發現後，趕往通知警察，然而川邊玲二的屍體卻在這段無人在場的時間內消失了蹤影。警方與海上保安本部推測屍體可能再度被海浪捲入海中，立刻展開搜索，但是一無所獲。之後過了大約兩個月，本月十二日凌晨，在先前發現屍體的同一地點，又出現一具溺水屍體，根據屍體身邊物品研判，此人正是川邊玲二，家屬也已出面指認。不可思議的是，川邊玲二的遺體幾乎毫無損傷，也尚未開始腐壞。警方猜測，川邊玲二於兩個月前被沖上岸時，可能是呈現假死狀態，甦醒後，不知前往何處活了一段時間，卻不幸再度遭遇海難。至於他身上的裝束仍與兩個月前一模一樣，這一點依然無法解釋。」

拓實睜亮眼看了那張照片無數次，雖然印刷粒子非常粗，但那怎麼看都是時生。

兩個月前……

拓實回想初見時生的時間點，的確是在兩個月前，而他離開時，正是本月十一日，之後川邊玲二的遺體便出現了。

不可能吧……難道死而復生的川邊玲二跑來找他，自稱叫「時生」，然後這兩個月來一直陪伴在他身邊？絕對不可能。再說他根本完全不認識川邊玲二這號人物。

這篇報導一直纏繞拓實的腦海揮之不去，他甚至想過，打電話去報社問出川邊玲二的住處，偷偷過去探查一番，但終究是沒有付諸行動。一方面他覺得兩件事應該只是巧合，而另一方面，他在害怕萬一眞的證明了時生其實是一具溺水屍體還魂怎麼辦。站在拓實的立場，他很希望時生現在依然在哪個地方活得好好的。

隧道事故發生約兩個月後，聽說日本坂隧道的下行線終於開通，於是拓實獨自搭上了高速巴士。前一陣子東條淳子曾聯絡他，說有些須美子的遺物想交給他收著，他答應等隧道全面開放通行後的第一個假日便過去取。

拓實坐上巴士等待出發時，有名似曾相識的女子上車來了。他想了想，記起來在哪裡見過她了——隧道事故發生前，在足柄休息站和她曾有一面之緣；後來事故發生，轉往靜岡車站換車時，又遇到她一次。當時女子紮著馬尾，今天卻是披著一頭長髮，身穿暗灰色連身洋裝。

女子在拓實斜前方的座位坐下。巴士離站後，女子便拿出文庫本讀著。每當她稍微抬臉或轉頭，拓實便連忙移開視線。

巴士行駛一段路程後，同樣又駛進了足柄休息站，拓實這才發現，自己的目光竟然下意識地追逐著女子的一舉一動。他心想，要是上前問她此行的目的地，會不會嚇到人家呢？

不久，巴士駛出了足柄休息站。拓實迷迷糊糊地打著盹兒，突然聽見有乘客提到「日本坂隧道」這個詞，頓時醒了過來。

原來隧道就在前方不遠處，拓實想看看如此重大事故所殘留的痕跡，但在看向窗外之前，視線又不由自主地先移至那名女子身上。這一看，拓實不禁倒抽一口氣，因爲他發現女子正緊緊握著一串念珠。

隧道愈來愈近了，路旁堆積著好幾輛燒得焦黑的汽車殘骸，路面新畫上的白線顯得莫名地刺眼。巴士上的乘客有人嘆息，有人不禁發出呻吟。

女子將念珠串挾在指間，雙手合十默禱著。拓實出神地凝望她。

巴士接著停靠的是濱名湖休息站。拓實見女子要下車，連忙跟著站了起身。

「請問……」拓實鼓起勇氣開口了，同時做好心理準備可能會被當成搭訕男子，沒想到女子抬頭望向他時，眼中並沒有一絲懷疑。

「嗯？」

「請問妳是有朋友在那起事故……日本坂隧道事故中不幸罹難嗎？」

女子一聽，紅著臉低下頭，她察覺自己合掌默禱的模樣被人撞見了。

「我想，妳和妳的朋友想必都平安逃過一劫，只是當時一定受到驚嚇了吧？還是妳們的紅色Corolla也被燒掉了？」拓實問道。

女子嚇了一大跳，雙眼睜得大大的。

「那天我也搭了高速巴士，在足柄曾經見過妳，那時妳和妳朋友坐的是一輛紅色Corolla，對吧？」

女子的神色少了疑惑，輕輕搖了搖頭說：「您記性眞好。」

「因爲我的同行友人很在意妳們，後來我在靜岡車站又看到妳們一次。事故發生後，妳們也去了靜岡車站吧？」

「是。我們的車子才剛開進隧道口就進退不得了。」

「當時眼看火就要燒過來了，我們趕緊棄車衝出來，才逃過了一劫。那輛Corolla是我朋友的。」

「天啊！那不是很危險？」

「眞是太恐怖了，還好我們都平安無事。」

「是啊……」女子說著撫了撫身旁的串珠提包，方才那串念珠應該是收在裡頭吧。「眞的是千鈞一髮，多虧事故發生前有點小意外拖延了，我們才晚了一些開進隧道，否則要是再早個幾分鐘……。不過，一想到因爲這起事故喪生的人們，我實在慶幸不起來。那時要是我們一路暢行無阻地開進隧道，現在死亡名單上就會寫著我們的名字了，所以我……」

「我明白的。」拓實立刻接口道。他心想，眞是個心地善良的女孩。

休息時間結束，兩人回到巴士上。拓實問女子，自己能不能坐到她身旁的空位？女子爽快地答應了。

女子名叫篠塚麗子，在池袋一家書店工作，與父母同住在日暮里，這趟出門是要前往神戶參加朋友的婚禮。拓實將名片遞給她，那是他偷偷使用公司印刷機自己製作的。

兩人相互自我介紹，不知不覺間，巴士抵達了名古屋，沒想到時間過得如此飛快。

「回東京後，還有機會再見面嗎？」拓實試著問道。

麗子似乎稍稍猶豫了一下，接著微微一笑，在拓實剛才給她的名片背後寫下電話號碼。

「請盡量在晚上十點以前打來，我父親很在意這種事的。」

「我最晚九點以前打。」說著拓實接下了名片。

這個約定，在三天後實現了。兩人約好了假日碰面，第一次約會的地點是淺草，當然是由拓實帶路。

拓實被麗子深深吸引，很快地愛上了她。她個性不拘小節，對凡事總是心存感謝。拓實發現自己只要和她在一起，心情就能平靜下來，內心那些如尖針般的莫名糾葛，顯然正逐漸融化。

每到假日，拓實都會約麗子見面，碰不到面時，也一定會打電話聽聽她的聲音。很快地，三個月過去了，新的一年來臨，時序突地進入了一九八〇年代。

新春元旦的午後，拓實與麗子前往淺草寺，參拜結束後，兩人來到一家咖啡廳。

「我最近可能會換工作。」拓實喝著咖啡說道。

麗子睜圓了眼，「要換去哪裡？」

「一家做通訊事業的公司，之前他們說等公司成立了就找我過去，看樣子已經一切就緒了。」

接到高倉的聯絡是在去年年末。雖然他先前找了拓實提過這件事，拓實一直以爲他只是隨口說說，所以年末接到他的電話時，拓實著實嚇了一跳。

「通訊事業是什麼？」

「基本上就是提供移動式電話的通訊服務，不過我們想做的不止這些。」

拓實將自己腦中所描繪的未來電話網絡系統告訴了麗子，這些都是從「他」那裡聽來，現學現賣的東西。在描述這些規畫時，拓實內心交雜著懷念與苦澀。

「雖然我不是很懂，」麗子微笑道：「因爲是拓實先生你這麼投入研發的系統，一定會順利成功的。加油哦！」

「謝謝妳。」拓實笑著點了點頭。

麗子的視線移至斜上方，那裡架了一臺電視。螢幕上，歌手澤田研二(*1)正載歌載舞。

「是Julie耶。這首歌好特別，是新歌吧？」

拓實看向螢幕下方的字幕，不禁輕呼出聲——歌名是〈TOKIO〉(*2)。

「原來時生……飛向天際了啊……」拓實低喃著。

---

*1 澤田研二（沢田研二，一九四八—），日本著名歌手、演員、作曲家及塡詞人，暱稱爲Julie（ジュリー）。澤田甫出道便瞬即走紅，對日本樂壇的影響，從其當紅的六〇末期，橫跨整個七〇，至八〇初期。先知先覺的澤田不但引領音樂潮流，其創新形象及風格更是大膽前衛，有「日本的大衛・鮑伊（David Bowie）」之稱。

*2 〈ＴＯＫＩＯ〉爲澤田研二於一九八〇年一月一日發行的單曲，當時一襲價值兩百五十萬圓、由燈泡裝飾的華麗鬥牛服，同時揹著紅白降落傘的打歌裝扮，成爲樂壇津津樂道至今的經典。歌名與歌詞中的「ＴＯＫＩＯ」爲「東京」的羅馬拼音，與「時生（トキオ）」的日語發音相同；副歌中有句歌詞爲「TOKIO飛向天際」（TOKIOが空を飛ぶ）。